카테리니행 기차는 8시에 떠나

11월은 당신 기억 속에 영원히 남으

기차는
7시에
떠나네

이제 밤이 되어도 당신은 내 가슴을 품고 오지 못하

기차는 8시에 떠나고 당신은 역에 홀로 남았

가슴 속에 아픔을 남긴 채 안개 속

5시에서 8시까지 앉아만 있

신경숙 장편소설
기차는 7시에 떠나네

초판 1쇄 발행 1999년 2월 18일
초판 33쇄 발행 2018년 8월 16일

지은이 신경숙
펴낸이 이광호
펴낸곳 (주)문학과지성사
등록번호 제1993-000098호
주소 04034 서울 마포구 잔다리로7길 18(서교동 377-20)
전화 02) 338-7224
팩스 02) 323-4180(편집) 02) 338-7221(영업)
전자우편 moonji@moonji.com
홈페이지 www.moonji.com

ⓒ 신경숙, 1999. Printed in Seoul, Korea
ISBN 89-320-1059-5 03810

신경숙
장편소설

기차는 7시에 떠나네

문학과지성사

1999

기차는 7시에 떠나네 차례

1
프롤로그
—슬픈 예감

중국 여행에서 돌아온 날에 나는 세 통의 전화를 받았다.

한 통은 미란의 자살 소동을 알리는 언니의 전화. 그리고 잠시 후에 다시 언니의 전화. 세번째 것은 내가 출연한 라디오 드라마의 청취자라는 낯선 여자가 걸어온 전화. 빈집의 내 책상 위의 메모 노트엔 라디오가 엎어져 있었다. 라디오 밑엔 '이름도 없고 애칭도 없고 의미 있는 행동을 찾아내지도 못하는 익명의 내 목소리'라는 글씨가 아무렇게나 휘갈겨져 있었다. 아마도 여행 전의 어느 날 밤중에 갑자기 천둥과 번개와 함께 쏟아지는 폭우에 놀라 후닥 잠이 깨서 뒤척거리다가 어느 한 시절을 기억하지 못한 채로 살아온 날들에 대한 울적함을 대신해 적어놓은 모양이었다.

*

언니의 전화는 내가 현관문을 따고 들어서자마자 걸려왔다. 미란이가 왼쪽 동맥을 칼로 그었다고 했다. 나는 수화기를 든 채로 가만히 언니의 말을 듣고 있었다.

"넌 놀라지도 않니?"

"상태는 어때?"

오래 비워둔 집의 눅눅한 공기가 권태롭게 꿈틀거렸다. 나는 내 몸에 달라붙으려는 공기를 손으로 저지하겠다는 듯 수화기를 들지 않은 한 손을 휘휘 내저었다.

"입을 꾹 다물고 아무 말도 하지 않아."

"……"

"두 손을 꾹 쥐고서 창문만 바라보고 있어."

"……"

"어떻게 해야 될지를 모르겠어."

"……"

"뭐라고 말 좀 해봐."

감정이 격해지는지 언니의 목소리에 점점 물기가 서렸다.

"내가 대체 뭘 잘못했는지 모르겠어. 내가 그앨 어떻게 길렀니. 스무 살이 될 때까지 찬밥 한번 안 먹였다."

그게 문제였는지도 모르지. 지금까지 찬밥 한 그릇도 안 먹인 게. 언니는 무엇이 그렇게 불안했을까? 다정한 형부. 아늑한 집. 그리고 언니 곁의 피아노. 그럼에도 불구하고 턱없이 미란에게 허둥거리는 언니를 볼 적마다 내 마음마저도 어딘가가 헤쳐지는 기분이었다. 평생을 함께 살아가야 할 가족에게 어떻게 완벽할 수가 있는가. 어떻게 발뒤꿈치의 각질을 안 보일 수가 있고, 어떻게 텅 비어가는 뒷머리를 안 보일 수가 있는가. 하물며 찬밥 먹는 일쯤이야.

"한 다리 건너라더니…… 너는 어째 그렇게 태연하니?"

"알고 있었어."

미란의 소동을 예감하던 무렵의 나를 엄습하던 고통이 다시 밀려왔다. 여행지의 어느 목탑 아래서였다. 그 목탑이 서 있던 거리의 지명은 잊었다. 그 목탑은 더위와 나쁜 공기 속의 어느 길거리에 내버려지듯 우뚝 서 있었다. 그랬어도 목탑이 끌어안고 있는 시간은 천년이었다. 천년. 천년 전의 나무로 지은 탑에서는 퀴퀴한 냄새가 코를 찔렀다. 해묵어 쌓이고 쌓인 시간의 냄새였다. 잔인하고 혹독한 역사를 들여다볼 때 맡아지는 환멸의 냄새이기도 했다. 새삼스럽게 천년이란 시간의 개념에 내가 짓눌렸던 건 아니다. 중국은 시간을 깔아뭉개고 있는 나라였다. 그 목탑처럼 그냥 길거리에 내버려지듯 무심코 서 있는 탑들이 부지기수였고, 그렇게 내버려지듯 서 있는 탑 하나가 대개는 천년 이천 년의 시간을 가로지르고 있었다. 삼천 년이 되었다는 나무가 등허리가 부러진 채로 우주의 저편을 향해 잎사귀를 흔들고 있기도 했다. 그 목탑 아래 섰을 때의 내 귀는 이미 천년이나 이천 년 삼천 년이란 시간에 누누이 길이 들여져서 아, 그래요, 정도의 반응밖에 나오지 않았다. 목탑 주변은 슬럼가를 연상시킬 정도로 침울했다. 노상의 중국인 남자들은 햇볕에 타서 얼굴이 검붉었고 비좁은 길목엔 짐자전거들이 따르릉 소리를 울려대며 서로 비켜가고 있었다. 웃통을 드러낸 중국인 남자가 힘겹게 끌고 가는 짐자전거 위에서 햇볕에 달궈진 녹색 수박 한 덩이가 쩍 갈라져버리는 순간까지도 나는 광활한 우주를 향해 퀴퀴한 냄새를 풍기며 우뚝 솟아 있는 목탑 주변 하늘을 어지럽히고 있는 게 새떼라는 걸 모르고 있었다.

"웬 새떼야?"

옆에 서 있던 일행이 흰 팔뚝을 들어올리며 저기 좀 봐, 했을 때서야, 나는 윗옷 섶에 끼워 가지고 다니던 도수가 들어간 선글라스를 쓰고서 하늘을 향해 치솟아 있는 목탑 주변을 올려다보았다. 뭔가가 휘날려 어지럽다 생각했는데 그 휘날리고 있는 물체는 검은 새의 무리들이었다. 수천 마리, 수만 마리는 될 듯싶었다. 그러잖아도 퀴퀴한 냄새를 풍기는 목탑에 수만 마리는 될 듯한 새떼의 그림자가 어른거리자 내 눈에 목탑은 더욱 음산해 보였다.

"무슨 새예요?"

"글쎄, 제비떼인가?"

나는 목탑에 올라가는 일을 포기했다. 새떼를 바라보고 있는 사이, 처음엔 빗장뼈가 움찔거리는 것 같더니 이내 어지럼증이 몰려와 몸이 휘청였던 것이다. 일행들이 가이드가 내미는 티켓을 한 장씩 받아들고 목탑으로 올라가는 사이 나는 탑 아래의 붉은 벽돌에 주저앉아 있었다. 눈을 찌르는 하얀 빛 사이로 중국 과일 썩는 냄새가 훅, 끼쳐왔다. 어깨에 매달고 다니던 카메라를 꺼내 목탑을 향해 파인더를 들여다본 건 일행 중의 한 사람인 현피디가 목탑 안에서 먼저 나오고 있어서였다. 웬만큼 어지럼증도 가라앉아서 스냅 사진을 찍어주려 했다. 모르겠다. 갑자기 왜 카메라의 렌즈를 파노라마에 갖다 맞췄는지. 폭이 길어진 렌즈 속에 목탑을 내려오고 있는 현피디의 얼굴 대신 미란이가 힐끗, 비쳤다. 나는 놀라서 렌즈 바깥, 현실 속의 목탑을 올려다보았다. 사진을 찍어주려던 현피디는 목탑에 걸쳐진 긴 사다리를 타고 벌써 반은 내려와 있었다.

나는 다시 카메라의 렌즈를 긴 사다리를 타고 목탑을 내려오고 있
는 현피디에게 갖다 댔다. 새들이 현피디의 주변을 기괴한 소리를
내지르며 맴돌고 있었다. 막 셔터를 누르려는데 렌즈 속엔 다시 미
란이가 들어가 있었다. 미란이가 매우 슬픈 얼굴로 나를 이윽이 바
라보고 있었다. 조그만 입술을 달싹여 겨우 이모, 하고 부르고 있
는 것도 같았다. 나는 기겁해서 카메라를 든 채로 붉은 벽돌에 털
썩 주저앉았다. 빗장뼈가 쩍, 금이 가듯 아파왔다. 내가 안 돼, 소
리를 쳤던 것 같다. 긴 사다리를 타고 목탑을 다 내려온 현피디가
무슨 일이야? 물으며 내게 다가섰다. 다시 렌즈를 목탑의 긴 사다
리에 맞춰봤을 때 미란은 없었다. 검은 새떼가 검은 휘장처럼 펄럭
이고 있었을 뿐.

　숙소로 돌아와 옷을 갈아입을 때 내 베이지색 반바지엔 붉은 벽
돌의 형체가 나염처럼 찍혀 있었다. 언니에게 전화를 걸어 꼼짝 말
고 미란이 곁에 있어라, 하려고 이틀을 내내 전화통에 매달렸으나
통화를 할 수가 없었다. 벨소리만 길게 울릴 뿐이었다. 마지막으로
통화를 시도해보면서 이미 늦었다는 게 느껴졌다. 미란이의 상처
가 치명적은 아니라는 것도.

　수화기 사이로 흐르는 긴 침묵.

　이런 일로는 언니와 나 사이에 실로 오랜만에 움튼 침묵이었다.
다시 찾아온 것인가. 어느 시절을 잃은 후, 가끔씩 마음이 몹시 투
명해지며 슬픈 예감으로 이동해가곤 하던 내 무의식과도 작별한
것 같았는데.

　어린 시절. 피아노의 검은 건반 위에 놓여 있던 언니의 분홍 손
톱에 뜬 열 개의 반달. 그때는 그랬다. 내 존재가 나도 모르게 슬픈

예감에 잠겨들면 언니의 피아노 치는 손을 끌어안고 무섭다고 울면 되었다. 그러나 어린 시절은 지나갔지. 더 이상 언니의 손을 끌어안고 우는 것으로 이 결락감을 치유할 순 없는 거야. 수화기 저편에서 언니가 수화기를 바꿔 드는 기척이 느껴졌다. 언니 손톱의 반달들은 아직도 언니와 나 사이에 움텄던 침묵의 어느 켠을 위로하듯 비추려는가 보았다.

"너……?"

"그래, 언니……"

"괜찮니?"

"아직은 모르겠어. 마음이 뒤숭숭하긴 해."

"오래 괜찮더니……"

"……"

"느희들 정말 왜 그러니?"

언니의 긴 한숨.

"느희들이라니? 무슨 얘기야?"

"미란이도……"

"미란이가 왜?"

"미란이가 토막토막 기억을 못 하는 것 같아. 주먹을 쥐고 창문만보고 앉아 있다가 갑자기 왜 자기가 여기에 있느냐고 물어."

"언니!"

"옛날에 너도 그랬지. 몇 달 동안 사라졌던 네가 병원에 누워 있다는 연락을 받고 찾아갔을 때 너도 지금의 미란이 같았어. 어디서 뭘 했는지 통 기억을 못 했어. 주머니에 사진만 한 장 들어 있었어. 동전 하나도 없이. 너는 그렇게 돌아왔어. 지치고 휑한 모습으

16

로 주먹을 쥐고 몸을 오그리고 떨기만 했지. 그때…… 너……"

언니가 말을 멈추었다. 아직도 내게 못다한 말이 있는가.

"지금 미란이가 그래."

"내가 지금 갈게."

"아니, 오지 마. 미란이가 아무도 보고 싶어하지 않아. 네 형부를 보고도 소리지르고 날 보고도 당장 꺼지라고 난리란다. 네 형부도 여기에 없다. 물병이며 컵이며 베개를 막 집어던진다니까. 상상이 나 가니? 그 얌전하고 수줍음 타는 애가 날 보고 엄마도 꺼져, 꺼 지란 말이야, 하고 말하는 거? 지금 같아선 내가 낳은 아이가 아닌 것 같애. 이렇게 말하면 안 되지만 걔, 짐승 같애. 아무데나 이빨을 박고 물어뜯으려고 해. 그나마 에미라고 난 좀 봐주는 것 같고…… 겨우 좀 나아지나 싶었는데 이젠 말을 한마디도 하질 않아. 손을 꾹 쥐구서 창밖만 보고 있다. 당분간 가만히 내버려두는 게 나을 것 같아."

"언니만 만나고 올게."

"걔, 혼자 놔두면 안심이 안 돼서 그래. 너도 이제 돌아와서 피곤 할 거고."

"이유는 알아? 미란이가 왜 그랬는지?"

"몰라."

"미란이한테 물어보기나 해줄래? 나 여행에서 돌아왔다고 말해주 고 보러 가도 되느냐고."

"알았어. 하지만 기대는 하지 마. 이전의 미란이가 아니라니까. 한번도 보지 못한 낯선 얼굴이 돼가지고 있대니까."

나는 언니가 수화기를 먼저 내려놓는 소리를 듣고 난 뒤에도 수화기를 든 채로 잠시 서 있었다. 수화기를 내려놓고 서성이느라 발을 움직일 적마다 오래된 마룻바닥이 삐걱이는 소리가 들려오는 것만 같았다.

미란.

그애가 왜?

잠시 후 다시 언니에게서 전화가 걸려왔다. 그 사이 언니는 좀 울었나보았다. 병원에는 오지 않는 게 좋을 것 같다고 말하는 목소리에 세면대 앞에서 혼자 울고 난 사람의 비음이 섞여 있었다.

"너무 서운해 마라."

"지금 그런 게 문제가 아니잖아."

"그래, 그런 게 문제가 아니지. 그리고 가평에 전화를 넣어봐. 아버지께서 여러 번 전화를 하셨어. 현관문 말씀을 하시더구나. 벌써 집이 거의 다됐어. 내부적인 일은 많이 남아 있지만 외부적인 건 새집에 문 다는 일만 남았대. 창문이며 부엌문이며 방문들. 특히 현관문 말씀을 길게 하시더구나. 너와 내가 문을 골라주었으면 하셨어. 다른 건 몰라도 문만은 우리들 마음에 드는 걸로 달고 싶다고 하시더구나. 너, 중국에 간 거 모르시던데? 왜 말씀 안 드리고 갔니? 목요일인데도 오지 않으니까 기다리시는 것 같더라. 나라도 내려가기로 했었는데 미란이가……"

"지난번 목요일에 가평에 갔었을 때 말씀드렸는데?"

"그래? 모르시던데."

나는 수화기 끝을 바꿔 쥐고 언니의 이름을 불렀다. 수화기 저편에서 언니가 힘겨운 목소리로 응, 하고 대답했다.

"언니가 침착해야 돼. 감정적으로 대하지 말고. 하루 이틀 지내보

자. 곧 괜찮아질 거야."

 말은 그렇게 하면서도 가슴이 아파왔다. 미란에 대한 서운함이 전혀 없었다고 하면 거짓말이지만 그런 게 무슨 소용인가. 이제 갓 스무 살인 그애가 받고 있는 고통. 그렇게 마음이 상할 때까지 눈치도 못 채고 있었구나. 손목에 칼을 댈 정도로 마음이 상했는데도 대체 무슨 일로 그랬는지조차 모른다는 사실은 미란이 곁에 엄마도 친구도 없었다는 얘기다. 물론 나도.

                                    *

 또 한 통의 전화는 새벽녘에 걸려왔다.

 전화벨이 대여섯 번 울렸을 때 나는 수화기 저편에 앉아 있거나 서 있는 이가 그일 거라고 생각했다. 내가 늘 '그'라고만 표현해서 미란이는 약올라했었다. "왜 안 보여줘? 팔 한 짝이 무릎에 닿을 만큼 길어? 뒤통수에 뿔이 났어?" 하면서. 그 사람일 거라는 생각이 안 들었다면 아마도 전화를 받지 못했을 것이다. 나는 자고 있었고 정신을 차리고 싶은 생각이 조금도 없었다.

 여행을 떠나기 사흘 전이었던가. 그와 나는 좀 울적한 통화를 했었다. 나는 그 사람을 보고 싶어했고 그는 어인 일인지 나를 만나는 일을 내켜하지 않았다. 하긴 어인 일인지? 라고 표현할 수는 없다. 그 며칠 전에 그는 내게 느닷없이 청혼을 했다. 방송국 안의 소품실에서였다. 방송국 드라마 부분의 세트 디자이너인 그는 비록 도면상에서이기는 하지만 아마 우리나라에서 가장 많이 집을 지은 사람 중의 한 사람일 것이다. 하나의 프로그램을 맡게 되면 그는 거의 일주일 혹은 열흘도 넘게 밤을 새우곤 했다. 그는 지난 봄부터 장흥과 철원에서 방송국 창사 특집으로 내보낼 대형 사극의 오픈 세트 작업을 하느라고 분주했다. 세트를 만드는 공사장에서 밤을 지새우고 돌아오는 일이 허다했다. 그래서 보름도 넘는 만남이었다. 그것도 방송국의 소품실에서. 여기서 이런 말 하는 게 우습지만, 이라고 그는 말을 꺼냈다. 그의 손에는 옛날 장수들이 쏘는 활이 들려 있었다. 소품용으로 만든 모형 활이었지만 그 활엔 품격이 있어 보였다. 그는 나를 돌아다보며 멋쩍게 웃더니 "이젠 결혼을 하자"고 했다. 그의 말이 끝나자마자 나는 마치 그의 청혼을 방어하듯이 손을 내저으며 한 발짝 물러섰다. 그래놓고 나조차도 내 반응이 당황스러웠다. 그가 이젠, 이라는 말을 붙일 정도로 그와 나는 오래된 사이다. 그와 나는 이십대 후반에 방송국 입사 동기로 만나 이제 삼십대 중반에 접어든 것이다. 어쩌면 당연한 청혼이었는데 내가 손까지 내저으며 한 발짝 물러나는 바람에 그와 나 사이에 흐르고 있던 서로 만지고 싶던 분위기는 깨져버렸다. 그는 활을 내려놓고 내게 등을 보였다. 야윈 그의 등이 매우 난처하다는 표정을 짓고 있었으므로 나는 그만 고개를 떨구었다.

그와는 처음 있는 일이나 청혼을 받는 상황에 이르면 나는 매번 그렇게 당황했다. 그를 만나기 전에도 서로 좋은 감정을 지니고서 서로 만나 영화도 보고 심야 통화도 하던 사람이 있었다. 일요일에 함께 장을 보아 저녁 식사도 함께 만들어 먹는 사이 내가 저 사람을 사랑하고 있구나 느껴지는데도 막상 상대방이 청혼을 해오면 나는 마음이 닫혀버려 이후로는 제대로 교제가 되지 않곤 했다. 내가 왜 그러는지 나도 모를 일이었다. 결국 헤어지게 되어 마음이 아플 때면 오랫동안 혼자 지내서 누군가와 함께한다는 것에 자신이 없어진 것인가? 아니면 혹 내가 독신주의자인가? 반문해보기도 했다. 답이 나오지 않았다.

사랑하는 사람과 함께 있고 싶은 나의 열망은 외려 지나치게 강했다. 지난번 아침에 나가는 명랑 연속극이 인기를 타고 있을 때 어떤 여성지와 우리 팀이 함께 다시 라디오 시대인가? 라는 제목으로 인터뷰를 한 적이 있었다. 어떤 인생이 좋은 인생이라고 생각하는가, 라는 질문이 차례로 돌아왔다. 자기가 하고 싶은 일을 할 수 있고, 사랑하는 사람과 가족이 되어 사는 인생이라고 나는 대답했다. 그건 평소의 나의 생각이었다. 두 가지가 동시에 이루어지는 인생이라면 뭘 더 바라서는 안 될 것만 같았다.

나는 그를 사랑한다. 그를 사랑한다고 말해본 적은 없지만 그렇게 느낀다. 그의 체취가 나는 좋다. 면도하지 않은 날의 가무스름한 그의 턱도. 성우실에서, 혹은 영화 더빙실이나 텔레비전 쪽의 다큐멘터리 내레이션 녹음을 하는 스튜디오에서 이따금 그의 체취가 코끝에 맡아지는 경험을 할 때가 있다. 그의 턱에 내 뺨을 갖다 대고 있는 순간의 그의 체취가 느껴지면 나도 모르게 멋쩍은 웃음이 흘러나오는 것과 동시에 젖꼭지가 꼿꼿이 서며 귀 밑이 빨개지곤 했다. 앞뒤 상황과 아무런 연관이 없이 갑자기 내가 멋쩍게 웃을 때면 곁에 있던 사람들은 왜 웃느냐고 묻곤 했다. 왜 웃는지를 설명할 수 없는 비밀을 내가 간직하고 있는 한 나는 그를 사랑하는 것이다. 혼자 살 생각이 아니라면 그와 나는 사랑하는 사이이니 이젠 결혼을 해야 하기도 했다. 그런데 그의 청혼을 받는 순간 암전이라도 된 것처럼 내 마음이 캄캄해졌다. 나는 그를 사랑한다고 생각하고 있고 그 또한 나를 사랑한다고 믿는데도.

그리고는 첫 통화였다.

"여행을 떠나는데 보지도 않고 그냥 보내겠다는 거야?"

나는 그에게 화를 내었다. 화라기보다는 그로부터 그게 아니라 오늘은 안 되겠으니 내일 만나자, 는 약속을 얻어내고 싶은 마음에서 새어나온 으름장 비슷한 것이기도 했다. 그 정도의 마음은 서로 알아서 짚어주는 사이라고 내 쪽에서는 생각하고 있었다. 여행을 떠나기 전 나는 그와 함께 보내는 시간을 갖고 싶었다. 그의 턱에 내 뺨을 대고 자고 싶었다. 그런 내 마음을 그가 모를 리가 없었다. 그런데 그쪽에서 침묵을 지켰다. 순간 나는 긴장했다. 짧은 침묵이었지만 나에게 단호해지고자 하는 그의 마음이 그대로 내게 전달되었던 것이다. 여행 기간은 일 년도 이 년도 아니었다. 보름도 채안 되는 날짜. 보름쯤 안 본다고 뭐가 어떻게 되는 일이 아니긴 했다. 문제는 그런 게 아니었다. 뭐라고 설명할 길은 없지만 그와 나 사이에 야릇한 기류가 흐르고 있음을 감지한 것이다. 수화기 저편에서 그가 말했다.

"내가 당신에게 너무 과민해져 있어."

그곳이 어디인지는 모르겠지만 그는 공중전화 박스 속에 서 있는 것 같았다. 자동차 지나가는 소리와 신호등이 바뀌는 소리들이 수화기를 통해 들렸다. "내가 당신에게 너무 과민해져 있어." 그가 내게 그런 식으로 말해본 적은 한 번도 없었다. 그의 어조는 그렇게 차가운 게 아니었다. 평소의 그는 초봄의 밤공기처럼 따뜻하고 온화했다. 내가 무슨 일인가로 상심해 있으면 그는 "괜찮아…… 그런 일은 곧 지나가. 아무 일도 아니야"라고 말하곤 했다. 그런 그가 통화를 마칠 때까지 내가 듣고 싶은 말을 꺼내질 않았다. 내일 다시 전화를 하겠다든가, 떠나기까지 사흘 남았으니 그 안에 한 번 보자든가, 하는 말을. 그는 좋은 여행 되길 바란다고 하며 수화기를 먼저 내려놓았다. 그가 먼저 전화를 끊는 일도 처음이었다. 평소의 그는 내가 수화기를 내려놓길 기다렸다가 뒤에 수화기를 내려놓는 사람이었다. 나는 뚜뚜 소리가 나는 수화기를 든 채로 멍하니 앉아 있었다. 고통스럽기조차 했다. 서른다섯. 아직도 남아 있는 이런 마음. 사흘 동안 나는 그의 전화를 기다렸다. 말은 그렇게 했어도 정말로 그가 전화를 하지 않으리라고까지는 생각하지 못했다. 그러나 내가 바퀴 달린 트렁크를 현관문 바깥으로 내놓을 때까지 그로부터 전화는 걸려오지 않았다. 내가 걸어볼 수도 있는 일이었으나 뭔가가 날 붙잡았다. 그에게 전화를 건다는 것이 자연스럽지가 않고 서먹했다. 그의 말투에 배어 있던 단호함 때문이었을 것이다.

전화벨은 계속 울렸다. 더듬더듬 손을 뻗어 사이드 테이블의 수화기를 찾아 쥐다가 수화기를 탁자 밑에 떨어뜨려버리는 통에 나는 어정쩡하게 일어나 수화기를 집어 귀에 댔다.

"여보세요?"

무응답.

"여보세요?"

적막.

나는 수화기 저편을 향해 나지막이 그의 이름을 불렀다. 그가 대답만 한다면 비록 내가 사랑에 대해서 그릇된 생각을 가지고 있다 해도 다시 시작할 수 있을 것 같은 기분이었다. 그러나 수화기 저편은 잠잠했다. 할 수 없이 수화기를 막 내려놓으려는 참에 끊지 마세요, 라는 여자의 조그만 목소리가 간신히 들렸다. 그가 아니었다. 맥이 탁, 풀렸다. 나지막하고 물기가 밴 처음 듣는 목소리가 죄송해요, 라고 말하고 있었다. 목소리는 다소 떨고 있기까지 했다. 정말 죄송해요. 저절로 내 몸이 웅크려졌다. 나는 도로 침대에 몸을 눕히며 여자가 알아채지 않게 깊은 숨을 내쉬었다.

"선생님이 출연한 라디오 드라마를 다 들었을 땐 11시였어요."

11시? 지금이 밤이라구? 나는 엎드린 채로 손을 뻗어 스탠드의 스위치를 누르며 벽시계를 바라보았다. 시계가 1시 40분을 가리키고 있었다. 밤도 지나 새벽이었다. 김포공항에 도착한 때가 정오였고 공항에서 집까지 오는 데는 한 시간 가량 걸렸을 것이다. 떠날 때 열쇠를 지하실에 걸어두고 갔었는데 그걸 깜박 잊어버리고선 닫힌 문 앞에서 어깨에 멘 배낭을 다 뒤졌다. 아무리 찾아도 없어서 트렁크 위에 엉덩이를 걸치고 망연히 한참을 앉아 있었다.

"전화번호는 예전에 알고 있었어요. 그렇지만 이렇게 전화를 하게 되리라곤 생각하지 않았어요."

열쇠를 지하실에 걸어두고 갔었다는 생각은 공기가 습하다고 생각하는 것과 동시에 떠올랐다. 현관문을 따고 들어가도 눅눅한 냄새에 며칠 창문을 열어둬야겠다고 생각하는 것과 동시에. 지하실에 내려가니 열쇠는 얌전하게 보일러통 옆 고리에 걸려 있었다.

"정말 죄송해요."

나는 여자의 목소리를 듣고만 있었다. 수화기를 내려놓을 수도 있는 일이었으나 어쩐 일인지 나는 그저 웅크린 채로 수화기를 끌어안고만 있었다. 여자는 다시 한번 죄송…… 하다가는 끝내는 울음을 터뜨렸다. 그때서야 나는 여보세요? 그랬다. 여자는 한참을 울었다. 어쩌나. 나는 수화기를 귀에 댄 채 무릎을 끌어당겨 안았다. 얼마나 지났을까. 여자가 뭐라고 다시 웅얼거렸다. 아마도 여전히 죄송하다고 하는 모양인데 아직도 반은 울고 있는 상태인 여자의 목소리는 무슨 말을 하는지 잘 분간이 가지 않았다. 나는 내 쪽에서 뭐라 말하기를 체념하고 여자가 진정하기를 기다렸다. 기다리다가 내 발에 신겨져 있는 랜드로바를 보았다. 중국 땅의 흙이 누렇게 묻어 있었다. 신발을 신은 채로 침대 속으로? 언니와 전화 통화를 하고 현관 밖에 놓여 있는 트렁크와 문밖에 쌓인 우편물들을 안으로 들여다놓고 신발을 막 벗으려다가 나는 멈칫했던 것 같다. 신발장 옆에 서서 안으로 통하는 문을 밀고서는 마치 남의 집을 들여다보듯 잠시 거실을 들여다봤던 것 같다. 조용하게 내려져 있는 블라인드. 꽃병에 꽂혀 있는 시든 장미. 의자 위에 권태롭게 걸쳐져 있는 여행을 떠나기 전까지 입고 있던 셔츠와 바지. 읽던 페이지가 포스트잇이 붙여진 채로 엎어져 있는 책. 벽에 걸려 있는 거울 속으로 거실을 들여다보고 있는 내 모습이 힐끗 비쳤을 때 나는 갑자기 모든 것을 포기하고 싶은 마음이 스쳤던 것 같다. 신발을 신은 채로 방으로 걸어들어와 침대 속으로 뚜벅뚜벅 기어들어 갔던 기억. 미란이 생각에 마음이 뒤숭숭한 탓이기도 했을 것이다. 그뒤 내리 12시간 잠을 잔 모양이었다.

"선……생님. 선생님."

나는 끈기 있게 여자가 울음을 그치기를 기다렸다. 괜찮으냐고, 울지 말라고 섣불리 말을 섞을 수가 없는 간곡한 슬픔이 수화기를 타고 전해져왔다. 어쩌자고 이 여자는 이 시간에 전화를 걸어 부를 이름이 나밖에 없단 말인지.

"진……짜루 사랑하는 사람을 잃어본 적…… 있으세요? 그냥 드라마 속에서만 그런 거예요? 정말로 선생님 그렇게 생각하세요?"

"……"

"11시에 라디오를 끄고 지금까지 울었어요. 울음이 그쳐지지가 않아 전화드린 거예요. 영혼은 정말 살아 있는 사람들에게 말하나요? 정말로 몸은 떨어져나갔지만 곁에서 지켜보고 사랑하고 그러나요?"

눈물이 묻은 목소리. 절박한 질문.

수화기 속으로 초인종 소리가 들릴 때까지 여자가 내게 한 말의 내용은 이러했다. 올해 서른이 되었고 스물여덟이었던 2년 전에 결혼을 했다. 남편은 선량한 사람이었다. 2개월 전에 남편이 교통사고로 죽었다. 아직 내게 무슨 일이 생겼는지 실감이 나질 않는다. 자신은 예전부터 라디오를 들으며 책읽기를 좋아해서 신문이나 잡지의 신간 안내를 보고 읽고 싶은 책 제목을 메모지에 적어서 냉장고에 붙여두면 남편이 퇴근길에 사다 주곤 했다. 나는 한마디도 하지 못하고 수화기를 들고만 있었다. 수화기 속으로 초인종 소리가 다시 들렸다.

"선생님."

여자는 애써 목소리를 가다듬으며 나를 또 불렀다. 얼굴은 모르지만 수화기를 든 채로 눈물을 쓱쓱 닦고 있는 어떤 여자의 모습이 떠올랐다. 여자는 좀 맑개진 목소리로 내게 말했다. 언제 다시 전화드려도 되나요? 나는 그러세요, 라고 대답했다. 달리 무슨 대답을 할 수가 있겠는지.

"고마워요."

여자가 수화기를 내려놓는 소리를 듣고 난 후 나도 수화기를 내려놓았다. 그렇게 잠이 깨서 얼마나 앉아 있었는지 모른다. 여전히 신발을 신은 채로. 벽에 블라인드의 가로줄 그림자가 검게 출렁거리고 있었다. 그 사이로 창밖 가로등 불빛이 새어들어왔다. 가는 비가 내리는지 크림색 불빛 주위가 희뿌옇다. 인기척이 끊겨 있던 빈집의 눅눅한 냄새가 머리카락이고 팔뚝이고간에 착착 달라붙고 있었다. 배가 고파서 신발을 신은 채로 부엌으로 걸어가 냉장고를 열어봤으나 요기가 될 만한 것이라곤 야채칸의 자두 두 쪽뿐이었다. 그걸 씻어 한 입 베어물며 텔레비전 버튼을 눌러보았다. 모든 프로그램은 종영이 된 모양이었다. 희고 푸른 나선들이 지지직, 거리며 어지럽게 출렁거렸다. 텔레비전을 끄고 먼지 속에서 12시간을 자고 난 사막 같은 마음을 달래볼 요량으로 천장을 바로 보고 다시 누웠다. 신발을 벗어 침대 밑에 얌전히 내려놓았어도 다시 잠을 이룰 수는 없었다.

*

발자국으로 어지러워진 거실과 현관과 침대 밑과 함께 나는 사흘을 누워 지냈다. 불쑥 일어나서 여기저기 한쪽 귀퉁이에서 메말라가고 있는 벤자민과 난 화분을 세면장으로 끌고 가서 물을 뿌려주기는 했다. 자정이 지나고 나면 벨소리가 울렸다. 받을 때도 있었고 받지 않을 때도 있었는데 모두 그 여자였다. 오늘은 전화를 안 해보려고 무진 애를 썼는데…… 수화기 저편에서 여자는 차가운 비가 내리는 나무 위에 혼자 앉아 있는 새의 날개처럼 퍼덕이는 소리를 냈다. 벨이 울리고 수화기를 들고 그리고 십 초쯤 흐른 후면 나는 그 여자구나, 생각하게 되었다. 첫날을 제외하고는 무슨 얘기를 하는 것도 아니었다. 그녀는 그녀라고 느낄 수 있는 숨소리를 내며 겨우 전화를 걸지 않을 수가 없었다는 말을 하고 있었다. 술을 마신 것도 같고 마시고 있는 것도 같았다. 그런데도 야릇한 일은 그녀가 수화기를 내려놓을 때까지 내 쪽에서 전화를 끊지 않는다는 것이었다. 그녀의 깊은 숨 속에 스며 있는 좌절을 나는 인내심 있게 견디고 있었다. 목소리 때문이었다. 흔히 성우라고 하는 이들은 드라마 등장인물들의 일생을 속속들이 이해하고 있는 것처럼 목소리로 알은척을 하지만 나는 아닌 것 같다. 그러기는커녕 어느 때는 등장인물들이 나를 알은척하거나 나를 기웃거릴 때가 있다. 현실 속을 걸어다니고 있는 모든 피조물들과 마찬가지로 목소리만으로 존재하는 라디오 드라마 속의 등장인물들도 자기네 생김새대로 번민한다. 형체와 상황과 마음씨만 갖게 되면 그들도 내 손아귀를 벗어나서 독자적이 된다. 나도 모르는 그들만의 고독에 잠기고 사랑을 하고 자기도 모르게 한없이 밑바닥으로 가라앉고…… 빛과 어둠 속을 유영하며 사람들 마음속의 그림자들을 툭툭, 건드린다. 심지어는 제 존재를 만들어주고 있는 내 목소리까지도. 여자의 목소리는 야릇하게 나를 끌어당겼다. 호소력이 있다고 해야 하는 걸까. 딱히 알맞은 표현은 아니지만 그녀가 어떤 상태인지가 조금의 의심도 없이 고스란히 내게 전해져 새겨지는 목소리였다.

이따금 내 쪽에서 무선 전화기를 집어들고 미란이가 입원해 있는 병원으로 전화를 걸기도 했다. 그 사이 언니는 많이 침착해져 있었다. 미란은 여전히 단 한마디도 하지 않고 주먹을 불끈 쥔 채로 병원 창문만 쳐다보고 있다고 했다. 손목에 붕대를 친친 감은 채 창문을 응시하고 있는 스무 살 미란. 미란의 고독한 실루엣 속으로 사랑하는 사람을 잃어본 적이 있느냐는 낯선 여자의 눈물 섞인 목소리가 이명처럼 젖어들곤 했다. 우리들이 의식하든 의식하지 못하든 세계에서 일어나는 여러 가지 현상들은 순간순간 서로 교차하고 있다. 내가 그의 전화를 기다릴 때 남편을 잃고 슬픔에 빠진 낯선 여자가 내게 전화를 걸어온 것처럼. 세상의 불이 탁 꺼져버린 것 같은 느낌 속으로 그러나 시간은 분명히 흘러갔다. 지난 날 어느 자리에선가 홀짝거리고 마신 뒤 잊어버린 마가리타 한잔처럼 이미 저 우주 속으로 사라지고 만 사흘이다. 도시 흐트러진 마음을 수습할 길이 없었던.

2
잣죽을 먹는 시간

처음엔 미란에게 가려고 했었다.

언니는 수화기 저편에서 미란에 대한 새로운 이야기를 했다. 수화기를 타고 들려오는 언니의 목소리는 쉬어 있었다. 미란이 이상하다고 했다. 미란의 남자 친구라고 하는 이가 병원으로 찾아왔는데 미란이가 그 남자 친구를 기억하지 못하는 것 같다고. 지환이냐고 물었다. 지환이가 누군데? 언니가 되물었다. 미란이가 지환에 대해서는 언니한테 말한 적이 없는 것 같았다. 하긴 나도 지환을 안다고 할 수 없지. 가평의 우리들의 옛집이 허물어지던 날 미란이와 함께 가평 집에 오토바이를 타고 왔던 청년이라는 것밖에는.

"요즘 청년이었어. 체격이 좀 크고 다리가 길고…… 잘 자란 청년 같았어. 예의도 바른 것 같았고…… 모르겠어. 물어보진 않았는데 미란이에게 뭘 많이 잘못했나봐. 용서해달라며 두 손을 모으는데 미란이는 처음 보는 사람을 대하듯 하는 거야. 나도 처음에는 미란이 일부러 그러는 줄 알았는데 미란인 정말 모르더라구. 눈이 텅 비어 있었어."

"……."

"옛날에 너도 그랬지. 너도……"

"……."

"그때 너, 대단했지. 밤마다 나가서는 새벽까지 걸어다니곤 했어. 너무 슬픈 눈빛을 하고서는. 너 그짓을 그만둘 때까지 엄마랑 내가 네 뒤를 따라다녔단다. 겨울이어서 얼마나 추웠는지. 엄마가 발에 동상이 걸려 그것 때문에 돌아가실 때까지 고생했잖니. 따뜻한 곳에 있으면 발이 간지러워서 그 후로 아랫목에 들어오시질 못하셨지."

언니는 안 되겠다 싶었는지 아니다, 아니야, 하며 말을 수습했다. 한데 나는 옛날에 너도 그랬지, 너도, 하는 언니의 말에 지난 사흘 간 수습할 길 없이 고독해졌던 내 마음의 출처가 짚어졌다. 여행지의 목탑, 긴 사다리 앞에서 미란이가 왜 갑자기 내 카메라 앵글 속으로 들어왔는지도. 어떤 얼굴들이 상기되려 했다. 예전에 밑줄을 그으며 읽었던 책 속의 문장을 다시 읽는 기분이 들었다. 나는 상기되려는 얼굴들이 사라질까 봐 수화기를 든 채로 가만히 있었다. 그러나 그뿐이었다.

언니는 여전히 병원에는 오지 말라고 했다. 그래도 소식을 듣고 벌써 여러 날이 지났는데 가봐야 한다는 생각이 들어 길을 나섰다. 아직 풀지도 않은 트렁크가 거실에 덩그렇게 놓여 있길래 잠시 서성였다. 창문이라도 좀 열어둬야 하는데. 여행을 떠나기 전에 마셨던 녹차잔에 쌓여 있는 먼지. 인기척을 그리워하는 쓸쓸한 의자. 흐트러진 방석이나 쿠션들. 바닥 여기저기 찍혀 있는 내 발자국들.

벌써 이 집으로 이사온 지가 2년째. 따지고 보면 집을 비운 사이 특별히 어질러진 것도 아니다. 책상이 놓여 있는 방안엔 정리가 되지 않은 채 소복소복 쌓아놓은 책들에 치여 이제는 앉아 있을 데도 없다. 계약 기간이 다 채워지고 있는데 아직 풀지 않은 짐도 있었다. 트렁크 풀기를 포기한 채 나는 겨우 세면장 욕조만 씻어낸 다음 물을 받아 머리를 감고 말리고 핀으로 묶고 닫아놓은 방으로 가서 흰 셔츠와 면바지를 꺼내서 입고 황폐하게 어지럽혀진 집에서 몸만 쏙 빠져나왔다. 나무 그늘 밑에 오래 세워둔 자동차에 시동을 걸어보았다. 새들이 똥을 싸놔서 유리창이고 어디고 봐줄 수가 없었다. 다시 시동을 꺼버리고 택시를 타고 갈 요량으로 거리로 걸어 나왔다.

*

사람들은 모두들 여행중인가 보았다. 7월의 거리는 텅 비어 있다. 폭염만이 사납게 거리에 쏟아졌다. 지열에 후끈거리는 아스팔트. 축축 늘어진 가로수들. 흰색 짧은 반바지와 끈 달린 얇은 윗옷을 입은 여자들. 발에 신은 흰색의 샌들. 어떤 여자가 미간을 찡그린 채 과일 가게 앞에서 자두를 사고 있었다. 비닐 봉지에 수두룩이 담기는 붉은 자두에서도 땀이 미끈할 것이다. 배스킨 라빈스. 켄터기 후라이드 치킨. 신라 명과. 노상에 흰색 비치용 의자가 놓여 있는 카페. 여름용 얇은 천의 모자가 수두룩이 진열되어 있는 상점. 그 안 어디에도 사람들이 없었다. 텅 빈 거리의 신호등 앞에서 나는 잠시 휘청이며 서 있었다. 느닷없이 어떤 슬픈 느낌에 꺾

일 듯이 무릎이 저려와서였다. 등이 축축할 정도로 땀이 솟아났는데도 나는 가급적 빨리 신호등이 켜진 거리를 건너려 했다. 그런데 텅 빈 거리의 어디서 나타났는지 여자와 남자 그리고 이제 막 걸음마를 배우기 시작한 어린애가 내가 건너야 할 길을 가로막았다.

"자, 이리 와보렴?"

여자가 남자의 등뒤에 서서 세 발짝쯤 떨어져 있는 아이를 부르고 있었다. 초록색 원피스 민소매 밑으로 여자의 흰 팔뚝이 다정하게 흔들렸다.

"옳지. 한걸음만 더."

선글라스를 낀 남자가 이 세상에서 가장 기특한 아이를 봤다는 듯이 시원스런 웃음을 터뜨렸다. 이제 겨우 한발짝 한발짝 걸음마를 익히고 있는 아이였다. 한걸음을 더 떼려다가 사내애는 그만 털썩 보도 블록에 넘어졌다. 7월의 폭염을 가르는 아이의 찢어질 듯한 울음 소리. 나는 넘어진 아이를 여자보다도 남자보다도 더 빨리 달싹 들어올려 품에 안았다. 너무나 작아서 내 품에 쏙 안기는 아이에게선 복숭아 냄새가 났다. 푸른 등이 붉은 등으로 바뀌고 있었다. 내가 아이를 안은 채 달아나려 했나보다. 엄연한 타인인 나를 텅 빈 거리에 우뚝 선 채로 바라보고 있던 그들 중의 남자가 내 어깨를 잡아당겼다. 남자는 여차하면 나를 후려칠 공격적인 자세로 변해 있었다.

"다친 것 같진 않군요."

얼른 남자의 품에 사내애를 넘겨주었다. 더운 공기가 그와 나 사이로 스쳐지나갔다. 그때서야 나는 내 행동이 당혹스러웠다. 남자의 옆에 서 있는 아이 엄마의 초록색 원피스가 눈부셨다. 땀을 닦으며 길을 건너는 내 앞으로 플라타너스의 검은 그림자가 미동도 없이 펼쳐져 있었다.

*

길을 건너고 난 뒤 주유소 앞에서 나는 땀을 흘리며 서 있었다. 바람 한 점 없다. 내 옷 앞섶에 묻어 있는 아이의 냄새. 달콤한 복숭아 냄새. 남의 아이를 달싹 품에 안고 도망치듯 길을 건너려고 하다니. 7월의 뜨거운 폭염 아래서 내 감정은 소용돌이쳤다. 무슨 생각이 날 듯하다가 지워지고 어떤 얼굴이 떠오를 듯하다가 가라앉았다. 이런 상태로 미란이나 언니를 만나 어쩌겠는가. 이렇게 어수선한 마음으로. 슈퍼마켓 셔터 옆에 공중전화가 눈에 띄었다. 윤에게 전화를 걸었더니 마침 받았다. 여행을 떠나기 전에 맡겼던 테오를 찾으러 가겠다고 했더니 윤이 어서 오라며 수화기 저편에서 너털웃음을 웃었다. 그 가는 목선 어디에서 이런 너털웃음이 나오는지.

"잣죽 먹고 싶은 모양이구나, 너?"

어떻게 알았을까.

사실 나는 윤이 만들어내는 더운 음식을 조금만 먹고 싶었다. 오래 잊고 있었다. 윤이 잣죽이라고 발음하기 전까지 그저 더운 음식이었던 것이 윤이 잣죽, 이라고 하자 내가 먹고 싶었던 것이 잣죽이었구나, 여겨졌다.

윤의 카페엔 손님이 한 명도 없었다. 아르바이트 대학생이 계산대 한켠에서 졸고 있었다. 테오가 꼬리를 치며 뛰어나와 내게 엉겨붙었다. 내 키보다 더 높이 뛰어오를 기세였다.

"아무리 잘해줘도 주인만은 못한 모양이야…… 시무룩해가지고 기운이 하나도 없더니 니 얼굴 보더니 대번에 저런다!"

윤은 벌써 쌀을 불려놓고 있었다. 카페의 안쪽 윤이 기거하는 원룸, 윤의 조리대엔 상앗빛 잣들이 유리컵에 담긴 채 소복했다. 윤은 냉동실에서 삼베 수건 얼린 것을 꺼내 내밀었다.

"얼굴에 갖다 대봐…… 시원할 거야."

사각으로 접혀진 삼베 수건을 펴자니 언 자리가 펴지느라 사각사각 소리가 났다.

"이런 걸 어떻게 이렇게 준비해놓고 살아?"

"여름이니까."

윤이 또 호방하게 웃었다.

"니 토끼풀도 저렇게 잘 있다!"

거리를 향해 나 있는 창가, 흰 창틀에 토끼풀 바구니가 푸르다. 다가가 봤더니 하얀 꽃도 피었다. 지난 봄에 연한 풀빛이 눈에 들어서 별마음 없이 사들인 것이 손을 굉장히 탔다. 하루만 물을 안주어도 가는 줄기를 다 잦히고서 늘어졌다. 죽었나보다, 고 생각하며 물 좀 뿌려주면 어느새 또 살아나서는 저렇게 산들거렸다. 여행 가기 전, 윤에게 테오를 맡길 때 함께 맡긴 것이었다. 물이 없으면 단 하루에도 숨을 헐떡이는데 보름씩은 견딜 재간이 없겠기에.

"손님이 저렇게 없어서 어떡해?"

"여름이니까!"

"것도 여름 탓이야?"

"여긴 학교 앞이고 방학이잖니."

윤이 불린 쌀과 잣을 블렌더에 넣고 갈아서 체에 밭쳐 냄비에 담는 동안 나는 삼베 수건으로 이마를 닦았다. 서늘한 기운이 콧등을 타고 턱밑까지 퍼져들었다. 윤은 밭인 찌꺼기에 다시 물을 한 컵 붓고 더 곱게 갈아내었다. 여행은 좋았느냐고도 여독은 풀었느냐고도 그는 잘 있느냐고도 묻지 않았다. 하긴 요리를 하고 있을 때의 윤은 늘 저렇다. 무슨 대화를 시작해본들 제대로 이어지기나 하겠는가. 될 수 있는 한 잣과 쌀이 찌꺼기가 남지 않도록 온갖 정성을 기울이고 있을 뿐인데. 윤이 냄비를 레인지에 얹고 불을 켜고 타지 않게 하려는 양 저으면서 뒤돌아보았다.

"왜 그래?"

"뭘?"

"너 이상한데? 다른 데 가려다가 여기로 왔지?"

"어떻게 알았어?"

"선물을 안 가지고 왔잖아."

"그렇네."

이인용 식탁에 잣죽 한 그릇씩을 놓고 앉았을 때 윤이 내 안을 들여다보듯이 응시했다. 윤을 따라 테오도 꼬리를 착 내려뜨리고 나를 쳐다봤다.

"어디, 얼굴 좀 보자."

"탔지?"

"아니…… 그런데 슬퍼 보이네."

"……"

"진서씨는 어때?"

글쎄, 그가 어떤지 나도 모르고 있다. 그 사람을 만나기 전에 있

36

었던 일처럼 이제 그가 청혼을 했으니 또 곧 그와 헤어지게 되는 걸까? 그와 헤어지게 된다구? 생각만으로도 가슴이 아파왔다. 사랑하는 사람과 헤어질 힘이 아직도 있는가? 내게?

윤은 식성에 맞도록 간을 맞추라고 소금을 따로 내놓았다. 물김치, 오이 피클, 잘 접어놓은 냅킨, 깨끗한 접시를 보자, 어수선한 마음이 조금은 가라앉았다. 깨끗이 잣죽 한 그릇을 다 비웠을 때야 윤은 이제 좀 괜찮아, 하고 물었다. 나는 고갤 끄덕였다. 윤이 만들어주는 더운 음식들을 먹기 시작한 지가 벌써 육 년째. 마음이 들썽할 때, 누군가를 의심할 때, 태양빛에 녹아 없어지고 싶을 때, 입 안에 침이 마르도록 성이 날 때…… 윤이 만들어주는 따뜻한 음식을 먹고 나면 침착해지곤 했다. 윤이 현피디와 이혼을 하고 방송국을 떠나고 이 카페를 차렸을 때 나는 그녀가 왜 음식점을 하지 않는지가 의문이었다. 진짜 의문은 현피디와 이혼까지 하면서 사랑했던 그 남자와도 왜 결별을 했는지였지만. 인생이란, 어디에도 속시원한 대답이 없다. 모두 글쎄? 라고만 할 뿐. 깨끗이 비운 잣죽 그릇을 개수대의 물에 담그면서 윤이 내 이름을 불렀다. 내 입에서는 턱없이 다정한 목소리로 응, 이라는 대답이 흘러나가고 있다.

"너가 말할 때까지 기다리려고 했는데…… 걱정이 되네. 왜 그래?"

"……"

"진서씨와 무슨 일 있니?"

"아니야…… 한 가지 물어봐도 돼?"

"무엇?……"

"너는 왜 여기서 이러고 있어?"

"……"

"응? 왜 이러고 있어?"

"보기 싫어?"

"아니…… 상대가 이해하기 어려운 일은 안 하는 것이 사랑이라 잖아. 나를 사랑한다면 말해봐. 이러려면 왜 현피디와 이혼을 했어?"

"그럼 내가 어떻게 했어야 한다고 생각했니? 현과 이혼을 했으니 그 남자와 살아야 된다고 생각했어?"

"그래야 된다고가 아니라 그럴 거라고."

"그러려고 이혼했다고 생각했어?"

"아니면?"

아아, 미안해…… 나는 손을 내젓고 윤은 입을 다물었다. 이런 이야기를 하려고 했던 게 아니다. 윤을 추궁하는 셈이 되어버리다 니. 윤의 식탁 의자에서 창 쪽에 붙여놓은 책상 의자로 옮겨가 털 썩 주저앉았다. 테오가 내 무릎으로 뛰어올라왔다. 나는 테오의 목 덜미를 손으로 어루만지며 미란이 이야기를 했다. 그러나 그 얘기 를 하려 했던 것도 아닌 것 같았다. 병원으로 가려던 길에 여기로 왔다고 했을 때 윤이 그랬군, 하며 내 곁으로 다가와 내 이마에 손 을 얹었다. 텅 빈 거리에서 만난 걸음마를 배우던 아기를 확 끌어 안았던 내 행동이 마치 타인의 행동처럼 또렷이 떠올랐다가 가라 앉았다.

"좀 누울래?"

윤이 벽 쪽으로 밀어두었던 나무로 된 긴 의자를 손으로 조정하 자 침대같이 되었다. 윤이 한쪽 구석으로 밀어두었던 선풍기를 강풍으로 작동시켰다. 선풍기 돌아가는 소리. 윤은 붙박이장 서랍을 열고 마가 섞인 까슬한 속치마를 꺼내 내 앞에 놓았다.

"더우니까 그거로 갈아입어."

속치마의 까슬한 질감이 등짝에 닿을 때 잠시 미란이 생각에 마음이 저렸다. 나에게 윤이 있는 것처럼, 미란에게도 누군가 있었다면 좋았을 텐데.

"이것 좀 봐."

윤이 내 옆으로 와 누우며 내민 것은 신문 사이에 끼여들어왔을 광고지였다. 나는 시무룩이 그 광고지를 받아들고 읽어내리다가 그만 웃음을 터뜨렸다. 홍제동 전철역 5분 거리에 연안건설 주택사업부라는 곳이 있는 모양이었다. 그 분양 사무실에서 만든 광고지인 모양인데 처음엔 연안 빌라트에 꼭 입주하실 분, 장기 융자 20년, 4,000~5,000만 가능, 이라고 써 있어서 이걸 왜 읽어보라고 하나, 싶었다. 웃기는 건 다음부터였다.

고객에게 드리는 보너스

1. 부모님을 모시고 사는 효자 효녀에게는 2%의 할인 혜택을 드립니다. 2. 신혼부부나 결혼을 앞둔 예비 신혼 부부에게는 커튼을 드립니다. 3. 처음 보고 바로 계약하시는 분에게는 50만 원 상당의 속옷을 드립니다. 4. 마음에 안 드셔도 사시는 분에게는 10일 간 청소를 무료로 해드립니다.

이런 사람에게는 분양을 하지 않습니다.

1. 아버지 빽 믿고 비뇨기과에 자주 가는 사람. 2. 아무나 보고

아저씨라고 부르는 사람. 3. 일처리 잘 해주겠다고 돈 받아먹는 사람. 4. 부실 빌라 지어서 팔아먹고 고급 빌라 사려고 하는 사람. 5. 사과 상자나 떡값을 자주 받는 사람. 6. 살 것도 아니면서 그냥 바람만 잡고 가는 사람.

고객 여러분의 선택에 연안 빌라트가 달려 있습니다.
분양이 다 된다면 사장: 5차 빌라트 짓기 위해 땅 보러 다님. 대리: 과장으로 승진. 경리: 호봉 수 2배 상승. 분양이 다 안 된다면 사장: 부도와 함께 3년 이하의 징역. 대리: 사장에게 사식 넣어줌. 경리: 백수로 전환.

윤은 분명히 이 광고지를 보자마자 잘 접어놓았을 것이다. 누군가 우울한 일로 윤을 찾으면 접어서 챙겨놓아둔 재미난 얘기가 씌어진 신문 쪼가리며, 꼬깃꼬깃한 메모지들을 꺼내와서 눈앞에 들이밀어주는 윤이다. 그게 오늘은 나인 모양이다.
윤이 누운 채로 내 머리를 쓰다듬었다. 윤이 내 목 밑으로 낮은 베개를 밀어넣어주었다. 윤이 끌려올라간 속치마를 잣죽을 끓였던 손으로 끌어내려주고 창을 향해 돌아누웠다. 광고 문안을 썼을 사람의 익살스런 눈매가 눈앞에 떠올랐다가 사라졌다. 마음에 안 드셔도 사시는 분에게는 10일 간 청소를 무료로 해드립니다.

*

윤과 함께 침대 위에서 깜박 잠이 들기도 했고, 깨어나서 윤이 만든 과일탕을 마시기도 했다. 선풍기 돌아가는 소리. 까슬한 속치마 덕분인지 별로 덥지도 않았지만 선풍기를 끄지도 않았다. 내가 다시 눈을 떴을 땐 저녁때가 되어 어둑어둑했다. 윤이 내 다리에 제 발을 얹고선 자고 있고, 선풍기는 어느덧 꺼져 있었다. 블라인드를 통해서 들어오던 빛도 사라졌다. 윤이 서 있던 조리대의 접시며 냄비며 잣이며 프라이팬이며 토마토들도 잠잠했다. 테오도 탁자 밑에서 조용히 웅크리고 있다. 나는 내 다리에 얹혀진 윤의 다리를 가만히 침대에 내려놓았다. 선풍기의 버튼을 미풍에 맞추고선 엎드린 채로 잠든 윤의 얼굴을 물끄러미 응시했다. 윤의 짧은 머리가 선풍기 바람에 흩날렸다. 흰 얼굴, 긴 속눈썹, 웃을 때면 한쪽에만 보조개가 파이는 뺨, 오똑한 콧날. 어스름 속이라서인가. 늘 도회적이라고만 여겼던 윤의 얼굴 윤곽이 애처로워 보였다. 그래서 윤이 아닌 것만 같았다.

내가 손을 뻗어 윤의 얼굴을 쓰다듬을 때였다.

선생님, 제가 자란 집에는 느티나무 한 그루가 있는데요.

상기되는 이 목소리는 누구의 것인가.

느티나무 한 그루가 있는데요. 바닷바람을 너무 많이 맞아서 바다 반대편인 마을 쪽으로 둥치가 휘었어요. 해일이 일어 마을의 중심까지 물이 들어찼던 어느 여름에요 나만 살아남았어요, 선생님. 학교가 파하면 친구들은 바닷가로 나가서 괜히 미끄러운 바위틈을 징검징검 디디며 검은 바위에 붙어 있는 붉은 불가사리를 떼어내거나 가무스름한 게들을 싸움붙이고 놀고 그랬는데요. 나는 매번 엄마한테 갔어요. 엄마가 일하는 횟집 수족관을 들여다보면서 엄마가 일 끝나길 기다렸어요. 밤이 되어 마을이 파도 소리에 휩싸일 때까지요. 바닷게들이 슬금슬금 바다에서 기어나와 바위 밑에 달라붙어 잠들 때까지요. 드디어 횟집의 문이 닫히고 엄마가 수건을 탁탁 털며 걸어나오면 정신없이 엄마한테 매달렸죠. 이애가! 엄마는 매번 내 등짝을 후려쳤어요. 아이구, 이 못난쟁이, 이 웬수, 하면서. 그러건 말건 나는 엄마의 등에 업혀서 엄마의 가슴을 꼭 쥐었죠. 그리고 횟집을 지나 모래 마당을 지나 해송 사이를 거쳐 마을로 걸어들어갔던 날들이 있었어요. 하늘엔 초생달이 빠끔히 떠 있구, 멀리 바다에서는 파도 소리가 들리구, 엄마가 움직이는 대로 내 다리는 건들건들거리구. 그렇게 엄마 등짝에 붙어 있으면 안심이 되곤 했어요. 나는 엄마가 나를 두고 어디로 달아나버릴까 봐 늘 전전긍긍했거든요. 그래서 엄말 지킨 거예요. 매번 엄마의 목을 팔로 친친 감고서 엄마 죽지 마, 외쳤어요. 약속해, 죽지 마. 엄마가 죽고 사는 건 엄마 마음대로 못 한다고 해도 나는 억지를 부렸죠. 싫어 죽지 마. 근데 나 혼자만 살아남았어요. 나 혼자만요.

누구인가? 불쑥불쑥 앞뒤 맥락도 없이 내 안에서 새어나오는 이 목소리들의 주인들은?

예약된 시간이 다되었는가. 선풍기가 꺼지면서 내는 탁, 소리에 테오가 놀라서는 끙끙, 거렸다. 바람이 사라지자 공기가 착, 가라앉았다. 하염없이 윤의 얼굴을 매만지고 있는 내 손을 테오가 물끄러미 쳐다봤다. 때로 잘 알고 있는 사람도 이렇게 다른 사람처럼 여겨질 때가 있다. 그런 느낌이 싫지 않고 신선했다. 윤의 갸름한 얼굴 윤곽을 따라가는데 카페의 출입문에 달린 풍경이 뎅그렁, 울리는 소리가 들렸다. 벽 저편. 어서 오세요. 아르바이트 대학생이 엽차를 들고 걸어가는 소리. 냉장고 문 여는 소리. 얼음 꺼내는 소리. 나는 잠든 윤을 향해 중얼거렸다.

"난 실패한 사람이지?"

윤은 미동도 않고 가는 숨소리만 냈다.

"내 말 다 듣고 있지?"

내 손가락은 이제 윤의 얼굴을 떠나 윤의 목선을 따라 내려갔다.

"나, 처음 만났을 때 생각나?"

나는 주먹을 꽉 쥐고 창문만 바라보고 있다는 미란을 생각했다. 나는 왜 미란에게 선뜻 가질 못하고 이렇게 배회하고만 있는가. 언니나 미란이가 오지 말라고 하지 않았어도 나는 아직 미란이 누워 있는 병원엘 가지 못했을 것이다. 그럴 것이다. 이 내부의 술렁거림. 십오륙 년 만에 되살아난 슬픈 예감.

어두워진 방안에서 입고 있던 윤의 속치마를 벗어 접어 침대 한 켠에 내려놓았다. 테오가 내 기척에 탁자 밑에서 걸어나와 나를 싸고 빙빙 돌았다. 또 저를 두고 갈까 싶어 그런 모양이다. 나는 테오의 염려를 없애주기 위해 테오를 품에 안았다. 카페엔 저녁 손님이 몇 찾아온 모양이다. 아르바이트 대학생의 발짝 소리가 부산해졌다. 창틀을 타고 넘어온 거리의 소음이 잠든 윤의 어딘가를 건드리는지 윤이 몇 번 뒤척거렸다. 너무 길게 자면 기운이 빠질 텐데. 내 셔츠와 바지를 찾아 꿰입고 탁자 위의 메모지를 꺼내 몇 자 적었다.

'테오만 데려갈게. 토끼풀은 여기서 기르도록 해. 오래 전부터 하고 싶었던 말인데 네가 없었으면 나는 몹시 힘들었을 거야.'

윤이 잠들어 있는 창에 내려진 블라인드가 택시를 잡으려고 서
있던 골목에서 올려다보이지만 않았어도 그를 지금 만나야겠다는
생각은 못 했을 것이다. 내가 방금 입고 있던 속치마가 개켜져 있
는 방, 아직 윤이 잠들어 있는 방 덧문에 내려진 블라인드를 바깥
에서 올려다보고 있자니, 지난 며칠 동안 내게서 사라진 듯이 여겨
지던 그를 향한 그리움이 밀려왔다. 9시. 어쩌면 그가 방송국에 있
을지도 모르겠다는 생각이 들었다. 공중전화를 찾아 윤의 카페 뒤
편, 학교로 통하는 길 쪽으로 올라갔다. 여름 밤거리는 여전히 후
텁지근했다. 그래도 낮보다는 사람들도 자동차들도 많아졌다. 학
교 앞 여섯 대의 공중전화 박스 속엔 모두 누군가가 누군가에게 전
화를 걸고 있다. 빈자리가 나기를 기다리는 동안은 겨우 이 분도
안 되었는데 오랜 시간이 흘러간 듯했다. 오래 벨이 울렸으나 전화
를 받는 이가 없었다. 전화 카드를 빼려다가 다시 넣고 그의 아파
트로 전화를 다시 걸어보았다. 마찬가지로 그의 방안에 울려퍼지
기만 하는 전화벨 소리. 다시 그의 핸드폰 번호를 눌러보았다. 지
금은 통화할 수 없다고 흘러나오는 메시지.

공중전화 수화기를 내려놓고 네온이 켜진 여름 밤거리를 우두커
니 쳐다보았다. 신호등에 걸린 자동차들이 서 있는 너머로 당구장
이며 분식집 카페와 컴퓨터 가게 약국의 간판 네온이 반짝거린다.
신호등을 건너던 한 무리의 여학생 중에서 한 여학생이 대열에서
빠져나와 가로수에 등을 대고 배낭에서 핸드폰을 꺼내 어디론가
전화를 걸고 있다. 반바지를 입고 샌들을 신은 남학생 두엇이 각자

생수통을 들고서 지하철 입구로 후다닥 뛰어간다. 그 사이 신호등이 바뀌어 서 있던 자동차들이 서행으로 움직이며 소음을 내기 시작했다. 바로 공중전화 박스 하나를 사이에 두고 일어나는 눈앞의 일들이 실감이 나지 않는다. 그렇게 먹먹하게 서 있자니 방금 입고 있던 속치마를 개켜놓고 나온 방 덧문에 내려진 블라인드가 내게 떠밀어다준 그리움이 그를 향한 그리움이 아니었던 것도 같았다.

누구일까.

내 의식의 저편에서 꾸물꾸물거리는 이 사람은? 몇 토막의 목소리로만 남아 있는 이 사람들은? 내가 아는 사람들인 것도 같고 모르는 사람들인 것도 같은 그들. 나는 그들과 무슨 관계이길래 이렇게 그립기까지 할까. 뒤에서 차례를 기다리고 있던 여학생이 공중전화 턱을 발로 턱턱 찼다. 발소리를 듣고서야 이 공중전화 박스 안에서 나가야 한다는 생각이 들었다. 아무 길이나 잡고 걸었다. 내 안에서 아무 연관성도 없이 불쑥불쑥 떠올랐다가 사라지는 얼굴을 잃고 헤매이는 이 목소리들. 미란으로 인해 내 무의식의 어딘가가 일깨워지려 하는 참인 것 같았다. 어떤 기억들이 그만 헛간에서 몸을 일으키고서 되살아나려고 하는 참인가 보았다. 나는 삼삼오오 짝을 지어 신호등을 건너고 왁자지껄 웃음을 터뜨리며 지나가는 사람들 틈에 섞여 망연히 서 있다가 다시 길을 걷다가 어느 카페에 들어가서 뜨거운 커피를 시켜 반도 못 마시고 다시 길거리로 나와 걸어다녔다.

3
미란이

언니는 내 쪽을 향해 어이없는 표정을 지었다.

병원 복도는 소란스러웠다. 환자들보다도 면회 온 사람들이 더 많아 보였다. 8층으로 올라가는 엘리베이터를 타려고 기다리고 있는 동안 정원을 초과한 엘리베이터는 세 번이나 그냥 올라갔다. 할 수 없이 나는 비상구 계단을 타고 미란이 누워 있는 병실로 올라갔다. 계단에 휠체어를 내다 놓고 앉아 있는 사람들. 각 층의 공중전화마다 줄 서 있는 면회객들. 여름날. 해변에만 사람들이 복작거리는 건 아니다. 언니는 화를 낼 수도 흥분을 가라앉힐 수도 없었는지 들고 있던 가방을 다시 병상에 내려놓았다. 미란은 손목을 붕대로 감은 채 헐렁한 흰색 셔츠를 입고 선 채로 샌들로 바닥을 콕콕 찧고 있다. 미란이 방금 내뱉은 말은 이모네로 가겠어, 였다. 느닷없는 미란의 결정이었다. 퇴원 수속을 마치는 내내 아무 말이 없더니.

"그래, 우리집으로 가자."

46

집이라고 발음하는 순간, 왜 거실에 놓여 있는 아직 풀지 않은 트렁크가 떠올랐는지.

"그렇게 해, 언니…… 내가 데리고 갈게."

"말이나 되는 소릴 해야지."

"다른 집에 가겠다고 안 하고 그래도 나한테로 가겠다니 다행이라고 생각하자, 우리."

"……"

"응? 그렇게 해."

"불편하지 않겠니?"

"불편하긴…… 나도 미란이가 와 있음 좋아. 미란이가 오면 쓰던 방도 있잖아. 침대 시트만 갈면 돼."

"저애가 왜 저러는 줄 아니?"

"왜 그러는데?"

"날 피하려고 그러는 거야."

"잠시 떨어져 있는 것도 좋아, 언니. 내 보기엔 언니도 좀 쉬어야겠어. 미란인 내가 잘 데리고 있을 테니까 마음 놓고 언니도 좀 쉬어…… 주차장에서 차 가지고 나올 테니까 병원 입구에서 만나."

두 모녀는 각기 다른 곳을 보고 서 있다. 미란이 먼저 뒷자리에 올라탔다. 언니가 앞문을 열고 차에 오르려 하자 미란이, 엄마는 집으로 가세요, 라며 쏘아붙이듯 말했다. 언니의 얼굴이 여름 햇살 아래서 슬프게 일그러졌다. 그러잖아도 조그만 언니의 얼굴은 미란이 병원에 있는 동안 수척해져 더 작아 보였다. 눈가에도 가는 주름이 부챗살 모양으로 퍼져 있다. 언니는 다시 차문을 닫으려다가 가방에서 약제실에서 받은 하얀색 약봉투를 꺼내 차 안에 들여놓았다. 그러는 언니의 눈시울이 이내 붉어졌다.

"전화할게."

손을 흔들다 말고 언니가 먼저 돌아섰다. 마음의 격정을 참기가 힘든지 언니는 내가 출발하는 걸 보지도 않고 금세 병원 건물 어디론가로 숨어버렸다. 병원 입구는 주차장을 향해 올라오는 차량으로 복잡했다. 이 분이면 걸어서 나갈 길을 십오 분이나 지체했다. 생각에 잠긴 건지 미란은 눈을 질끈 감고 등을 의자 깊숙이 묻고서는 미동도 하지 않았다.

병원을 빠져나온 지 이십 분 후에 미란과 나는 광화문 네거리로 나와 있었다. 자동차는 세종문화회관 앞에서 붉은 신호등에 걸려 오래 정차했다. 단순히 신호등에 걸려 차가 밀려 있는 건 아닌가 보았다. 신호등이 파란색으로 바뀌어도 차는 움직일 기색이 없었다. 미동도 없던 미란이 자동차가 오래 정차해 있자 눈을 떴다. 눈을 뜬 미란이 뚫어져라 바라보는 쪽을 따라가보았다. 세종문화회관 벽에 새겨진 비천상이었다. 공후를 타고 있는 여인의 날아갈 듯한 자태.

"아름답지?"

미란은 가만있다.

"대학 다닐 때 교지 편집 일을 봤었단다. 어느 해던가 교지의 표지로 저 벽화를 사진으로 찍어서 쓴 적이 있어. 그때 사진 기자를 따라서 저 밑을 많이 서성거렸지."

"……"

"볼 때마다 느낌이 달라. 날씨에 따라서도 다르구…… 밤에 와서 한번 보렴. 밤엔 위에서 조명을 비춰주는데 근사하지. 한번 같이 올까?"

미란은 대답이 없었다.

그저 비천상에서 시선을 떼지 않고 있을 뿐이었다. 미란이 입을 다물고 면구스러워서 나도 입을 다물었다.

그 사진 기자는 누구였던가?

지금 어디서 무얼 하며 살고 있을까. 그는 마치 저 여인이 타고 있는 공후 소리가 들리기나 하는 듯이 진지하게 귀를 기울이는 자세로 사진을 찍었다. 누구나 뭔가를 열심히 하고 있는 사람은 아름답다. 그런 사람은 타인으로 하여금 바라보는 즐거움을 누리게 해준다. 표지로 쓸 사진이니 중요해서이기도 했겠지만 그는 유난히 저 비천상을 찍는 일에 정성을 기울였다. 저 비천상이 날씨와 아침과 저녁과 깊은 밤중에 따라 다르게 보인다는 것을 나는 그때 알았다. 그는 저 비천상 자체를 사랑해서 상황에 따라 달라 보이는 모습을 모두 다 카메라에 담았다가 그중 가장 아름다운 것을 택하고 싶은 모양이었다. 그 모습이 좋아 나는 그가 비천상을 찍으려고 카메라 가방을 챙기는 것 같으면 함께 따라나서곤 했다. 자신이 사진을 찍는 모습을 누가 보고 있는 게 어색하다고 따라오지 말라고 했지만 나는 몰래라도 따라가서 멀찌감치 떨어져 그가 비천상을 찍는 모습을 쳐다보았다. 그러다가 그에게 들키기도 했다. 나중에 그는 참 재미있는 사람도 다 있다면서 저 비천상을 찍으러 갈 적이면 마치 렌즈를 챙기듯이 나도 챙겼다. 어느 날은 한밤중에 그에게서 지금 비천상을 찍으러 갈 건데 나올 거냐는 전화를 받았다. 자정도 넘은 시각에 달달 떨며 세종문화회관으로 나가서 내가 했던 일은 토큰을 파는 가게에 등을 대고 쪼그리고 앉아서 렌즈의 각도에 따라 자세가 달라지는 그의 뒷모습과 빛을 받고 공후를 타고 있는 여인을 번갈아 바라보는 일뿐이었다. 그의 옆에 있으면서 내가 할 수 있는 일은 그것뿐이었다. 카메라가 들어 있는 가방이 무거울 것 같아 그거라도 내가 들고 있겠다고 하면 그는 가방이 어깨에 매달려 있어야 안정감이 든다며 사양했다. 그때 저 공후 소리를 귀기울여 듣는 듯한 자세로 사진을 찍던 그 사람.

그날 그가 비천상 찍기를 멈추었을 땐 거리에 새벽빛이 서리고 있었다. 그와 나는 새벽 거리를 오래 걸었던 것 같다. 여태껏 한번도 해보지 않은 생각이다. 그랬던 것 같다. 그런 적이 있었던 것도 같다. 조금 떨면서 우리가 함께 나눠 마셨던 자동 판매기에서 꺼낸 종이컵에 담긴 커피. 그 종이컵을 쥐고 있던 손바닥의 온기. 고독에 잠겨 있던 세종문화회관의 계단들. 문닫힌 상점들. 아직 아무도 오가지 않은 거리를 그저 걸어가던 그와 내가 손을 잡았던 것도 같다. 이슬이 내린 벤치에 오들오들 떨면서 앉아 있었던 것도 같다.

자동차가 비천상 앞을 지나자 미란은 다시 눈을 감아버렸다.

집 앞에 자동차를 세웠을 때 미란은 시트에 머리를 기댄 채 잠이 들어 있었다. 시동을 끄고 미란이 잠을 깨길 기다리다가 나도 잠이 들었던 모양이다. 미란이 차문을 열고 내리는 기척에 눈을 떴을 땐 시간이 3시에서 4시가 되어 있었다.

"윤이 이모 오라고 할까?"

빈방의 싱글 침대에 베개와 얇은 이불을 내려놓고 나왔을 때 미란은 거실을 지키고 있는 풀지 않은 검은 트렁크를 만지작거리고 있다. 테오가 미란과 트렁크 곁을 서성이다 이따금 내 발치에 따라붙어 낑낑거렸다.

50

"어디 갈 거야?"

"중국 갔을 때 가지고 갔던 거야. 아직 못 풀었어."

"왜?"

"글쎄…… 그냥 그렇게 됐구나. 윤이 이모 오라고 할까? 너 그 이모 좋아하잖아."

"아니!"

미란이 시무룩한 표정으로 고갤 젓더니 트렁크 위로 가볍게 올라가 새처럼 웅크리고 앉았다. 광활한 우주를 향해 퀴퀴한 냄새를 풍기며 우뚝 솟아 있던 중국의 목탑 주변을 어지럽게 날고 있던 새들. 그때 내 카메라 렌즈 안에 들어가 있던 미란의 슬픈 얼굴. 내 마음속에 순간 두려움이 일렁거려 미란이에게 트렁크 위에서 내려오라고 했다. 어쩐지 미란이 정말 새가 되어 어디론가 날아가버릴 것만 같아서. 미란은 트렁크 위에서 더욱 몸을 구부리는 것으로 내 말을 거부했다. 내가 옷을 갈아입고 언니에게 잘 도착했다고 전화를 걸고 났을 때까지도 미란은 그렇게 앉아 있었다. 나는 미란에게로 다가갔다. 미란이 내 허리에 얼굴을 기대왔다. 먹먹한 표정이다. 무엇이 이애의 마음에 이토록 깊은 상처를 냈을까.

나는 미란의 검은 머리를 쓸어주었다.

"이모…… 나 머리 좀 감겨줘…… 가려워."

"그 동안 한 번도 안 감았니?"

"응."

"엄마가 안 감겨줬어?"

"내가 싫다고 했어."

"엄마한테 왜 그래? 니 엄마 마음 약한 거 알면서."

따뜻한 물을 받으려고 보일러의 버튼을 목욕에 맞춰놓고 거실의 간이 의자를 세면장의 세면대 옆에 갖다 놓았다. 샴푸와 린스를 손에 닿기 편하게 세면대 위에 올려놓고 수건과 빗도 그 옆에 갖다 놓고 트렁크 위에 앉아 있는 미란을 불렀다. 미란은 가만히 있다. 문을 열어놓아 세면장이 다 들여다보이는데도.

"이리 와. 미란아…… 머리 감겨달래면서?"

"이모가 데려가."

　나는 무슨 뜻인지를 몰라 얼굴을 내밀고 미란을 쳐다보았다.

"업어다 줘."

　미란이 트렁크 위에 웅크린 채 슬픈 눈으로 나를 쳐다보았다. 저 애가? 내가 다가가 등을 대자 미란은 정말 달랑 업혔다. 무슨 일인가 싶어 테오가 흰 털을 세우며 미란과 나를 쳐다봤다. 미란의 몸은 가벼웠다. 겨우 세면장까지의 거리인데 마치 먼 길을 떠나는 사람처럼 미란은 내 등에 얼굴을 갖다 대고 내 목에 팔을 감아왔다.

"머리 감지 말고 그냥 이렇게 업어줄까?"

　미란이 쿡, 웃는가 보았다. 콧김이 등에 묻어왔다. 세면장에 미리 갖다 놓았던 의자에 미란을 내려놓았다. 붕대를 감은 팔이 불편한지 미란이 팔을 쳐들었다. 의자를 당겨 세면대에 머리를 젖히게 하고 미란의 머리에 샤워기를 댔다. 검은 머리가 금세 물에 젖었다. 손바닥에 샴푸를 따라 미란의 머리에 묻혀 비볐다. 샴푸의 향긋한 냄새가 코끝에 맴돌았다. 미란은 눈을 감고 뜨지 않았다. 미란의 검은 머리에 거품이 일렁였다. 세면대 뒤에 붙어 있는 거울 속으로 머리를 내맡기고 있는 미란과 미란의 머리를 감기고 있는 내 모습이 비쳐졌다. 눈감은 미란이 얼굴을 뒤로 젖히고 있어서 미란의 얼굴 윤곽이 선명히 드러났다. 갸름한 턱선, 길다란 목선. 그리고 어깨뼈까지.

"많이 가렵니?"

대답이 없다. 검은 머리에 보드라운 흰 거품이 일렁일 뿐이다. 미란의 검은 머릿단을 손바닥에 쓸어모으고 빗질을 해주었다. 흰 거품이 밀려 세면대 속으로 떨어져내렸다. 미란이 시원해하는 것 같아서 샤워기를 빗어 넘겨진 검은 머리에 갖다 대어 맑은 물로 한번 헹군 다음 다시 빗질을 해주었다. 순간이었다. 나는 누군가에게 목덜미를 꼬집힌 듯해 잠시 빗질을 멈췄다. 파르르 가슴이 떨려왔다. 어디서 본 듯한 풍경. 누군가 내 머리를 이렇게 감겨주었다는 생각. 아주 친숙히 되살아나는 그 다정한 손길.

4
오 분만 더 생각해봐

"꼭 그래야만 하겠어?"

스튜디오는 냉방이 좀 과하게 되어 있다. 현피디의 맨팔에 오소소 소름이 돋아 있다. 스튜디오의 냉방은 사람을 위해서라기보다 녹음 콘솔을 위해서다. 사람보다 기계가 더위에 더 민감했다. 은빛 방음벽에 뚫린 구멍들이 오늘따라 더 질서정연해 보였다. 방금, 현피디와 나는 가을 개편에 들어갈 새 라디오 드라마, 30초짜리 광고 방송을 녹음했다. 녹음에 들어가기 전 나는 그에게 얘기했다. 당분 간 모든 일을 쉬어야겠다고. 새 드라마에 내가 맡기로 되어 있던 역할의 목소리 배역을 다시 캐스팅하라고. 현피디는 여느 날과 다름없이 내 목소리를 따고 테이프에 저장하고 보관할 차비를 한 다음에야 꼭 그렇게 해야만 하겠냐고 묻고 있다.

나는 가방에서 여행중에 찍었던 인화된 사진들을 현피디에게 내밀었다. 사람들은 아련하고 사진 속에 박힌 사막과 탑과 절이 눈앞으로 쓰윽 지나갔다. 사람 수대로 따로 뽑아 담아서 봉투가 여럿이다.

"여행중엔 그런 말 없었잖아."

현피디는 아무래도 당분간 일을 쉬어야겠다는 나의 말을 받아들이기가 힘든 모양인지 알루미늄 책상 위에 녹음 테이프를 내려놓고 책상보다 다소 육중해 보이는 의자를 끌어당겨 앉고선 바지 뒷주머니에서 조그만 알미늄 술병을 꺼내 스카치를 한 모금 입 안에 털어넣었다. 3년 전에 윤과 이혼을 한 뒤 현피디는 어디서나 저렇게 불쑥불쑥 입에 스카치를 털어넣는 남자가 되었다. 그전에도 그가 술을 마셨던가? 기억에 없다.

어느 날이던가. 영화 더빙을 할 적이었다. 감기 몸살을 앓느라고 대본을 한번도 읽어보지 못한 채로 더빙실에 들어가자니 영 기분이 좋지가 않았다. 방송국 5층엔 외진 스튜디오가 하나 있다. 복도의 맨 끝에 있기 때문인지 특별히 바쁜 때가 아니면 그 스튜디오는 문이 닫혀 있었다. 누가 갖다 놨을까. 그곳엔 등을 다 파묻을 수 있을 정도로 등받이가 긴 의자가 늘 출입문 반대쪽을 향해 놓여 있었다. 지난 내 성우 생활 7년 동안 아무도 모르게 내 마음을 달랠 일이 있으면 그 스튜디오로 들어가 그 의자에 앉아 맥을 탁 놓고 있다가 심호흡으로 마음을 달랜 뒤에 나오곤 했다. 대본을 한번도 읽어보지 못한 개운찮음을 달래보려고 그날도 난 그 스튜디오를 찾아 들어갔다. 방금 전 복도를 타박타박 걸어왔던 내 구두 발짝 소리가 따라 들어오는 것이 느껴질 정도로 스튜디오 안은 조용했다. 나는 거기에 나뿐인 줄 알았다. 시간 여유가 없어서 의자에 앉을 생각도 못 하고 출입문 안쪽 벽에 기대 서서 대본을 펼쳐들고 내 몫의 대사를 별 거리낌없이 읽어보았다. 고향을 싫어하는 건 나쁜 건가요? 난 여기가 숨막혀요. 겨울엔 비와 진흙 여름엔 먼지 때문에…… 상대 배역의 "돌아와서 당신을 데려갈게"를 건너뛰고 다음의 내 대사를 크게 발음해보았다. "그 기차역 기억하세요? 난 떠나면서 곧 돌아올 생각이었어요. 하지만 나는 길을 잃었고 낯선 곳을 헤매었죠." 감기로 인해 비음이 섞인 내 목소리가 공명음을 내며 스튜디오 안에 울려퍼졌다. "손만 뻗으면 당신에게 닿을 것 같았는데도……" 이제 와 연습을 해본다는 건 가당찮은 일 같아서 잠깐 의자에 앉았다 가려고 성큼성큼 의자를 향해 걸어갔다. 의자를 막 돌려세우려다가 의자 안에 쭈그리고 앉아 있는 현피디를 발견했다. 그의 손엔 작은 술병이 쥐어져 있었고 아마도 한 모금을 막 입안에 털어넣었을 때 내가 들어선 모양으로 내 기척에 뚜껑도 못 닫고 엉거주춤 앉아 있는 중이었다. 그와 시선이 마주쳤을 때 나는 방금 내가 읽었던 내 대사가 멋쩍어서 웃었고 그 또한 왜였는지는 모르지만 쓸쓸하게 웃었다. 그 일이 있고 난 후 현피디와 나는 편안한 사이가 되었다.

현피디는 생각에 잠긴 채 잠시 그러고 있다가 다시 술병을 꺼내 한 모금을 마셨다. 한 모금씩만 마실 뿐 그가 취하는 법은 없다. 내가 물을 마시듯이 차를 마시듯이 그는 스카치를 한 모금씩 마실 뿐이다.

약간 부은 얼굴. 창백한 손. 귀 밑으로 더부룩한 갈색 머리. 셔츠 밑으로 드러난 굵은 팔.

나는 그 앞으로 네모난 간이 의자를 갖다 놓고 앉았다. 밤낮없이 켜놓는 형광등 불빛이 그와 나 사이에 창백하게 머물러 있다. 그렇게 앉아 있자니 나는 아무것도 아니다, 라는 생각이 스치고 지나간다. 나는 아무것도 아니다. 그냥 여기 이 스튜디오의 한켠에 머물러 있는 한낱 실루엣일 뿐.

"일을 다 멈추고 뭘 할 참인데?"

"알아내야 할 일이 있어요."

"알아낸 후엔?"

"어떻게 하자는 게 아니에요. 부슬부슬 내리는 비를 맞고 있는 것처럼요, 내 의식에 깔려 있는 이 좌절감의 정체를 알고 싶어서 그래요. 그러지 않고서는 생생하게 살 수 없을 것만 같아서요."

"생생하게?"

"느끼고 싶어요. 차가운 것은 차갑게, 뜨거운 것을 뜨겁게. 내게 주어진 시간을 투명하게 느끼며 살고 싶어요. 언제부턴가 마치 남의 인생을 들여다보듯이 살고 있는 것만 같아요."

"살다 보면 인생의 재구성이 필요한 시기가 있는 법이지. 하지만 내 말은 해오던 일까지 다 멈추고서 그렇게 확 뒤돌아봐야 하겠느냐는 거지."

"시도 때도 없이 침입하는 이 좌절감을 물리치고 싶어요 그것의 실체를 알고 나면 이제 어떻게 살아야 하는지, 내가 여기에서 뭘 해야 하는지의 느낌이 얼마큼은 선명해질 것 같아요."

"두렵지 않아?"

"두려워요. 그래서 오래 미뤄왔겠죠. 아무것도 기억나지 않는다는 건 변명에 불과했어요. 나는 어렴풋이 무슨 일인지 알고 있는 거예요. 목소리들이 남아 있는걸요. 내 안에 흩어져 있는 몸과 마음을 잃은 이야기들이 목소리로 남아 떠돌고 있어요. 한편 그 목소리는 알려고 하지 말라고도 해요. 뭔지 모르겠지만 고통스러우니까, 내 무의식이 의식을 덮은 거예요. 잊어라, 잊어라…… 하면서."

"알고 나면 더 쓸쓸한 일도 있어."

그럴지도 모른다. 아니 알게 돼서 쓸쓸한 일이 더 많을지도 모를 일이다. 늘 안락의자라고 여기며 앉아 있던 의자가 알고 나니 가시로 만들어진 의자일 수도 있겠지. 내가 떠나면 견디지 못하리라고 생각해서 망설이며 떠나지 못하고 있던 사람 또한 그 자신이 떠나면 내가 견디지 못하리라 여겨 망설이며 떠나지 못하고 있는 건지도.

나는 현피디의 야윈 손등에 내 손을 내려놓았다. 현피디가 공허함을 느끼지 않기를 나는 바란다. 현피디가 피식, 웃으며 손등에 얹힌 내 손을 바라보았다. 현피디의 손을 오래 쥐고 있으면 내 손에서도 담배 냄새가 나곤 했다. 말해본 적은 없지만 현피디가 알아주었으면 좋겠다. 그 자신이 내게 얼마나 중요한 사람인가를. 사라진 기억은 얌전하게 있어주질 않았다. 또각또각 구두굽 소리를 들으며 계단을 오를 때, 미로처럼 연결되어 있는 스튜디오의 복도 모서리를 돌 때, 빈집의 열쇠를 따고 들어갈 때, 사라진 기억은 불쑥불쑥 목덜미를 싸늘하게 하며 발을 헛디딘 것처럼 나를 소스라치게 했다. 한 발짝만 더 나아가면 여기에서 벗어날 수 있다고 안간힘을 쓰며 허우적거리는 나를 매우 딱하게 여기고 있는 사람이 현피디라는 걸 나는 알고 있다. 그는 방송국 내에 자신과 닿아 있는 친분을 통해서 내가 쉬지 않고 일에 몰두할 수 있게 여건을 조성시켜주곤 했다.

"이따금 생각하지."

"……"

"내가 윤의 마음을 몰랐다면 말이야. 그랬다면 우리는 헤어지지 않았을지도 모르지. 그 사람은 좀 결벽증이 있는 사람이었지. 다른 남잘 사랑하는 걸 내게 숨기질 못했어. 나도 이런저런 일을 많이 알고 겪었어. 단지 아내가 다른 남잘 만나서 헤어진 게 아니야. 윤은 나도 사랑했어. 그 남자도 사랑했구. 내가 그들 사이의 관계를 알게 되자 처음엔 그 남자와 헤어졌지. 이후로 나는 그 사람이 한밤중에 베란다에 서서 주차장을 내려다보고 서 있는 모습을 자주 봐야 했어. 그 모습을 지켜보고 있는 내 마음이 얼마나 아슬아슬했는 줄 알아. 갑자기 말이야. 그 사람이 그 베란다에서 사라져버릴 것 같더군. 아침에 집을 나올 때면 걱정이 되곤 했어. 윤이 그 남자에게로 갈까 봐서가 아니라 윤이 저 자신을 다치게 할까 봐서 말이야…… 지금은 가끔 생각해. 우리들 사이에 아이가 있었으면 좀 달랐을까, 하고. 아이가 있었으면 내가 아내 마음을 그렇게 헤아렸을까? 윤의 마음이 이해가 갔어. 그 남자와 살고 싶은 윤의 마음을 말이지. 그걸 알고 나니까 아내와 함께 있어도 몹시 쓸쓸해졌지. 어느 날 함께 비디오를 보고 있는데 그 사람이 전혀 화면을 보고 있지 않았어. 한번도 보지 못한 아내의 쓸쓸한 표정이 허공에서 흔들리고 있었어. 순간적으로 그런 생각이 들었어. 보내줘야지. 인생은 한 번뿐인데 살고 싶은 사람하고 살게 해줘야지. 저토록 참고 있는데 내가 보내줘야지. 간절하다는 것, 더구나 사람이 사람을 간절하게 그리워한다는 것, 그것만큼 인생에서 중요한 일이 있겠는가…… 내 생각은 그런 거였지. 어떤 인생에나 그런 마음이 찾아드는 게 아니야. 너무나 많이 발음해서 낡아버린 말 같지만 사랑이란 바늘구멍에 낙타가 들어가는 일과 같은 거라는 게 내 생각이지."

"……"

"쓸데없는 얘길 했네. 내 말은…… 지금까지 진행되고 있는 모든 것들을 다 멈추고 찾아내려고 하는 옛일이란 게 과연 그럴 만한 가치가 있겠느냐는 거야……"

현피디는 갑자기 말을 멈추고 의자에서 일어나 스튜디오의 불을 꺼버린다. 조금 열려 있던 출입문도 다시 열었다가 쾅 소리가 나게 닫아버렸다. 문 닫히는 소리가 내 가슴을 찌르는 듯했다. 출입문 중간에 나 있는 창을 통해 복도의 빛이 새들어오자 현은 자신이 거기에 가서 빛을 막으며 섰다. 캄캄하다. 나는 간이 의자에 앉은 채로 팔을 책상 위에 내려놓았다. 내가 현피디에게 넘긴 여행중에 찍은 사진이 담긴 봉투들과 내 목소리가 녹음된 테이프가 팔꿈치에 걸리적거렸다.

"오 분만 더 생각해봐. 아무것도 없는 이 어둠 속에서…… 그러고도 그래야겠거든 나도 더 말을 안 하지."

나는 눈을 감았다.

오 분.

돌연 모친의 얼굴이 떠올랐다.

모친은 부친과 함께 정구를 치다가 심장마비로 세상을 떴다. 그 무렵 나는 가평엘 내려가면 모친의 얼굴에 마사지를 해주곤 했다. 모친은 다감하고 몸 전체의 선이 고운 사람이었다. 뜨개질을 잘했던 모친은 나를 무척 조심스러워했다. 지금 생각해보면 모친은 나에게 정신과 치료를 받게 해야 되지 않을까, 하는 생각을 내가 어렸을 때부터 했던 것 같다. 정신과로 데려가는 대신 모친은 조심성

60

이 밴 얼굴로 틈만 나면 나를 만져주었다. 머리를 쓰다듬어주고 손을 잡아주고 잠들 때까지 배를 쓸어주고. 모친은 당신이 혹은 부친이나 언니가 얼마나 나를 사랑하는지를 알려주려고 무진 애를 쓰곤 했다. 업어주고 안아주고 입을 맞춰주며. 모친으로서는 스킨십만이 뭔가 다른 아이들과는 다른 나를 안정시켜줄 거라 생각했던 것 같다.

언니와 모친은 거의 친구처럼 지냈다. 언니가 성인이 되었을 때 두 사람을 모녀 사이가 아니라 자매 사이로 보는 사람들도 적잖게 있었다. 그처럼 그들은 스스럼없이 지냈다. 마루 끝에서, 혹은 부엌 의자에서 그녀들이 도란도란 나누는 얘기 소리, 혹은 웃음 소리를 듣고 있으면 나는 몸이 나른해지며 금세 잠이 들 것처럼 행복감이 차올랐다. 그녀들은 체형도 비슷하고 성격도 비슷했다. 언니는 어머니의 옛 옷들을 물려받아 입고 다니기도 했는데 약간 바랜 물빛이며 칼라나 소매 허리선이 구형에 속하는 모친이 입던 옛 옷들은 야릇하게도 언니에게 가면 클래식한 분위기를 냈다. 언니가 결혼을 한 후 나는 집에서 예전처럼 도란거리고 웃는 모친의 모습을 볼 기회가 별로 없었다. 마사지란 어쩌면 내가 언니가 없는 가평 집에서 어머니에게 다가가기 위한 시도가 아니었는가 싶다. 하긴 마사지랄 것도 없다. 시든 어머니의 얼굴에 콜드 크림을 잔뜩 발라서 손가락으로 열심히 문지르다가 닦아내고 수건을 뜨거운 물에 담갔다가 짜내서 닦아드리는 게 고작이었으니. 콜드만으로는 뭔가 성이 안 차서 오이 팩이나 사과 팩을 어머니의 얼굴에 펴 발라놓을 때도 있었다. 그때마다 어머니는 얼굴이 당긴다고 질겁을 하곤 했다. 모친은 내가 펴 발라놓은 오이 팩이나 사과 팩이 마르기를 기다리다 스르르 잠이 들었다가 마른 팩을 떼어낼 때면 다시 깜짝 놀라 눈을 떴다가는 곧 기운이 없는지 다시 눈을 감곤 했다. 나는 모친의 얼굴선의 감촉을 아직 지니고 있다. 얼굴에 마사지라는 걸 하기 시작하면서 어머니의 얼굴을 자세히 들여다보게 된 덕분이다. 솜에 화장수를 묻혀 어머니의 얼굴을 토닥거리다 새삼, 손가락으로 얼굴선을 따라가보곤 했다. 어머니의 얼굴이 이렇게 생겼었구나. 어머니의 눈썹, 어머니의 광대뼈, 코, 입술, 뺨. 잠든 모친의 얼굴을 이윽이 들여다보고 있으면 기어이는 마음속에 고독이 일렁이곤 했다. 곧 이 얼굴과 헤어지게 되겠지.

현피디가 스튜디오의 스위치를 올려 불을 켰다. 잠시 어둠 속에 놓여 있던 사물들 위로 다시 빛이 깃들였다. 현피디는 내 얼굴을 이윽이 들여다보더니 할 수 없지, 라고 중얼거리며 책상 위의 사진 봉투와 내 목소리가 담긴 녹음 테이프를 주섬주섬 챙겼다.

"울적하네…… 함께 나갈까?"

그가 라디오국에 다녀오는 사이 나는 로비에서 현피디를 기다렸다. 늘 보거나 듣던 자동 커피 판매기며, 엘리베이터의 종소리, 로비의 큰 의자 작은 의자들이 저만큼 물러나 있는 것같이 약간 낯설게 여겨진다. 현피디와 함께 나는 방송국을 빠져나와 여의도 광장을 걸어나왔다. 한낮의 태양열에 달궈진 아스팔트는 뜨거웠다. 한 떼의 소녀들이 아이스크림을 물고 떠들며 지나간다. 지나치게 짧은 핫팬츠에 러시아를 연상시키는 긴 검은 부츠들을 신었다.

"조카는 어쩌구 있어?"

"집에 와 있어요."

"하진씨 집에?"

"네."

"상처는?"

"아직 붕대가 감겨져 있어요…… 하루에 세 마디쯤 해요. 대체로 말이 없지만 어느 땐 언제 제 손목에 칼을 댔냐는 듯 걱정 없이 텔레비전을 보기도 하고."

"불편하진 않아?"

"아니…… 난 그애가 좋아…… 손 때문에 세수도 제대로 못 하고 머리도 못 감고 샤워도 못 하니까…… 더 좋으네요. 내가 다 거들어줘야 하니까. 병원에서 갑자기 내 집으로 가겠다고 했을 땐 나도 뜻밖이었는데 제딴엔 아무래도 엄마가 좀 그랬나봐. 왜 그런 거 있죠. 미안한 짓 해놓고 미안하다고 말하지 못해 더 화를 내버리고 마는 사이. 엄마하고는 아무래도 그런 것 아니겠어요. 나는 엄마는 아니니까 조금 거리감도 있고…… 이런 일 없을 때도 미란이 가끔 우리집에서 며칠씩 묵고 가곤 해서 그런 거의 연장이려니 생각해요."

내가 풋, 하고 웃자 현피디가 왜? 하는 얼굴로 나를 건너다봤다.

"참 이뻐."

"조카가?"

"네."

"이름이 뭐랬지?"

"미란이."

"……"

"등 밀어주고 머리 빗겨주고 발가락 닦아주고 하다 보면 내 기분도 좋아져…… 따뜻하고 순한 짐승 한 마리가 오도가도 못 하고 내게 붙잡혀 있는 것 같아요."

현피디와 내가 가로수 사이를 질러 건널목을 건너 선착장이 내다보이는 강변의 시민 공원까지 나왔을 때 여름날은 저물고 있었다. 한떼의 젊은이들이 잔디밭에 앉아 기타를 치며 노래를 부르고 있다. 아직도 내 마음엔 오직 너 하나, 그 어느 새로움도 내겐 의미가 없으니. 현이 손수건을 꺼내더니 내 이마에 흐르고 있는 땀을 꾹꾹 찍어낸다. 아직도 내 귓가엔 너의 비밀, 너의 목소리만이. 그와 나는 선착장 안의 레스토랑 바깥 비치용 의자에 잠시 앉았다. 현피디가 좋아하는 장소다. 몇 번 현피디와 함께 여기에 와서 맥주며 음료수를 마신 적이 있다. 때때로 어둠이 깃들인 강물이 내다보이는 창가 자리를 예약해서 정식으로 식사를 하기도 했었다.

"여기에 앉아 있으면 서울이 아름답다는 생각이 들어."

오늘도 어김없이 하는 말이다. 현피디는 꼭 이 자리에 앉으면 서울이 아름답다는 생각이 든다고 말한다. 이런 강물이 흘러가는 도시가 흔치 않을 거라며. 마지막 남은 놀빛이 강물 위에 은은히 퍼져 있다. 그 다정함에 반응하고 싶은지 물살이 가만가만 철썩거린다. 강변을 따라 팔을 끼고 걷고 있던 젊은 남녀 중에 남자가 둑을 타고 내려오는 장미꽃을 파는 아주머니한테서 장미 한 송이를 사서 여자에게 건네준다. 여자가 환하게 웃으며 붉은 꽃잎에 입을 맞추고 있다. 강물에 낚싯대를 던져놓고 있는 남자가 장미꽃을 든 여자가 지나가기 쉽도록 몸을 앞으로 숙여준다. 현의 남방 소매가 잠깐 살랑이다가는 저녁 바람에 펄럭였다. 우리는 침묵 속에서 잠시 그렇게 비치 의자에 앉아 있었다. 잠실행 유람선이 곧 출항을 하려는지 부웅, 소리를 냈다.

"뒤돌아보지 말고 현재와 미래만을 향해서 갈 수는 없는 걸까?"

딱히 대답을 듣겠다는 말은 아니었던가 보다. 웅얼거리듯 말하고는 현피디는 캔맥주의 따개를 떼내었다. 맥주 한 모금을 입 안에 털어넣다 말고 현피디가 신기루라도 발견해낸 듯이 내 어깨를 탁쳤다.

"저것 좀 봐."

아아.

한 순간, 마포대교의 가로등에 일제히 불이 켜지고 있다. 한 순간이었다. 어스름이 내리고 있던 다리가 꿈결같이 환해졌다.

"대교 위의 가로등이 켜지는 순간을 지켜보는 건 처음이군."

"정말 서울이 아름답다는 생각이 드네."

내 말에 현이 그렇다니까, 하는 표정으로 웃는다.

"밤에 잠이 안 올 때면 소설책을 읽곤 하지. 그러다가 파트릭 모디아노며 무라카미 하루키 등을 알게 되었는데 그들의 소설을 읽으면 말이지, 파리나 도쿄가 가고 싶어져. 그들은 진짜로 파리나 도쿄를 사랑하는 것 같아. 소설 속의 주인공들이 걸어다니는 거리를 나도 걷고 싶어질 만큼 그렇게 애틋하게 쓰거든."

"우리나라 작가들은 어떤데요?"

"글쎄…… 우리나라 작가들은 서울을 그닥 좋아하는 것 같지 않더군…… 떠나야 할 곳, 사람이 정붙이고 살기에는 좀 살벌한 공간으로 묘사되는 것 같아."

"그럼 할 수 없네. 작가가 되어서 직접 써봐요. 읽는 사람으로 하여금 이 서울을 사랑하게 되도록."

현이 무슨 소리? 하며 다시 캔맥주를 몇 모금 마셨다. 그와 나는 오래도록 다리 위의 가로등 불빛들이 강물 속으로 잠겨드는 것을 지켜보았다. 잠실행 유람선이 저녁빛 속에서 강물을 가르며 출항을 시작했다. 물이 갈라지는 철썩 소리가 그와 나 사이를 떠돌더니 이내 조용해졌다. 그러나 고즈넉함도 잠시, 어디서 나타났는지 한 떼의 오토바이족들이 부릉부릉 엔진음을 내며 휘몰아치듯 선착장 주변을 맴돌았다. 오토바이의 엔진음에 노랫소리가 잦아들었다. 현은 오토바이족들이 쓴 헬멧에 저녁빛이 내려 반짝이는 걸 멀건히 바라보고 있다. 아슬아슬한 젊음. 그들은 삼삼오오 발 한 짝을 땅에 딛고 곧 어디론가 돌진할 듯한 태세로 야생마들같이 서 있다. 현피디가 그들에게서 시선을 거두고 다시 주머니에서 술병을 꺼내 술을 한 모금 입 안에 탁 털어넣었다. 과거를 덮고 현재와 미래만을 향해 갈 수 없다는 것은 현 자신이 더 잘 알고 있을 것이다. 그 자신이 과거 때문에 아무데서나 한 모금씩의 스카치를 입 안에 털어넣으며 살고 있지 않은가. 나 또한 내 앞에 앉아 있는 피로하고 야윈 채 바지 뒷주머니에 늘 작은 술병을 넣어가지고 다니는 저 남자. 구식 디자인의 소매가 닳은 셔츠를 입고 점점 머리숱이 적어지고 있는 저 남자와, 사월의 어느 날 흰빛의 광채가 나는 귀고리를 달고 있는 윤에게 세련된 예복을 입고 정중히 허리를 굽히며 사랑을 맹세하던 그 남자가, 같은 남자가 아니라고 말할 수는 없는 것이다.

5

조금만 더 있어요, 조금만

미란은 나흘째 잠만 잤다. 덥지도 않은지 이불을 목까지 덮고서. 두 손도 꼭 쥐고서. 나는 가끔 미란의 방으로 들어가서 자고 있는 미란이의 손목의 붕대를 풀고 약을 바르고 새 붕대를 감아주었다. 그럴 때면 미란은 살풋 눈을 떴다가 다시 감아버리곤 했다. 마치 앞으로의 생애를 장님으로 지내겠다는 듯이.

언니는 매일 퀵 서비스를 통해 음식을 보내왔다. 오색의 냉채를, 약밥을, 게살전을. 배춧국을 끓여서 보온통에 담아 보내기도 했으나 언니는 전화를 하지 않았다. 대신 음식이 오면 내가 꼬박꼬박 언니에게 전화를 걸었다. 내가 전화를 하면 언니는 미란의 안부는 묻지를 않고 냉채는 잘 갔니? 했다. 나는 언니에게 지금 미란이는 자고 있어, 하고 말했다. 미란의 상태를 말해준다는 것이 매번 자고 있어, 였다. 사흘째 되던 날. 역시 퀵 서비스로 언니가 보낸 식혜를 받고서 나는 전화를 했다. 오전에 미란의 머리를 감겨주었다는 얘기를 하며 지금은 자고 있다고 했을 때였다. 느닷없이 수화기를 타고 피아노의 음이 쾅 들려왔다. 수화기 저편의 언니가 피아노 의자 위에 앉아서 전화를 받고 있다가 미란이 자고 있다고 하자 피아노 건반을 부서져라 쾅 눌렀던 거였다. 나는 하마터면 수화기를 떨어뜨릴 뻔했다. 수화기를 타고 전해오는데도 그 소리에 실린 언니의 딸에 대한 분노와 슬픔이 그대로 전해졌으므로.

"언니?"

언니는 우는 것 같았다.

"언니…… 옛날에 우리집 셰퍼드 죽던 날 밤 생각나?"

나는 언니에게 무슨 얘기든 해주고 싶은데 언니는 대답을 제대로 못 하고 콧소리를 내더니 그대로 수화기를 내려놓았다. 마음이 흐트러지기는 나도 마찬가지였다.

*

집에서 오래 기르던 셰퍼드가 죽던 날 밤이었다. 언니는 고흐의 동생인 테오 같은 남동생이 있었으면 좋겠다고 하더니 집에서 기르던 셰퍼드를 테오라고 불렀다. 테오는 우리 가족 중에서 언니와 유난히 정이 깊었다. 한번은 서울에서 열리는 피아노 콩쿠르에 참석하느라고 언니가 집을 비운 적이 있었다. 종일 눈이 펑펑 내렸던 날이었다. 밤이 되어도 언니가 돌아오지 않으니 테오는 대문 밖에 앉아 밤새워 언니를 기다렸던가 보았다. 아침에 나가보니 테오는 보이지 않고 대문 바깥에 높다란 눈무덤이 보였다. 테오! 하고 부르니 그 눈무덤을 털고 테오가 나왔다. 눈을 맞으며 밤새워 언니를 기다렸던 테오. 여름날의 얼마간을 우리 가족은 집을 비워놓고 계곡의 평평한 자리에 텐트를 치고 살았다. 물론 테오도 데리고. 거기에서 부친은 출근을 했고 식료품이며 옷가지들, 필요한 생활용품들을 퇴근길에 사다 나르곤 했다. 그건 우리 가족이 여름을 나는 오래된 방식이기도 했다. 계곡에서 야영을 하던 어느 여름날 밤. 부친의 텐트로의 귀가가 늦어진 어느 날 밤에 언니와 나는 부친을 마중나갔다. 우리의 뒤를 셰퍼드가 뒤따르고 있었다. 무슨 농담 끝에 언니와 나는 자지러질 듯 웃음을 터뜨렸다. 순간 언니가 어둠 속에서 휘청거렸다. 웃다가 발을 헛디딘 것이다. 우리의 발치 아래는 깊은 계곡으로 이어지는 긴 낭하였다. 낭하 아래로 언니의 몸이 반쯤 기울어졌을 때였다. 언니와 내 뒤를 몇 발짝 간격으로 뒤따르던 테오가 휘청이는 언니를 들이받아 중심을 잡아주고는 대신 긴 낭하 끝의 계곡으로 떨어져내렸다. 오래 함께 살았던 테오는 그 계곡의 어느 자귀나무 밑에 묻혔다. 그뒤로 우리 가족이 기르는 모든 개는 테오로 불렸다.

테오를 묻던 밤.

언니와 나는 테오의 무덤을 따라 오래 걸었다. 계곡을 타고 내려오는 물소리. 바위에 달라붙어 있던 능소화나 불두화의 그림자들을 자박자박 밟고 걷던 언니가 저기 좀 보렴, 속삭였다. 물가를 따라 늘어진 나무들 사이를 반딧불 한 마리가 언니와 내 앞에서 이리저리 옮겨다니며 빛을 내어 길을 밝혀주고 있었다. 한 발짝 앞서 걷던 언니가 보폭을 줄여 나와 어깨를 나란히하며 속삭였다. 테오의 영혼이야. 길이 어두우니 걱정이 돼서 앞서 걷는 거야.

*

내 안에서 떠도는 목소리, 한 장의 사진, 몇 개의 전화번호…… 기억 속의 거리 건물들을 따라가보려고 해요. 당신을 만나기 전, 내가 잃어버렸던 사람들을 만나게 되지 않을까, 생각합니다. 두렵고 얼마간은 긴장이 되는군요. 이 길의 끝에서 왜 내게는 이 세상이 그저 단편적으로만 보이는지, 사랑 앞에서는 왜 마음이 종잡을 수 없이 흐트러져버리는지를 알게 되지 않을까, 생각합니다만.

나를 이해해달라고 말할 면목이 없습니다. 당신을 사랑하지 않아서 당신의 청혼을 받았을 때 그렇게 당황했던 건 아닙니다. 당신과 함께 있으면 언제나 헤어지기가 싫었습니다. 그때면 제 마음속에 일렁이는 말은 오직 한마디였어요. 조금만 더 있어요. 조금만…… 그리고 조금만 더.

그런데도 당신을 어리둥절하게 할 만큼 마음이 몹시 혼란스러웠던 것도 사실입니다. 이따금 나는 내 삶이 필름이 들어 있지 않은 카메라를 누르고 있는 것처럼 여겨집니다. 이 결락감이 무엇인지를 당신께 설명할 수 있었으면 좋겠어요. 뭐라고 말해야 하나요. 언젠가 무슨 일로인가 지독하게 헤어지기 싫은 무엇과 억지로 헤어져서 여기로 왔다는 생각을 지울 수가 없다고 해도 될까요. 너무나 피투성이로 헤어져서 아직도 그 피가 마르지를 않은 것 같다고. 당신의 청혼은 그 헤어짐을 상기시켰어요. 이 세상 어디에선가 나를 잘 알고 있는 어떤 사람이 아직도 그의 수첩에 나의 이름을 적어가지고 지니고 있을 것만 같은 느낌을 이렇게 생생하게 간직한 채 당신과 결혼을 할 수는 없다는 게 내 마음인 것 같습니다.

어쩌면 나는 지난날의 몇 개의 조각들만 가지고 되돌아오게 될지도 모르지요. 더 단편적이 되고 더 종잡을 수 없게 될지도. 하나 나는 여전히 당신이 내 생각을 전혀 하지 않고 하루를 보내고 있다고 생각하면 몹시 흔들립니다. 늘 당신과 닿아 있고 싶은 내 마음은 여전합니다. 당신을 믿고 당신을 의지하는 마음은 사실입니다. 당신과 닿아 있지 않으면 너무나 막막해서 고아 같은 기분조차 듭니다.

나는 무슨 일로인가 어느 부분이 훼손된 인간이에요.

그런 인간이 지니고 있는 나약함을 어떻게 설명할까요. 당신과 연결되어 있지 않은 순간들은 늘 마음이 흔들리고 불안합니다. 내가 그토록 끈질기게 당신이 어디에 있는가, 를 알고 싶어 하는 건 다시는 당신을 잃고 싶지 않아서입니다. 지금 당신이 어디에서 무슨 일을 하고 있다고 생각할 수 있었던 건 나의 행복이 었습니다. 내 부친이 가평에서 사향노루와 함께 계시다는 것을 생각하는 것과 다름없었어요. 생각으로라도 그렇게 당신과 닿아 있지 않은 순간엔 늘 우리들의 관계가 곧 사라져버릴 것 같은 염려가 들곤 했습니다. 지금도 당신과 나의 자취가 아무것도 아닌 것이 될 수 있다는 생각은 나를 끔찍하게 합니다. 꼭 붙들고 놓지 않으면 소멸을 막을 수 있을까요?

하지만, 내가 돌아왔을 때 당신은 휘장 뒤로 사라져 있을지도 모르겠단 생각이 드는군요.

당신과 나를 연결짓던 사물들, 느낌들이 벌써 저만큼 흩어지고 있는 것만 같군요. 가족 관계로 이어지지 않는 남녀 관계의 과정이란 으레 이런 식이겠지요. 만나고 헤어지고 잊혀지고. 그렇다면 어느 순간 모든 연결고리가 끊어져버린 나를 알았던 사람들을 찾아나서는 이런 일이 내게 무슨 뜻인지 저도 모르겠습니다. 이 거스름이 제게 무얼 가져다줄 건지도.

제가 사랑한다고 말한 적이 있는지요? 늘 마음에 밑알처럼 품고 있던 말입니다. 사랑합니다. 내가 당신을 만난 것은 다행입니다. 당신이 내게 있을 때는 내게 세상은 친숙하고 걱정 없어 보였습니다.

다시 편지 쓰겠습니다.

1997년 7월 18일

하진 씀

*

김하진입니다. 몇 번 전화를 드렸으나 직접 통화가 안 돼 글을 올립니다. 10월 개막할 인형극 준비는 차질 없이 잘 진행되고 있으리라고 생각합니다. 극단에서 전화를 받는 분에게 부득이 제게 지난번 부탁해오신 각시 인형 역할을 못 하게 될 것 같다고 전했습니다만 혹, 오해가 있으실까 봐서 다시 말씀드립니다. 순전히 개인 사정에 의한 것이니 양해하시길 바랍니다. 도움이 되신다면 이인영씨나 노해림씨를 추천하겠습니다. 이인영씨 전화번호는 389−1604, 노해림씨 전화번호는 제가 갖고 있질 않습니다. 성우실로 전화해서 물으면 친절히 일러줄 것입니다. 다른 기회에 함께 일을 할 수 있기를 기대합니다.

1997년 7월 18일

김하진 드림

*

미란이 잠만 자고 있는 나흘 동안에도 깊은 밤중이면 여자는 전화를 걸어왔다. 마치 그녀의 전화를 받기 위해 밤을 맞이하는 기분이 들 때도 있었다. 그녀와의 통화를 원하지 않으면 얼마든지 합당한 조치를 취할 수는 있었다. 그러나 나는 전화 코드를 빼놓지도 않았고 벨소리만 듣고 있거나 응답기를 틀어놓지도 않았다. 모를 일이다. 오히려 어느 날은 벨이 울리기 전에 그녀에게서 전화가 올 것 같다고 생각하며 수화기를 쳐다보고 있는 날도 있었다. 벨의 음감만으로도 그녀구나, 를 정확히 알아맞히면서 벨이 울리면 손을 뻗어 수화기를 귓가에 대고 네, 공손하게 대답을 하고 있기도 했다. 어느 날 그녀는 내게 왜 자신의 이름을 묻지 않느냐고 했다. 야릇한 일이다. 그렇게까지 말하는데도 나는 그녀의 이름을 끝내 묻지 않았다.

"제…… 전화가…… 부담스러우시죠?"

나는 아니라고 했다. 그건 진심이었다. 때로 그녀의 탄식이 섞여 있는 떨리는 목소리를 들어야 하는 일에 짜증이 나기도 했지만 부담스러울 정도는 아니었다. 그런데도 나는 그녀의 이름을 묻지 않았다. 그녀와의 소통에 내 나름의 규칙이 생긴 것인가. 내 쪽에서는 아무것도 묻지 말자, 그리고 이 통화 이외의 어떤 교류도 하지 말자, 는. 나는 수화기 저편에 왜 제 이름을 묻지 않으세요? 라고 묻는 사람을 두고도 끝내 이름을 묻지 않는 내 냉정함에 이마가 차가워졌다. 여자는 곧 서운함을 수습했다.

"아……무려나 괜……찮아요."

여자의 목소리가 떨림을 지나 발음이 완전히 흐려져 있었다.

"지금 술 마시고 있어요?"

여자는 힘겹게 네…… 그랬다.

"선생님께는 거짓말을 하지 않아도 되니 좋아요. 그 사람이 보고 싶다고 말해도 되니 좋아요. 마……음대로 내색을 할 수가 없거든……요. 어머니한테도…… 친구한테도. 선생님은 나를 모르잖아요. 그……러니까 내 마음을 그대로 말해도 돼요. 네…… 술 마셨어요. 잠이 안 오고…… 아……침이 올 걸 생각하면 끔찍해서."

나는 손을 느꼈다.

수화기를 바꿔드는 여자의 손.

짧은 침묵이 지나고…… 여자가 선생님, 하고 불렀다.

"사랑하는 사람을 잃어야 한다면 살아서 무엇 해요?"

나는 순간 수화기 저편의 여자에게 이름이 무어냐고 물을 뻔했다. 여자는 술을 꽤 마신 모양이었다. 내가 여보세요? 했으나 전화가 끊긴 것 같진 않은데 아무 소리도 들리지 않았다. 나뭇잎이 스치는 듯한 바스락거림만이 전해왔다. 아마도 여자가 수화기를 시트 같은 데에 떨어뜨린 모양이었다. 여자도 대단했다. 내가 이름을 묻지 않는다면 자신이 말할 수도 있는 일. 그러나 여자는 스스로는 자신의 이름을 말하지 않고 있었다. 힘겨워서 견딜 수 없어서 내게 전화를 걸어온 여자에겐 어쩌면 스스로 자신의 이름을 말하지 않는 건 자존심일지도 모를 일이었다.

*

수화기를 떨어뜨렸으니 이 밤은 잠들 수 있으리라.

*

닷새째 되던 날 아침이다.

미란이가 거실에 나와 앉아 텔레비전을 보고 있었다. 미란이 너무 열심히 화면을 보고 있기에 뭔가 싶어 나도 미란의 옆에 앉았다. 화면 상단에 그 사람이 보고 싶다, 라고 씌어 있다. 프로그램 제목인가 보았다. 옛날에 헤어진 사람들이 출연해 헤어진 사연을 전하고 잃어버린 사람들을 찾는 그런 내용이었다. 삼십대 후반으로 보이는 어떤 여자가 두 손을 마주잡고 서 있다. 하늘색 투피스를 입고서. 진행자들이 하는 말로 보아서 하늘색 투피스를 입은 여자는 지난주에 출연해서 삼십 년 전에 헤어진 오빠를 찾고 싶다고 했던 모양이었다. 어떻게 어떻게 연락이 된 오빠를 기다리고 있는 장면이었다. 여자가 찾는 오빠가 화면 저편에서 걸어나왔다. 그렇게 기다렸을 텐데 하늘색 투피스를 입은 여인은 가만히 서 있기만 했다. 억장이 무너지려 해서, 혹은 꿈만 같아서 걸을 수도 없었던 모양이다. 오빠가 다가오니까 여자가 입술을 달싹였다.

"오빠? 내 오빠 맞아요?"

"그래, 내가 네 오빠다."

꿋꿋이 서 있던 여인이 힘없이 무너졌다.

"오빠, 왜 오빠가 날 안 찾았어. 그때 영월에서 다시 온다고 했잖아. 왜 안 왔어."

오빠가 여인을 일으켜세웠다.

"갔었어…… 갔는데 그 집이 이사가고 없더라구……"

"그래도 찾았어야지. 오빠가 나보다 더 나이가 많으니까 기억나는 것도 더 많을 거고 오빠가 날 찾았다면 이렇게 오래 못 만나진 않았을 거야…… 나는 아무것도 기억이 안 나고 그냥 오빠가 와서 엿을 주고 갔다는 것밖에 생각이 안 나고…… 손 만져주고 머리 묶어주고 갔던 것밖에 생각이 안 나고…… 이름도 생각이 안 나고…… 암만 기다려도 오빠가 안 오니까 오빠가 날 찾아왔었다는 것도 꿈이 아니었을까 싶었고."

오빠는 여인을 안고서 그래, 그래만 하고 있었다. 여인이 여전히 목이 메인 채로 오빠보고 자기 나이가 몇 살이냐고 물을 때였다. 미란의 기척이 이상해서 바라보니 미란이 울고 있었다. 여인이 오빠, 내 나이가 몇 살이야? 내 이름이 뭐야? 할 적에.

이순분. 서른일곱. 영월 태생.

"나는 거기가 영월이라는 것도 몰랐어…… 그냥 산골짝이라는 것밖에……"

여인은 열 살도 안 되어 부모가 일찍 죽고 남의 집에 살러 갔나 보았다. 오빠는 큰집에 남고. 오빠는 동생이 너무 보고 싶어서 어느 날 동생이 살러 간 집엘 찾아갔다. 겨울이었는데 동생은 물동이를 얼마나 많이 이었는지 동이를 인 자리의 머리가 다 빠지고 손에 얼음이 박이고 얼굴 살갗이 터져 있었다. 그래서 순분이를 데리고 큰집엘 왔는데 그것도 잠시 순분이는 다시 남의 집에 가야만 할 처지였다. 어느 날 또 오빠는 여동생이 너무나 보고 싶어 신고 있던 고무신을 팔아 엿을 사서 순분이에게 주고 오면서 곧 또 올 거라고 했는데 다시 갔을 때는 그 집이 이사가고 없었다. 그리고 29년이 흘러갔다. 불혹이 되어 만난 오누이. 울고만 있는 여동생에게 오빠가 겨우 묻고 있었다.

"그 동안 어떻게 살았니?"

대답을 듣지 않더라도 여인이 어떻게 살았는지는 여인의 얼굴이 다 말하고 있었다. 굵은 팔과 이마의 주름살과 미간에 서린 고단함. 노동하는 인간의 육체는 어디서든 알아볼 수 있다. 인간의 육체는 그 육체를 지닌 인간이 어떤 자세를 가장 많이 취하느냐로 변해가니까. 여인의 육체는 재래식 부엌 모양을 연상시켰다. 겨우 서른일곱이라는데 부엌에 쭈그리고 앉아 콩나물을 다듬거나 감자를 깎거나 아궁이에 불쏘시개를 넣느라 수없이 오그리고 폈을 그녀의 등은 하늘색 투피스 속에서 적막한 마을의 능선처럼 굽어 있었다. 겨울날이고 봄날이고 물을 길어 날랐을 그녀의 양팔은 웬만한 남자들의 팔보다 더 굵었다. 나는 여인이 입고 있는 하늘색 투피스를 물끄러미 바라봤다. 그녀의 삶의 내용과는 상관없이 밝고 투명한 칼라에 흰 레이스까지 달린 하늘색 옷을. 여인은 왜 하필 저 색깔을 골랐을까. 저 옷의 이미지처럼 살고 싶었을까. 운명이 자신을 그 하늘색으로부터 멀리 데려와버렸지만 그녀의 마음속엔 언제나 저 하늘색이 자리잡고 있었을까?

*

　오후에 잠자는 미란을 곁에 두고 쓴 두 통의 편지를 부치려고 우체국에 갔다. 그러나 그에게 쓴 편지는 부치질 못 하고 반으로 접어 주머니에 넣고 우체국을 나왔다. 집 쪽으로 걸어오다가 속옷 파는 가게에 들러 미란이의 사이즈로 브래지어 석 장과 팬티 다섯 장을 샀다. 머리를 뒤로 묶어서 올리는 리본 핀이 있기에 그것도 한 개 샀다. 속옷 가게를 나오자 바로 옆이 제과점이었다. 제과점 안엔 사람들로 붐볐다. 사람들이 줄까지 서가며 빵을 사는 모습이 신기해서 나는 잠깐 제과점 안을 들여다보았다. 직접 빵을 만드는 모습이 유리창으로 그대로 보인다. 빵 만드는 사람은 두 사람이다. 똑같은 크기로 반죽을 떼어내서 착착 옆으로 밀어놓는 사람, 이미 다 구워진 빵을 빵칼로 부드럽게 자리를 내어 그 안에 슈크림을 넣는 사람. 저렇게 열심히들 살고 있는데, 왜 나는 무성 영화 속의 배우 같은지. 갓 구워낸 듯한 바게트며 찹쌀도너츠, 어릴 때 학교에서 급식으로 받아 먹었던 모양의 옥수수빵이 먹음직스럽게 놓여 있다. 나는 제과점 유리문 앞을 떠나려고 몸을 돌리다가 그때서야 유리문에 씌어 있는 글씨를 읽었다. 빵을 3천 원 어치 사면 보너스로 팥빙수를 준다고 씌어져 있다. 귀여운 빵 모양의 글씨체다. 팥빙수가 더 비싸지 않나? 나는 피식 웃으며 제과점 유리문을 열고 들어가서 빵을 담을 쟁반과 집게를 들고 줄 서 있는 사람들 틈바구니속에 끼였다. 야채와 치즈가 들어가 있는 샌드위치와 옥수수빵과 탁구공만한 슈크림을 다섯 개 사고 계산을 하니 정말 연유까지 한 숟갈 떠서 부어넣은 팥빙수를 즉석에서 만들어 일회용 그릇에 싸준다.

*

내가 집 쪽으로 걷지 않고 북한산 쪽으로 걷고 있다는 걸 나는 한참 만에 알아차렸다. 봉지 속의 팥빙수가 녹을 텐데, 염려하면서도 계속 산 쪽을 향해 걸어가고 있는 나였다. 느닷없이 산을 향해 걸어가고 있는 나를 생각하니 나 자신이 정상이 아닌 것만 같다. 여행지의 목탑 아래서 내 카메라 앵글에 들어앉은 미란의 모습을 보게 되었을 때부터 누군가 내 안의 불을 탁 꺼버린 느낌이다. 여름 산속은 녹음이 무성했다. 뭔가 마음 가득 복잡한 생각이 나뒹굴었지만 내내 나는 아무 생각도 하지 말자 애쓰며 그늘을 따라 걸었다. 계곡 쪽으로 돗자리를 깔고 누워서 책을 보고 있는 사람이 눈에 띄었다. 어린애들 두엇이 바위 밑 물 속에서 물장난을 치고 있기도 했다. 등산복을 잘 차려입은 아주머니 서넛이 무엇이 그리 즐거운지 함빡 웃음을 터뜨리며 산 위에서 내려오고 있다. 나는 계곡의 물 속에서 벌거벗고 놀고 있는 아이들에게 팥빙수를 꺼내 주었다. 아이들은 둘인데 스푼은 하나여서 서로 먼저 먹겠다고 엉겨붙다가 물 속에 자꾸만 팥빙수를 떨어뜨렸다.

산속에 들어오니 여기가 서울이라는 게 느껴지지 않는다. 내가 바로 저 밑 빌딩과 자동차 속에서 올라왔다는 게. 나무 그늘 속에 놓여 있는 흰 바위 위에 걸터앉아 하늘을 올려다보았다. 청솔모 한 마리가 잣나무 가지를 가볍게 오르내린다. 나뭇잎새 사이로 여름 하늘이 청솔모의 움직임을 지켜보고 있다. 간간이 뭉게구름도.

잠깐 바위에 누워 있는다는 것이 잠이 들었던가 보았다. 싸늘한 기운이 느껴져서 눈을 떴을 땐 날이 저물어 산의 그늘이 짙은 색깔로 변해 있었다. 바위 위에서 몸을 일으키자 내 기척에 가까이에서 걸어다니고 있던 까치가 나뭇가지 위로 퍼드덕 날아올랐다. 아이들이 장난질을 치고 있던 계곡을 내려다보았다. 물소리만 들릴 뿐 조용하다. 돗자리를 깔고 책을 읽고 있던 사람도 가고 없다. 물과 나뭇잎과 까치들만 저녁이 오려는 산속에서 옹송거리고 있다. 바위 위에서 내려오려고 일어서려다가 나는 멈칫했다. 나무들 사이로 저 멀리 도시가 내려다보인다. 오피스텔이며 아파트, 상가 여기저기에 하나둘씩 불이 켜지고 있다. 불이 켜지고 있는 도시를 바라보자니 갑자기 마음이 격렬해졌다. 예기치 못한 서러운 감정이었다. 집으로 가지 않고 산속으로 길을 잡았던 건 이 때문이었는가. 나는 그만 다시 바위에 주저앉았다. 되는 대로 무릎을 뻗었다. 기다렸다는 듯이 눈물이 솟구쳐나왔다. 그래, 너는 어디에 있는가. 나를 벗어나 어디까지 갔길래 이렇게 그리운데도 기억을 해낼 수가 없는가.

6
사향노루

목요일이다.

내가 가평엘 다녀오겠다고 하자, 뜻밖에 미란은 따라가겠다고 했다. 옛집이 허물리던 날 보았던 반딧불 생각을 하는 것 같았다. 2년 전부터 부친의 꿈은 옛집을 헐고 새집을 짓는 것이었다. 4월에 헛간이 있던 자리에 장판을 깔고 천막을 치고 부엌 세간을 옮겨다 놓으면서 부친은 새집 짓는 공사를 시작했다. 옛집이 허물리던 날, 이제 이 지상에서 사라지려고 하는 내가 태어난 집을 마지막으로 보러 갔다. 뜻밖에 옛집에 미란이 먼저 와 있었다. 서울에서 떠날 때 미란이를 데리고 갈까 하는 생각을 했었지만 그때 미란은 갓 대학에 입학했기 때문에 새로 친구들도 사귀고 바쁠 것 같아 그만두었다. 그런데 미란이 먼저 와 있었다. 미란이 곁에는 한 청년이 서 있었다. 집은 벌써 무너뜨리기 좋게 지붕이 걷어져 있었다. 집 마당 한켠에 오토바이가 세워져 있었다. 청년이 미란을 태우고 온 오토바이였다. 오토바이 뒷자리에는 헬멧 두 개가 정답게 놓여져 있었다. 미란이 청년을 학교 신입생 환영회에서 만난 선배라고 소개했다. 이름은 지환이라 했다. 지환은 큰 키와 단단한 어깨를 지니고 있었다. 입을 다물고 있으면 과묵해 보이는데 입을 열면 어딘지 모르게 귀염성이 배어나는 인상이었다. 미란과 지환은 잘 어울려 보였다. 부친 또한 지환이 마음에 들었나보았다. 처음 보았을 터인데도 지환에게 집 설계도를 가져다 보여주며 새집을 이렇게 이렇게 지을 거라고 하면서 지환을 바라다보았다. 그러는 부친의 시선엔 지환을 듬직하게 여기는 마음이 실려 있었다. 집은 우리가 도착하기 전날부터 허물기 시작한 것 같았다. 우물은 뚜껑이 내려져 있고 담장 한켠이 완전히 무너져 있었다. 대문이 좁아 마당으로 들어올 수가 없으니 담장을 무너뜨려 포크레인이 들어올 길을 만든 모양이었다. 꽃밭이 아니라, 빨랫줄이 아니라, 포크레인이 마당에 들어앉아 있는 모습은 생경했다. 감나무, 자두나무, 치자나무가 먼지를 뒤집어쓰고서 울적하게 서 있었다. 이미 방안의 장롱이며 식탁이며 아버지의 책상이며 다탁들도 사슴 우리 곁에 세워진 천막으로 옮겨져 있었다. 집은 지붕이 걷어지고도 안이 텅 빈 채로 그 동안 자신이 품고 있던 정다웠던 마당에 입을 쩍 벌리고 들어앉아 있는 포크레인을 울적하게 내려다보고 있다. 여기저기 채송화가 낮게 포복한 채 고무신이나 물조리개나 빗자루들을 쳐다보고 있었다.

*

곧 인부들이 도착했다.

부친은 당신 곁에 미란과 나, 지환을 세워두고 부서지는 집을 묵묵히 지켜보았다. 마루의 왼편 기둥을 쳐다보는 것도 같았다. 옛집 마루 왼편 기둥에는 몇 개의 이름이 새겨져 있다. 부친보다 먼저 세상을 떠난 부친의 친구들 이름이었다. 부친은 그들의 장례식에 다녀온 날이면 검은 사인펜을 들고 점선으로 이름을 쓴 뒤 조각칼로 점선을 따라 이름을 새겨놓았다. 옛집이 무너질 때는 네 분의 이름이 새겨져 있었다. 무너지는 집을 바라보는 부친에게서 오래 약을 복용하는 사람에게서 나는 냄새가 맡아졌다. 포크레인이 집을 한 번씩 찍어내릴 때마다 흙먼지가 회오리져 시야를 가렸다. 어두운 광이 무너졌고, 낡은 장롱이 놓여 있던 윗방 자리도 무너졌다. 장독대 자리도 헛간도 흙더미에 뒤덮였다. 언니와 나는 새집을 짓는 일을 내켜하지 않았다. 언니나 나나 둘 중 하나가 이곳에 내려와 살 것도 아닌데…… 하는 생각이었다. 하지만 부친은 여기에 새집을 짓는 일을 부친 생애의 마지막 남은 일이라고 생각하는 것 같았다. 그래야만 당신조차 세상을 뜬 후에 언니와 내가 여기를 찾아올 거라고 믿는 것 같았다. 그래야만 아버지 사후에도 어머니의 무덤이 있는 이곳에 찾아오리라고. 오래된 집은 너무 낡아 있었다. 눈이 조금만 내려도 자주 지붕 한켠이 무너져내리곤 했으니. 집은 부친의 손길 없이는 늘 불안한 상태였다. 언제나 여기가 조금 저기가 조금 무너지고 있었다. 잠자는 사이에도 늘 조금씩 어딘가가 무너지고 있던 집을 우리에게 남겨놓고 가는 일은 부친에겐 어린애를 벼랑 끝에 두고 혼자 산을 내려가는 느낌이었을 것이다. 부친의 손길 아래 겨우 유지되고 있던 낡은 집이 부친이 이 세상을 떠나는 순간부터 폐가가 되는 일은 시간 문제였다. 부친의 새집을 지어야겠다는 생각은 그래서 시작되었을 것이다. 새집을 지으면 열쇠 두 개를 만들어 하나는 언니에게 하나는 내게 쥐어줄 거라고 했다. 부친은 내가 이 세상에 없어도 너희 둘의 가족이 번갈아 새집에 왔다 갔다할 일을 생각하면 행복하다, 하였다. 그러면 되었다, 하였다. 집을 짓는 동안 인부들의 새참거리를 만들어주도록 약속이 되어 있는 마을 식당의 아주머니가 사슴 우리 곁에 부친의 임시 거처로 만들어진 천막으로 들어가서 국수를 내왔다. 결혼식날 먹는 국수처럼 국수 면발은 가늘었고 국물 위에 푸른 잔파며 붉은 실고추 계란 고명도 올라와 있는 잔치국수였다. 감나무 밑에 돗자리를 깔고 아주머니가 삶은 국수를 한 그릇씩 앞에 놓아주자 인부들은 땀을 닦아내며 후루룩후루룩 맛있게들 먹었다. 좀 많다 싶게 내놓은 김치와 깍두기도 금세 없어져 아주머니는 몇 번이나 더 김치와 깍두기를 가지러 아버지의 임시 거처인 천막 안으로 들어갔다 나오곤 했다. 그리고 얼마 안 있어 이미 지붕이 헐린 옛집은 맥없이 무너졌다. 인부들은 땀을 뻘뻘 흘리며 슬레이트와 흙더미와 철근들, 블록들을 포크레인으로 퍼서 트럭에 담아 실어냈다. 트럭이 서너 번 드나들고 나자 마당은 텅 비었다. 인부들이 포크레인을 타고 트럭을 타고 무너진 집터를 빠져나갔다. 집이 사라지니 마당도 마당 같지가 않았다. 귀퉁이에 감나무며 치자나무가 어색할 지경이었다. 마당이 아니라 폐허에 서 있는 기분이었다. 지환은 해저물녘에 돌아갔다. 헤어질 때 지환은 미란에게 다가와서 미란의 머리에 손을 내려놓았다. 아쉬운 얼굴로 서울 쪽을 향해 사라지고 있는 지환의 오토바이를 바라보는 미란을 부친과 내가 바라봤던 일이 지난 사월의 일이었다.

84

　　　　　　　　　*

　반딧불은 그날 밤에 보았다.

　자정 지난 시각에 갑자기 폭우가 쏟아졌다.

　비가 와, 이모, 라는 말에 나는 그래, 하며 미란의 얼굴을 매만졌다. 미란이 말하기 전에 나는 비를 느끼고 있었다. 빗방울이 천막을 뚫을 기세로 후둑였던 것이다. 피곤했는지 부친은 비가 오는 줄도 모르고 자고 있었다. 부친 옆에 앉아 있던 사향노루가 귀를 쫑긋거리며 일어나 앉는 나와 미란을 쳐다봤다. 천막 안에서 잠이 들 때는 부친, 사향노루, 나, 미란 이렇게 누웠었는데 어느새 사향노루는 잠이 깨어 부친의 머리맡에 앉아 있었다. 귀를 쫑긋거리며 일어나는 나와 미란을 바라보고 있었다. 근심스럽게 빗소리를 듣고 있었다. 잠이 오지 않는지 미란이 바깥으로 나가자고 했다. 미란과 나는 천막 안에서 나와 허물린 집터에 세워놓은 자동차 안으로 들어갔다. 미란이 라디오를 틀었다. 나는 모르는 노래가 흘러나왔다. 아무 때고 니게 전활 해 나야 하며 말을 꺼내도 누군지 한번에 알아낼 너의 단 한 사람. 미란이 노랠 따라 불렀다. 쇼 윈도에 걸린 셔츠를 보면 제일 먼저 니가 떠올릴 사람. 너의 지갑 속에 항상 간직될 사람. 니게 그런 사람이 나일 순 없는지. 니 곁에 있는 내 친구가 아니라…… 나는 리듬이 빨라 노랫말도 알아듣기 힘든데 미란은 어떻게 저리 잘 따라 부를까, 싶어 노랠 부르는 미란을 바라보며 가수 이름을 물었다. 김경호. 미란이 내가 제일 좋아하는 가수야, 라고 덧붙였다. 허물린 옛 집터 여기저기가 빗물에 옴팍옴팍 파여갔다. 미란의 목소리는 빗물을 쳐내는 윈도 브러시 사이로 보이는 옴팍옴팍 파여가는 황폐한 집터를 닮아 있었다. 밝고 투명한 평소의 목소리가 아니었다. 언젠가 그가 너를 맘 아프게 해 너 혼자 울고 있는 걸 봤어. 달려가 그에게 나 이 말 해줬으면…… 괴로움에 잠기다 못해 관능적이기까지 한 목소리였다. 그대가 울리는 그 한 여자가 내겐 삶의 전부라고. 비는 계속 억수같이 쏟아졌다. 주룩주룩 퍼붓는 빗물에 의해 허물어진 집터는 김이 서려 뿌얘져가고 있었다. 노래가 끝나고 빗소리만이 돌올해졌다. 빗소리뿐이구나, 생각하는데 곧 빗소리마저 들리지 않았다. 느닷없이 쏟아지던 폭우가 거짓말처럼 뚝 그치었다. 빗소리가 사라지자 갑자기 사위는 쥐죽은듯 고요해졌다.

"저것 좀 봐."

미란이 창문을 내리고 허물어진 집터의 가운데를 가리켰다.

"반딧불이야. 이모."

나도 고갤 내밀고 미란이 가리키는 허물어진 집터, 폭우가 쏟아져 더 깊게 파인 어두운 곳을 내다보았다. 근처에 계곡과 습지 약수터가 있긴 했으나 여기에 반딧불이라니? 더구나 발광체들은 한두 마리가 아니었다. 수십 마리가 군집을 이루어 깜박깜박 빛을 내며 마치 허물어진 집터의 가장자리에서 무언가가 내몰기나 한다는 듯이 꼬리에 꼬리를 이으며 허공으로 솟아오르고 있었다. 아름다워라. 미란은 어두운 곳에서 솟아올라 반짝이며 허공으로 흩어지고 있는 반딧불들을 향해 손을 내저었다. 집의 혼이야, 이모. 나는 미란의 얼굴을 매만져주었다. 각자 다른 일로 다른 장소에서이기는 해도 모녀는 내게 반딧불이 혼이라는 말을 똑같이 하고 있었다. 어린 시절엔 어디서나 반딧불투성이였다. 집 근처의 계곡에 반딧불들의 먹이인 다슬기가 지천이어서였을 것이다. 하지만 언제부턴가 사라지고 볼 수 없는 것이었는데. 허물린 집터의 가장자리에서 끝도 없이 솟아오르던 반딧불들은 비가 갠 여름 밤하늘에서 불꽃놀이를 하듯 빛을 내며 높이높이 떠올랐다. 미란과 나는 자동차에서 나와 반딧불이 유영을 하며 사라져가고 있는 밤하늘을 쳐다보았다. 미란과 내 등뒤에서 빗소리에 잠이 깨 미처 잠들지 못한 부친의 사향노루가 발을 털며 일어나서 걸어다니는 기척이 느껴졌다

*

미란이 집에서 옷을 가져오지 않았기 때문에 나는 한 손엔 민소매 하늘색 티셔츠와 검은 바탕에 흰 물방울 무늬가 어려진 A라인 치마를, 한 손엔 아무 문양도 없는 목선이 라운드로 파여진 마로 된 원피스를 들고 미란에게 어느 걸 입을 거냐고 물었다. 미란은 잠시 쳐다보더니 흰 원피스를 택했다. 나는 미란을 세면장으로 데려가 머리를 감기고 타월에 보디 클렌저를 묻혀 샤워를 시킨 다음에 드라이어로 머리를 말려주었다. 흰 원피스를 입혀놓고 나니 내겐 딱 들러붙는 원피스가 미란에겐 컸는지 품이 훌렁했다. 미란이 야위어서일 것이다. 내가 입을 땐 잘 모르겠더니 미란이가 입으니 미란의 긴 목 흰 뒷덜미가 제법 드러났다. 나실나실 마른 미란의 검은 머리를 뒤로 모은 다음에 지난번 산에 가서 울던 날 속옷 가게에서 사온 리본 핀으로 채운 뒤에 핀 뒤에 달려 있는 망을 벌려 머리를 다 넣으니까 올린 머리 스타일이 되었다. 미란은 마치 저 자신을 내게 맡겨놓은 듯 내가 어떻게 하든 아무 내색을 하지 않고

그저 보고만 있었다. 나는 흰 원피스를 입고 올린 머리를 한 미란을 거울 앞으로 데려갔다. 마음에 드니? 물었으나 거울 속의 미란은 아무 대답도 없이 거울 속의 저 자신을 바라보기만 했다.

"너 자신을 봐. 얼마나 예쁘니?"

거울 속의 미란이 얼굴 위에 내 얼굴도 보인다. 미란이와 함께 비쳐지니 다시 내게서 청춘은 지나갔다는 생각이 든다. 원피스 탓인가? 아니면 머리를 올린 탓인가? 거울 속의 미란이 성숙한 여자처럼 느껴졌다. 마음이 아파도 미란의 몸 전체엔 감출 길 없이 청춘의 탄력과 어여쁨이 한껏 실려 있다. 검은 머리 밑의 반달 같은 이마, 밝은 피가 흐르고 있는 투명한 피부, 무슨 슬픈 말인가를 하고 있는 것 같은 고운 목선, 흰 원피스 밑의 매끈한 종아리, 쥐어보고 싶게 생긴 볼록 솟은 복숭아뼈, 샌들에 가만히 걸려 있는 분홍색 발뒤꿈치.

*

가평 집에 도착하니 뜻밖에 언니가 와 있었다.

사향노루를 사이에 두고 부친과 언니가 나란히 앉아 있다가 나와 미란이 도착하자 아버지와 사향노루와 언니가 동시에 일어났다. 집 건너에 있는 사슴 우리 속에서 사슴들도 각자 먼 곳을 바라보고 서 있다가 약속이나 한 듯 일제히 미란과 나를 향해 몸을 돌렸다.

언니에게 얘기를 들은 것일까? 아버지는 붕대가 감긴 미란의 손목을 보고도 놀라지 않았다. 미란의 목덜미를 오래 쓸어내릴 뿐이었다. 미란과 언니가 서로의 시선을 피하는 통에 당황스러워진 건 나였다. 며칠 사이에 야위어서 언니는 얼굴이 더 자그마해 보였다. 국도의 어느 주유소에서 기름을 넣을 때 문득 언니가 와 있을지도 모르겠다는 생각이 스치긴 했다. 어제 언니와 통화했을 때에 내일이 목요일인데 가평에 내려가느냐고 물어서, 그렇다고 부친께 전할 게 있느냐고, 그렇다면 가는 길에 전하겠다고 했을 때 언니는 아니야, 그러며 전화를 끊었다. 내가 목요일마다 가평에 내려간다는 걸 언니도 알고 있었다. 어제 언니는 미란이도 데리고 갈 거냐고 묻고 싶었던 것 같았다. 그러면 언니도 가평엘 올 생각이었던 것이다. 그렇게나마 미란일 보고 싶었던 것이다. 막상 만나게 되자 두 모녀는 나를 사이에 두고 각자 다른 곳을 바라봤다. 언니는 집 건너의 사슴 우리를, 미란은 마루 끝의 사향노루를. 새집은 이제 거의 완성이 되어 있었다. 옛집이 사라지고 이 지상에 갓 새 모습을 드러낸 어쩌면 이제 우리보다도 더 오래 이 지상에 남아 있을 집 마당에서 서로 서먹해하며 서 있는 두 모녀를 보자 미란이 병원에서 집으로 가지 않고 우리집으로 가겠다고 했던 이유가 투명하게 느껴졌다. 서로 너무 가까웠던 것이다. 너무 가까워서 입은 상처이다. 언니는 손목에 칼을 댈 정도로 마음에 깊은 상처를 지니면서도 자신에게 한번도 그 상처를 드러내지 않았던 미란이 다정했던 딸에서 갑자기 알 수 없는 타인이 되어버렸고, 미란 또한 엄마가 자신을 얼마나 사랑하는지 잘 알기에 날개가 찢긴 독수리처럼 눈이 퀭해진 자신의 모습을 보여주기가 싫었던 것이다. 그럴 때는 서로 헤어져 있는 수밖에 다른 방법이 없는 것이다. 그러잖으면 마음과는 달리 서로에게 더욱 상처를 입힐 테니까. 거기까지 생각할 수 있는 미란이라면…… 나는 안심이 되었다. 그런 미란이라면 다시 또 손목에 칼을 대지는 않을 것이기에. 다만 지금은 미란이도 언니도 서로 아무 일도 없었다는 듯이 대면할 마음의 준비가 되어 있지 않을 뿐이다.

할머니께 인사해야지, 나는 얼른 미란의 손을 끌고 마루에 서 있는 사향노루에게로 가며 뒤돌아 언니에게 눈을 찡긋했으나 언니는 나를 보지 않고 붕대가 감긴 미란의 팔목을 쳐다보고 있다. 미란이 한 손을 길게 뻗어 사향노루의 목을 감고 입를 맞춘다. 정말 할머니에게 어린 양을 하듯이.

*

부친과 함께 정구를 치다가 심장마비로 돌연 모친이 세상을 뜬 후, 가평의 집은 늘 적막이 감돌았다. 어머니에 대해 폭포처럼 솟아나던 아버지의 애정이 집 안을 얼마나 생기 있게 해주었던 것인지가 느껴졌다. 언니와 나는 갑자기 혼자가 된 부친을 어떻게 대해야 할지를 몰랐다. 부친은 여일하게 어머니를 사랑했다. 언니와 나는 어려서부터 어머니의 발을 씻어주고 있는 부친을, 어머니의 목덜미를 정답게 매만지고 있는 부친을 보면서 성장했다. 그 단조로운 공무원 생활을 부친이 아무렇지도 않게 평생을 해낼 수 있었던 건 곁에 어머니가 있어서였을 것이다. 어머니는 부친과 달리 정규교육을 받지 않은 시골 여자였다. 봄날, 햇볕이 쏟아지는 마루에 앉아 맵시 있게 뜨개질을 하는 어머니를 처음 본 순간 부친은 어머니를 사랑하게 되었다 했다. 그 무릎에 누워 졸고 싶었다고. 결혼

90

후 부친은 뜨개질을 하는 어머니 곁에 누워 책을 읽어주고 글을 가르치고 함께 마당에 꽃과 개를 길렀다. 부친은 집에 돌아오면 어머니에게 바깥에서 일어난 일들을 빠짐없이 얘기해주었다. 어머니는 부친을 통해 세상에서 일어나는 일의 거개를 알고 있었다. 아버지가 어머니를 그처럼 사랑했으므로 우리 가족은 대체로 평화로웠다. 어머니가 세상을 뜨기 전 같은 공간에 우리 가족이 함께 있는 풍경이 아주 먼 추억처럼 그리워진다. 늘 서로 신체의 일부가 닿아 있었지. 머리를 쓰다듬거나 목덜미를 쓸어주거나 허리를 껴안거나 손을 잡고. 텔레비전을 볼 때의 우리 가족의 자세는 이런 것이었다. 아버지의 손은 어머니의 어깨에 내려와 있고 어머니는 언니의 머리를 매만지고 있고 언니는 내 손을 잡고 있었다. 여름날, 더울 때는 서로 이만큼씩 떨어져서도 발을 뻗어 발가락 끝이라도 대고 있었다. 부친은 무엇이든 다 어머니와 함께하고자 했다. 십 분 거리의 산책도, 일요일의 등산도, 여름날의 캠핑도. 어쩌면 심장이 약했던 어머니에게 정구를 치는 일은 무리였는지도 모른다. 하지만 어머니는 기꺼이 부친과 함께 정구장엘 나갔고, 그리고 어느 날 정구채를 놓친 채 부친 곁을 먼저 떠났다. 어머니를 잃고 악수를 거절당한 듯한 표정을 짓고 있는 부친을 보면서 나는 가끔 생각했다. 차라리 부친이 먼저 세상을 떠나는 게 나을 뻔했다고. 사랑하는 사람과 사랑받는 사람이 있고 둘 중 누군가 세상을 떠나야 한다면 사랑하는 사람이 먼저 가는 게 낫다는 생각을 아직도 한다. 어머니는 사랑받는 사람이었다. 만약 부친이 먼저 가고 어머니가 홀로 남았다면 홀로 남은 어머니를 보는 일이 그토록 괴로웠을까? 그토록은 아니었을 거란 생각이 든다. 어머니를 잃은 부친을 보는 일은 괴로움이었다. 갑자기 부친이 여기가 어디지? 하는 표정을 지었던 것이다. 나도 언니도 부친을 돌볼 수가 없었다. 어머니를 잃은 것을 실감하지 못하는 부친이 늘 어머니와 함께 있는 것처럼 행동했던 것이다. 대문을 들어서며 어머니를 불렀고, 저녁 후엔 부엌을 향해 산보를 나가자며 어머니를 불렀다. 어머니의 목덜미를 매만지려는 듯 손을 뻗었다가 빈손을 거두는 사이로, 식탁에서 어머니가 앉던 자리를 향해 생선구이를 밀어주다가 멈칫하는 사이로, 부친은 하루가 다르게 수척해져갔다. 어머니를 잃고부터 시작된 부친의 불면은 옆에서 보기에도 안타까웠다. 한 시간, 길어야 두 시간을 자고 날이 밝을 때까지 부친이 내는 뒤척거리는 소리를 나 또한 건넌방에서 들으며 잠을 못 이루었다.

*

그러던 어느 날이었다.

귀 안쪽은 순백색이고 바깥쪽은 흑색인 쫑긋한 귀를 가진 사향노루 한 마리가 무슨 까닭으론지 가평 집 부엌에, 늘 어머니가 의자를 내놓고서 마늘을 까거나 파를 다듬던 자리에 앉아 있는 것이었다. 뺨과 귀와 눈 사이에 흰 무늬가 져 있었다. 귀티나고 온순하게 생긴 짐승이었다. 마을엔 사슴을 기르는 농원이 두어 군데 있었다. 그래서 처음엔 그 농원의 사슴 한 마리가 어떻게 길을 잘못 들어 가평 집 부엌에 들어왔겠거니 생각했다. 처음에 나는 사향노루를 내몰려고 했었다. 귀하고 어여쁘게야 생겼지만 우리가 데리고 있다가 나중에 사향노루 주인한테 무슨 소리를 들을까 염려도 되고 대문도 아니고 부엌에 들어와 있었다는 것이 영 께름칙했던 것이다. 하지만 눈에서 목까지 흰 줄이 그어진 사향노루는 어머니가 즐겨 앉던 부엌 의자에서 영 일어서려고 하지를 않았다. 게다가 말간 눈을 껌벅이며 목을 조아릴 때마다 귀 안쪽의 순백색이 이그러지는 것이 제발 이 의자에 앉아 있게 해달라고 애원하는 것같이 보였다. 부친과 나는 할 수 없이 하룻밤만 재우고 다음날 주인을 찾아보기로 했다. 야릇한 일이었지. 사향노루가 가평 집 부엌 의자에 앉아 있던 그 밤에 어머니를 잃고 부친과 나는 처음으로 깊은 잠을 잘 수가 있었다. 얼마나 편안한 잠이었던지 달콤하기조차 했다. 다음날 우리는 사향노루 주인을 찾아보았으나 주변에선 사향노루를 기르고 있는 사람이 없었다. 다시 하루가 지났고, 다시 또 하루가 지나도 사향노루의 주인을 찾을 수가 없었다. 그러는 동안 사향노루는 부엌 의자에서 내려와 집 안 여기저기를 걸어다녔다. 어머니가 사용하던 장롱 옆에 쓰러져 자기도 했고, 어머니가 사용하던 세탁기 옆을 서성거리기도 했다. 사향노루는 용케도 집 안에서 어머니가 가장 자주 머물곤 하던 자리에 엎드려 있거나 서성이거나 뿔을 비벼대었다. 그러는 동안 부친과 나의 마음에 변화가 일었다. 사향노루를 보고 있으면 저절로 어머니가 지니고 있던 온기가 스며나와 미소가 지어졌던 것이다. 피죤 냄새가 밴 세탁물을 바구니에 담아 옆구리에 끼고 마당의 빨랫줄이 있는 곳으로 내려가던 어머니. 장롱 속에서 낡은 스웨터를 꺼내 실을 풀어 다시 대바늘로 목도리를 떠주던 어머니. 사향노루는 어머니가 사라진 후 집 안 구석구석에 고이던 적막을 삼켰다. 어느 햇볕이 따뜻한 날, 평소 어머니가 일구던 화단의 흙을 사향노루가 두 발로 헤쳐내고 있는 걸

물끄러미 바라보고 있던 부친은 시내의 서점에 나가서 『사슴 기르기』라는 제목의 양손바닥 크기의 책자를 사가지고 돌아왔다. 이후 부친은 사슴을 알기 위해서 자주 사슴농원 집으로 건너갔고, 대개 비슷한 내용이 수록돼 있지만 표지라도 다른 사슴에 관한 책이 있으면 사들고 와서 밑줄까지 그어가며 탐독했다. 어느새 부친의 일상은 아침마다 사향노루의 먹이를 찾으러 산으로 들어가서 바위 이끼나 연한 풀, 나무의 어린 싹들을 한 포대씩 만들어오는 일로 시작되었다.

부친은 다시 힘을 얻는 듯했다. 사그라드는 듯했던 눈에 다시 빛이 돌아왔고, 안으로만 구부러 들던 어깨가 어머니가 계실 때처럼 다시 반듯해졌다. 아무래도 부친은 갑자기 가평 집 부엌으로 기어 들어온 사향노루를 어머니라고 생각하는 듯했다. 어머니에게 그랬듯이 늘 사향노루의 목덜미를 어루만졌고, 어머니와 그랬듯이 사향노루를 데리고 저녁 산보를 나가곤 했다. 부친이 식사를 할 때도 사향노루는 어머니가 앉던 의자에 앉아 수저질을 하는 부친을 바라보았고, 부친이 잠자리에 들 때도 사향노루는 날이 새도록 부친 곁에 웅크리고 앉아 있었다. 사향노루가 집 안으로 들어온 후 부친은 어머니가 곁에 있을 때처럼 깊은 잠을 자곤 했다.

부친이 사슴의 먹이를 구하러 산으로 들어간 어느 날 아침에 나는 조반을 챙기다 말고 부친이 읽다가 둔 『사슴 기르기』란 책을 펼쳐보았다.

사슴
사슴과의 동물은 분포가 대단히 넓어서 구세계에 있어서는 북극으로부터 시작하여 남쪽으로는 아프리카 북서부까지, 신세계에 있어서는 남북 대륙 어디서나 살고 있다. 몸의 크기는 말만큼이나 큰 대륙 사슴도 있고, 큰 개만한 고라니도 있다. 뿔은 일반적으로 수컷만이 가지고 있고 암수 다 갖고 있지 않기도 하다. 뿔은 뺨뼈로부터 생기며 골질중실(骨質中實)에서 분기성(分岐性)임과 동시에 탈락성(脫落性)이다. 뿔은 첫해에는 연골로 되어 있어서 이것을 대각(袋角)이라고 부른다. 화골(化骨)됨에 따라서 포피는 나무 껍질과 같이 박탈되어 골질각이 된다. 한 살이 되면 가지가 없는 뿔이 돋아나고 두 살이 되면 몇 개의 가지로 갈라진 뿔이 나타나서 나이를 먹을수록 계속 늘어난다. 순초식성. 1회에 낳는 새끼들의 수는 한 마리인데 드물게 두 마리를 낳기도 한다.

사향노루

사슴과에 속하는 동물로 다리와 발굽이 작고 몸 뒷부분은 암갈색이며 높고 험한 산악 지대에서 살며 단독 생활을 한다. 수컷은 세 살이 되면 복부의 사향선이 발달하여 특수한 냄새를 낸다. 11월, 12월에 교미하며 임신 기간은 5, 6개월이고 1, 2마리의 새끼를 낳는다. 바위 이끼, 연한 풀, 나무의 어린 싹 등을 즐겨 먹는다.

책을 읽고 있는 동안 사향노루는 동쪽 창문을 바라다보며 서 있었다. 막 동이 트려던 무렵이었다. 햇살의 온화한 빛이 마당에 막 퍼지려던 참이었다. 너는 어디에서 왔는가. 세계의 어디에서? 나는 갑자기 참을 수 없이 무언가가 그리워지기 시작해서 무릎을 꿇은 채 사향노루의 몸통을 깊이 끌어안았다. 사향노루의 몸이 지니고 있던 따뜻함이 내게로 고스란히 전해져왔다. 그 따뜻함에 얼마나 나를 맡기고 있었을까. 나는 뭔가 이상해서 내 가슴에서 사향노루의 몸을 가만히 떼어냈다. 조반을 만드느라 앞치마를 두르고 있던 내 앞자락이 사향노루의 눈물로 촉촉이 젖어 있었다. 시간이 좀 더 지났는지 동이 완전히 터서 햇살이 마당에 따사로운 빛을 얹어놓고 있었다. 나는 창으로 스며들어오는 빛을 받으며 사향노루의 눈을 이윽이 들여다보았다. 나를 바라보는 사향노루의 눈동자 깊숙이 애틋함이 서려 있었다. 이후 나는 더 이상 이 사향노루가 어디에서 왔는지 생각하지 않았다. 이제 사향노루는 우리 가족이 되었던 것이다. 연하고 부드러운 사향노루를 보면 그저 안심이 되었다. 사향노루가 귀를 쫑긋거리거나 발굽을 타닥거리거나 목 저 안쪽에서 울려나오는 듯한 갈갈거리는 소리를 내면 다정한 어머니가 밤낮으로 우리들을 걱정하던 잔소리를 듣고 있는 것 같아 기분이 좋아졌다. 나는 난데없이 부엌으로 기어든 사향노루가 있어 부친을 두고 가평 집을 떠나올 수가 있었다. 부친의 사향노루는 다른 사향노루와는 달리 사향선에서 야릇한 냄새를 풍기지도 않았고, 새끼를 낳지도 않았다. 다만 부친의 곁에 있을 뿐이었다. 부친은 혹 당신의 사향노루가 심심해할까 봐 가평 집 마당 한켠에 사슴 우리를 짓고 사슴 몇 마리를 사다가 풀어놓았다. 하지만 사향노루는 사슴 곁으로 가지 않았다. 살아 계실 때 어머니처럼 언제나 아버지의 곁에 맴돌았다. 어느 날 집으로 찾아든 사향노루로 인해 사슴을 기르기 시작한 아버지는 이제 사슴농장 주인이기도 했다. 아버지가 사슴들을 보살필 때면 사향노루는 마치 아버지의 여자처럼 아버지 뒤에서 서성거린다. 어머니가 계셨어도 마찬가지였으리라. 그래서일까, 내겐 때때로 이 귀골의 사향노루가 이제는 세상에 없는 어머니처럼 느껴지기도 한다. 어렸을 적 마음이 슬퍼질 때면 어머니에게 달려가 어머니의 이마에 내 얼굴을 대고 가만히 있었다. 또랑에서 첨벙거리다가도, 서산으로 넘어가는 해를 보다가도 느닷없이 맥이 탁 풀리곤 했다. 그러면 죽을 힘을 다해 집으로 달려와 어머니의 이마를 찾아 내 얼굴을 대곤 했다. 어머니의 이마에 얼굴을 대고 있으면 세상에 홀로 떨어진 듯한 결핍을 밀어낼 수 있었다. 어쩌다 사향노루와 나, 둘이서만 남게 될 때면 나는 나도 모르게 사향노루의 이마에 내 얼굴을 대고 가만히 있어보기도 한다.

*

집은 이제 거의 다 완성이 되어 있었다. 현관문을 제외하곤 문틀이 앉을 자리만 비어 있었다. 설계 도면으로 볼 때는 모르겠더니 완성을 눈앞에 두고 있는 새집의 모습은 옛집과 거의 닮아 있었다. 방향도 같은 서향. 방이 들어앉은 위치도 같은 위치. 옛집에서 마루를 없애고 새로 개조한 집 같다. 부엌에는 벌써 원목으로 짜여진 싱크대가 놓여 있다. 언니는 집을 둘러보더니 생기 있는 얼굴이 되었다. 꾸미고 모으기 좋아하는 언니는 벌써 30여 년 동안 어머니가 쓰던 발재봉틀을 거실 코너에 내놓고 콘솔로 이용하면 되겠다고 한다. 문턱은 원목으로 둘러주고, 바닥재는 우드 데코로 깔고. 집 안을 둘러보던 언니가 현재로서는 유일하게 문이 달려 있는 현관

앞에서 내 이름을 불렀다. 다가가 보니 현관문 안쪽 벽면에 작은 글씨로 어머니 이름이 새겨져 있다. 부친의 글씨체다. 나는 갑자기 가슴이 먹먹했다. 죽은 친구들의 이름을 새기듯이 이 벽면에 손바닥을 대고 어머니의 이름을 새겼을 부친의 모습이 눈앞에서 어른거렸다. 미리 약속이 되어 있었는지 그 동안 총체적으로 집을 맡아 지어오던 업자가 아직 대문이 달리지 않은 대문의 자리로 걸어들어왔다. 아직 담이 서질 않아 여기저기 다 터져 있었으므로 어디로 들어와도 되련만은 그는 굳이 빙 돌아서 대문을 놓을 자리로 걸어들어왔다. 미란과 사향노루만 집에 놔두고 우리는 업자를 따라 문을 제작하는 곳으로 갔다. 창에서 대문까지 오로지 문만을 만드는 곳이었다. 업자와 부친의 설명에 따라 언니와 나는 새집의 문들을 골랐다. 창문은 내가 격자 무늬로 고르고 대문은 언니가 골랐다.

*

좀 이른 저녁에 우리 가족은 오랜만에 청평 쪽으로 외식을 나갔다. 내 차엔 미란이 타고 언니 차엔 부친과 사향노루가 탔다. 언니는 형부를 두고 혼자 나온 것이 마음에 걸리는지 저녁만 먹고 그 길로 서울로 돌아가겠다고 했다. 나는 미란만 괜찮다면 하루 가평에서 묵어갈 생각이었다. 형부 이야기가 나올 때마다 미란은 안 들리는 척 고갤 돌리거나 지그시 입술을 깨물었다. 미란이 손목에 칼을 대고 난 뒤 병원에서 딱 한 번 만났을 뿐 이들 부녀는 아직 대면을 하지 않고 있었다.

저녁을 먹을 장소로는 부친이 가고 싶어하는 곳이 있었으므로 부친과 사향노루를 태운 언니의 차가 앞에 가고 나는 언니를 뒤따랐다. 미란은 이따금 이쪽에서 저쪽으로 무리를 지어 날아가는 새들의 자취를 따라가볼 뿐 내내 말이 없었다. 가평에서 청평으로 가는 산길에 석양빛이 어려 있었다. 가끔 석양빛은 차 안에 앉아 있는 미란과 내 얼굴로도 흘러들었다. 어떤 곳이길래 청평까지 가는 것일까? 벌써 삼십 분은 더 달린 것 같은데도 언니의 차는 시속 80킬로로 계속 달리고 있다. 가평을 벗어나 청평이란 표지판이 보이기 시작하면서 토속 음식점이란 간판을 달고 있는 팻말이 자주 눈에 띈다. 민물고기 매운탕. 토종 백숙. 오리구이…… 부친이 식당을 찾아 이리 멀리 나올 수도 있다는 생각을 한번도 해보지 못했던 나는 우리가 가고 있는 집이 어떤 집인지 궁금해지기까지 했다. 도착해놓고 보니 뜻밖에 레스토랑이었다.

"여기예요? 할아버지?"

미란이 의아하다는 듯이 물었다.

로그인이란 간판이 붙은 레스토랑은 젊은 연인들이나 드나들게 생긴 서구식 통나무집이었다.

"어때서 그러냐?"

"여기에 와봤어요? 할아버지께서?"

"와봤으니 데려왔지!"

"누구랑?"

"누구긴…… 둘이 왔지!"

부친이 곁에서 서성이는 사향노루의 귀를 매만졌다. 미란이 와하하, 웃음을 터뜨렸다. 병원에서 퇴원하고 난 뒤에 처음 웃는 웃음이었다. 미란인 얼굴이 붉어지도록 웃었다. 그 모습이 우스워서 언니와 나도 따라 웃었다.

레스토랑은 이층으로 되어 있었다. 계단을 따라 올라가는 우리 가족 틈에 사향노루 한 마리가 끼여 있자 레스토랑의 종업원과 둘이, 혹은 셋이 앉아서 도란도란 얘기를 나누던 사람들이 우리 가족을 기웃거렸다. 정말 부친은 이 레스토랑이 첫걸음이 아닌 모양이었다. 레스토랑 주인만은 놀라지도 않고 오셨어요? 하면서 이층 창가 좀 넓은 자리로 자리를 잡아준다. 창가 쪽으로 자리를 잡아 앉고 보니 창밖으로 아주 가까이 강이 흐르고 있었다. 부친은 강이 잘 보이도록 사향노루를 창가에 앉혔다. 나는 맞은편에 앉은 부친의 얼굴을 주시해서 쳐다봤다. 언제부터인가 부친 가까이에 가게 되거나 앉게 되면 부친에게서 약을 오래 복용한 사람에게서나 맡아지는 시름한 냄새가 나는 것만 같다. 나와 미란이 나란히 앉고 부친 곁에는 언니가 앉았다. 아마도 종업원은 사향노루를 데리고 오는 부친을 처음 보는 모양이었다. 사람은 넷인데 스테이크를 5인분을 시키자 식당 종업원이 우리를 쳐다봤다. 미란이 저분이 우리 할머니거든요, 하자 종업원은 네? 하면서 정말 5인분을 준비할까요? 되물었다. 부친은 스프가 나올 때는 스프를 샐러드가 나올 때는 샐러드를 사향노루의 입가에 대주었다. 알맞게 익은 스테이크가 놓인 접시 위의 셀로판지로 싸서 구운 감자도 껍질을 벗겨 식혀서 입에 넣어주었다. 미란이도 모처럼 식욕이 돋았는지 접시 위의 오이 피클까지 포크로 찍어서 다 먹었다. 식사를 마치고 커피 한 잔씩을 앞에 놓고 앉아 있었을 때다. 생각이 난 듯이 부친이 주머니에서 열쇠를 두 벌 꺼냈다. 한 벌은 언니 앞으로 한 벌은 내 앞으로 밀며 부친은 새집 현관문 열쇠라고 했다. 다른 열쇠들은 현관

100

문을 들어서면 신발장 안에 걸어놓겠다고 했다. 그 맞은편에 새겨져 있는 어머니의 이름.

"아직 집을 다 지은 것도 아닌데 열쇠 먼저 만드셨어요?"

언니가 열쇠를 집어들었다.

"완성이 안 되긴…… 이젠 다 지은 셈이다."

부친은 안 그렇소? 하는 투로 사향노루를 바라보았다. 대답인가. 사향노루가 귀를 쫑긋거리며 부친의 허리에 몸체를 기댔다. 저절로 부친의 손이 사향노루의 등에 가 닿았다. 어머니가 살아 계셨을 때 우리들이 서로서로 손가락이라도 발가락이라도 닿고 있었을 때처럼. 미란이 내 앞에 놓인 열쇠를 집어 만지작거렸다. 아직 한 번도 꽂혀본 적이 없겠네, 하면서. 나는 부친에게 혹시 약을 복용하고 계시느냐고 물으려다가 그만두었다. 언니와 부친이 새집을 어떻게 꾸미는가에 대한 이야기를 계속해서였다. 두 사람은 새로운 장식을 한다는 듯이 열심히 얘기하는데 내가 듣기엔 다 옛집 풍경들이다. 부친이 다듬겠다는 마당의 모습도 언니가 꾸미겠다는 거실 분위기도. 얕은 담을 쌓고 화단에 심겠다는 꽃조차도 옛집 마당에 심어져 있던 꽃들이다. 아버지에게서 시큼한 냄새가 난다는 말로 그 분위기를 깨뜨리고 싶지 않았다. 어쩌면 약 냄새가 아니라 나이 냄새인지도 모른다. 언젠가는 내게서도 그런 냄새가 날지 모르는 일이다.

오랜만의 단란한 저녁 식사 자리였다.

형부도 있었으면 좋았을 텐데.

7
이모도 외로울 때가 있어?

저녁을 먹고 나와 언니가 서울로 출발한 뒤에 부친과 미란 사향
노루와 함께 가평 집엘 왔는데 미란이 갑자기 우리도 서울에 가자
며 변덕을 부렸다. 하룻밤 자고 갈까 싶어 은근히 기쁜 기색이었던
부친은 잠시 미란을 쳐다보더니 나에게 그렇게 하라, 했다. 사이드
미러로 비치는 새집 앞에 사향노루와 함께 서 있는 부친을 본 뒤에
미란이에게 은근히 화가 나 서로 말 한마디 안 나누고 밤길을 타고
서 서울로 돌아가는 길이다.

*

어떻게 그 낡은 집에 피아노가 있었는지.
또렷한 기억. 석양녘이었다. 이제는 이 지상에서 사라지고 없는
옛집에서 나는 언니가 치는 피아노 소리를 듣고 있었다. 나른하고
싱싱한 소리. 괜히 울적하고 외로우면 어린 나는 처녀가 되어가고

있던 언니의 팔을 붙잡고서 피아노를 쳐달라고 했다. 언니는 참 아름다웠다. 처녀들의 연약함과 자존심 총명함을 두루 지니고서. 내가 다른 아이들과는 좀 이상하다는 걸 맨 처음 눈치챈 것도 언니였다. 내가 울적하고 외로워져서 언니의 팔을 붙잡고서 피아노를 쳐달라고 하는 날엔 꼭 이상한 일이 생기곤 했다. 기르고 있던 개가 트럭에 치인다든가, 낡은 집 처마에 매달아놓고 기르던 문조 한 쌍 중 암놈이 죽는다든가. 그래도 언니는 두려워하지 않고 내게 피아노를 쳐주었다. 내가 괜찮다고 할 때까지. 어느 날 처녀가 되어가던 언니가 어린 나를 무릎에 앉히고 물었다.

"이 소리가 너를 덜 슬프게 하니?"

나는 고갤 끄덕였다. 언니는 나를 무릎에 앉히고 머리에 빗질을 해주었다.

"슬퍼하지 마…… 물 속에 하늘이 비치듯이 그저 네 마음에 뭔가 비칠 따름이야. 네 마음이 물과 같이 투명하기 때문이야. 하지만 누구에게도 말은 하지 마. 널 이상하게 생각할 테니까. 어른이 되면 그래서 네 마음에 다른 것이 비치게 되면 그땐 괜찮아질 거야. 괜찮아지지 않아도 그때는 그 힘으로 슬픔에 빠진 사람들을 위로해줄 수 있을 거야. 그때까진 너와 나만이 아는 비밀이야."

불타는 듯한 노을이었다. 나는 언니의 피아노 의자에 앉아서 그 노을을 바라보고 있었다. 그렇게 밝고 아름다운 노을은 흔하지 않았다. 갑자기 외조부의 자상한 얼굴이 노을에 실려 떠내려갔다. 할아버지, 하고 부르려는데 금방 외조부는 사라졌다. 부엌에서 엄마는 저녁을 짓고 있었다. 된장국에 풀어넣은 멸치 냄새가 정답게 집 안을 흔들고 있다. 그때나 지금이나 나는 그런 분위기를 좋아한다.

해질녘. 담장 바깥의 발소리. 밝은 노을. 부엌에서 나는 음식 냄새. 바깥에서 아버지가 걸어오는 전화벨 소리. 언니의 피아노 의자에 앉아서 밝은 노을을 바라보고 있는데 엄마가 날 불렀다. 된장찌개에 넣을 두부를 사왔으면, 했다. 방문을 빠끔히 열어보니 언니는 책상에 엎드려서 잔등을 다 내보이며 숙제를 하고 있었다. 엄마한테 돈을 받아서 손에 쥐고 내 신발을 신으려다가 장난삼아 언니가 벗어놓은 헐렁한 슬리퍼를 발에 끼고 시장에 갔다. 좁다란 골목. 낡은 가게들 사이의 식료품을 파는 집으로 들어가 두부를 사서 들고 나오는데 야릇하게 마음이 서글퍼졌다. 도미가 놓여 있는 생선전 앞을 지날 때는 그 서글픈 마음이 더해졌다. 나는 두부를 손에 들고 뛰기 시작했다. 건어물 가게를 지나서 정육점도 지나서 옷가게와 과일 가게도 지나서 집으로 막 달려왔다. 부엌문을 넘어서며 기어이 두부를 엎어버리고 말았다. 슬픈 마음을 가눌 길이 없었다. 엄마가 깨진 두부를 쓸어내는 동안 나는 피아노 의자에 앉아서 눈물을 뚝뚝 떨어뜨렸다. 너무 슬퍼 책상에 앉아 있는 언니한테 가서 피아노를 쳐달라고 할 여유가 없었다. 다시 부엌으로 들어갔던 엄마가 나와서 징징 우는 나를 달랬다. 엄마가 파 냄새가 나는 손바닥으로 내 얼굴을 암만 쓸어내려주어도 내 마음은 달래지지가 않았다. 엄마가 하빈아, 하빈아, 언니를 불렀다.

　방문을 열고 언니가 나왔다.

"하진이가 왜 이리 운다니?"

　내가 너무 울어 어머니의 눈에도 눈물이 글썽였다.

"이리 와."

　언니는 나를 무릎에 앉히고 피아노를 쳐주었다. 감미롭고 단조롭고 조용한 곡이었다. 나는 언니의 귀를 잡아당겼다. 눈물을 거두고 언니에게 소곤거렸다.

"곧 전화가 올 거야."

언니가 피아노 위에서 손가락을 뗐다. 희고 섬약한 손이 피아노 검은 건반 위에서 순간 적요를 품고 정지해 있었다. 그 순간 정말로 전화벨이 울렸으니. 엄마가 부엌에서 나와 전화기 앞으로 갔다. 나는 언니의 이마가 금세 땀에 젖는 걸 보고 있었다. 언니의 투명한 분홍 손톱 끝엔 흰 반달이 아련하게 실려 있었다. 나는 언니의 손톱 끝에 뜬 열 개의 반달을 피아노 위에서 끌어내려 꼭 쥐고선 언니의 귀에 대고 다시 속삭였다.

"외할아버지가 돌아가셨어."

"쉿—"

언니가 나를 꼭 끌어안았다. 수화기 앞에서 흰 에이프런의 한끝을 돌돌 말아쥔 엄마가 무슨…… 갑자기…… 무슨…… 하면서 수화기를 툭 떨어뜨렸던 기억.

*

"이모도 외로울 때가 있어?"

차가 저녁 식사를 했던 로그인을 지나갈 무렵에 미란이 불쑥 물었다. 순간 내가 브레이크를 밟아버려 차가 급정거했다. 미란이 시디들이 담겨 있는 박스에 이마를 부딪혔다. 우리차 뒤로 다른 차가 안 따라왔던 게 얼마나 다행이었는지. 외로울 때가 있느냐고? 외로울 때가?

미란이 찧은 이마를 매만지며 나를 쳐다봤다. 장마가 시작된다더니 차창에 작은 빗방울이 어리고 있었다.

나는 브레이크에 얹어져 있는 발을 액셀레이터로 옮겨 디뎠다.

"이모는 외로울 때가 없는 것 같니?"

"응."

"이모가 그렇게 강해 보여?"

"그런 건 아니야."

"그럼?"

"혼자가 아니잖아."

"너도 혼자 아니야."

"아니야. 난 혼자야. 이모네는 모두 함께였잖아. 우린 각기 혼자야."

나는 손을 뻗어 미란의 머리를 쓰다듬으며 그저 차창에 쏟아지는 빗물을 바라보았다. 갑자기 서울로 돌아가자고 했을 때부터 은근히 치밀어올랐던 노여움은 간데없이 사라지고 아니야, 난 혼자야라는 미란의 말이 아프게 새겨진다.

.미란.

그렇니? 스물의 너는 서른다섯의 우리가 모두 함께였다고 생각되니?

차창문을 열어 공기를 환기시켰다. 바람속에 비 냄새가 섞여 있다. 나는 미란에게 무슨 얘기든 해주고 싶었다.

"예전에 말이야. 이모가 방송국에 처음 입사했을 때 알던 사람이 있었어. 효과음 담당이었던 사람인데 칸막이 하나를 사이에 두고 그 사람은 효과음으로 나는 목소리로 일할 때가 자주 있었지만 나는 그 사람을 잘 몰랐어. 늘 담담하고 얼굴에 감정 표 안 내고 매사에 올바른 사람이구나 정도로 생각했지. 가끔 안경 속의 커다란 눈동자를 끔벅이며 나를 쳐다보곤 해서 나는 장난스럽게 손바닥으로 내 얼굴을 가리고서 보지 마세요, 그랬던 적은 있었지. 뒤늦게야 안 일이지만 그 사람은 마음속으로 날 좋아하고 있었던가 봐. 당시에는 몰랐단다. 아마도 내 마음이 다른 곳에 가 있었겠지. 그렇지 않고서야 나를 좋아해서 외로웠었다는 그 사람 마음을 짐작조차 못했겠니? 그 사람은 방송국을 그만두고 광고 회사로 옮겼다고 하더구나. 나는 그런 줄도 모르고 있었단다. 자연 얼굴을 볼 일도 없어졌지. 마주칠 일도. 몇 년 후에 그를 동숭동 거리에서 우연히 만났단다. 세월이 몇 년 흘렀는데도 그는 그대로였어. 더운 여름날이어서 그와 나는 길거리 쪽으로 창이 나 있는 커피숍으로 들어가 차가운 커피를 시켰지. 유리로 된 냉커피 잔이 무척 컸던 기억이 나는구나. 웬만한 꽃병만 했으니까. 아마 그 꽃병만한 유리잔 때문이었을 거야. 그를 만나서 반가울 것도 뭣도 없었는데 갑자기 나는 기분이 명랑해졌지. 잘게 쪼개진 얼음이 냉커피 위아래에 동동 떠서 보기만 해도 시원하게 출렁거리고 있어서였는지도 몰라. 그와 내가 앉아 있는 곳이 동숭동이 아니라 타히티쯤 되는 것 같았단다. 어떻게 지냈어요? 요즘은 뭐 하세요? 결혼은 했어요? 우연히 길거리에서 오랜만에 만난 사람들이 던지는 그런 흔한 질문들 어느 틈이었어. 그가 안경 속의 커다란 눈동자를 끔벅이며 내게 그러더구나.

"예전에 나한테 물었던 거 이제 대답해도 돼요?"

나는 순간 긴장이 되었어. 나도 모르게 꽃병만한 냉커피 잔을 손바닥으로 감쌌던 것 같다. 예전에 내가 저이에게 무슨 질문을 했을까? 내 표정을 보고 그는 내가 당혹해하고 있는 걸 눈치채고는 겁먹을 것까진 없는데, 하는 표정을 짓더구나.

"언젠가 내게 외로울 때가 있는가? 하고 물었지요?"

내가?

나는 그만 멋쩍어져서 꽃병만한 유리잔을 들어 커피를 들이켰지.

"그때 대답을 안 하셨나봐요?"

"못했지요."

"……"

"이제야 얘기지만 그때 난 당신을 많이 좋아했어요."

"……"

"내 마음을 전할 길이 없었어요."

"……"

"다른 생각에 빠져 있는 당신을 물끄러미 바라볼 때, 그때가 내가 외로운 때였지요."

갑자기 나는 그 사람과 꽃병만한 냉커피 잔을 사이에 두고 찻집에 앉아 있다는 게 굉장히 어색해졌어. 나는 전혀 몰랐던 일이었어. 미란아. 참 이상하지? 왜 아무것도 몰랐을 땐 편하고 아무렇지도 않고 좋아한다든가 사랑한다든가 그런 말을 듣게 되면 그렇게 어색해지고 마는 걸까? 그 사람과 그날 어떻게 헤어졌는지는 기억나지 않는구나. 아마도 내가 혹은 그가 먼저 시계를 들여다봤겠고 둘 중의 누군가가 가봐야죠, 그랬을 테지."

네가 혼자가 아니라는 말을, 그 한마디를 해주고 싶었는데 딴말만 길어졌다. 긴 내 이야기를 미란은 그저 듣고 있다. 나는 손을 뻗어 미란의 손을 잡았다.

"내가 너를 가만히 응시할 때 그런 때가 내가 외로운 때야."

"나?"

"요즘은 너를 볼 때가 그렇지."

"……"

"그날 그 사람이 그랬지. 다른 생각에 빠져 있는 당신을 물끄러미 바라볼 때, 그때가 내가 외로운 때였지요, 라고. 나도 그래. 내가 뭔가를 물끄러미 응시하거나 손가락으로 한 가지 동작을 계속하고 있을 때 그런 때가 내 마음이 외로운 때야."

"그러면 좀 나아?"

"아니…… 그냥 외로우니까 그러구 있는 거야. 어떻게 해야 할지를 모르겠으니까 말로도 안 되고 손으로도 안 되고 도리 없이 주저앉아 있거나 바라볼 수밖에 없으니까."

"이모만큼 나이가 들어도 그래?"

가끔씩 차창에 달라붙던 빗방울이 갑자기 세졌다. 빗방울은 이제 빗물이 되어 주르륵 흘러내린다. 빗소리가 쏴아 밀려들었다가 사라지곤 한다. 회오리바람이라도 부는 것일까? 빗소리가 확 밀려갈 때마다 차 안은 갑자기 고요해진다. 외로움에 나이가 무슨 소용인가. 서른다섯. 몸 속의 습기가 메말라가는 나이. 만남도 이별도 새롭지 않고 처음 만나는 사람조차 언젠가 한번은 본 듯한 느낌이 드는 나이. 나는 손을 뻗어 미란의 목덜미를 쓰다듬었다. 미란은 국도변 마을의 불빛들을 이윽이 쳐다봤다. 그러다가 몸을 사린다.

"이모…… 나는 이런 시골이 무서워."

"왜?"

"너무 어두워."

그래서 그렇게 돌아가자고 변덕을 부린 것인가.

"그럼 서울은 좋아?"

"응…… 나는 서울이 좋아. 아늑하잖아. 난 서울을 벗어나면 낯
이 설고 긴장이 돼. 인적이 드문 시골 동네나 바다에 도착하면 너
무 겁이 나. 그러다가 서울로 들어오는 톨게이트를 지나 서울에 들
어서면 집에 다 왔구나, 안심이 돼. 시골은 밤길이 너무 깜깜해."

나는 차의 속도를 줄이고 미란을 잠깐 건너다보았다. 그렇구나.
이 도시의 아스팔트, 빌딩, 불빛, 아파트들이 너에겐 아늑하구나.

다시 빗소리가 확 들이쳤다.

새집도 비를 맞고 있겠구나.

길이 너무 어둡다.

*

아아, 그래.

그 방은 어디에 있을까? 나는 핸들에서 손을 떼어 미란의 손을
잡았다. 조그만 손이 따뜻하다. 미란아, 지금은 어디에 있었는지도
모르겠는 불쑥 떠오르는 어떤 방 때문에 외롭구나.

여자와 남자는 늦은 저녁에 단둘이서 옥상이 있던 그 집의 문간
방을 차지하고 앉아 있을 수가 있었다. 얼마간 서로 떨어져서 벽에
등을 기댄 채 그들은 성냥갑 속에 갇힌 것처럼 가만히 앉아 있었
지. 늦은 밤. 골목을 지나가는 사람들의 발짝 소리. 누군가 그 방과
이어지는 담벼락에 오줌을 누는 소리…… 그리고 여자와 남자 사

110

이를 흘러다니던 조바심. 새벽녘이나 되었을까. 그들이 앉아서 바라보고 있는 창이 희끄무레하게 밝아지며 어릿어릿 그림자가 졌다. 남자가 일어서서 창을 열었던가. 세상에 눈이 내리고 있는 게 남자의 등 건너로 바라다보였다. 이끌리듯이 여자가 남자 곁에 섰다. 집들은 자고 있었다. 담들도 전신주도 부서진 채 나뒹굴고 있는 벽돌도. 눈발은 조금씩 더 굵어지며 골목조차 잠재우고 있었다. 여자와 남자는 눈발 아래 잠든 맑은 밤을 오래도록 바라보고 서 있었다. 성탄절날 진열장 안에 서 있는 조그만 장난감들처럼.

그 여자는 나였던 것 같다.

흩날리던 눈이 함박눈으로 바뀌어 소담스럽게 골목에 쌓여갈 때 장난감으로라도 좋으니 이 진열장에 정착해서 아이를 학교에 보내고 닭을 기르며 한켠엔 조그만 꽃들을 심었으면 하고 바랐던 여자는. 눈발 아래 잠든 골목을 내다보고 있을 때는 아무런 염려가 없었던 듯하다. 더 이상 난데없는 일에 부닥치지 않고 닭이 알을 낳는 여름이 올 것이라고, 마당의 꽃이 지는 가을이 올 것이라고…… 우리는 단순하고 조용한 가족으로 살아갈 수 있으리라고.

그러나 또 다른 밤에도 눈은 내렸다.

왜 기필코 그 산골짝 마을을 찾아가려고 했을까.

마을은 멀기만 한데 나는 산모롱이의 폭설에 갇혀 있었다. 산을 넘어가야만 그 마을에 닿을 수 있는데. 폭설에 버스조차 끊긴 길을 왜 나는 걸어갔을까. 왜 혼자였을까. 멈추지 않고 계속 내리던 눈은 해가 기울기 시작할 무렵부터 더욱 많이 쏟아졌다. 눈은 순식간에 산처럼 길을 막아버렸고 나는 어느 쪽으로도 눈을 피할 도리가 없었다. 무릎을 넘어와 허리까지 쌓이는 눈을. 손도 발도 귀도 꽝

꽝 얼었다. 한 발짝 내딛는 일이 숨이 막히는 듯했고 결코 이 곤경을 빠져나갈 수 없으리라 생각되었다. 먼 마을. 그곳에 누가 있었는가. 길을 가로막으며 마을로 다가가지 못하게 하는 눈에 절망하면서도 가야만 한다고 생각했던 그 마을에. 잠시 눈이 그친 사이로 희끄무레한 초생달의 윤곽이 하늘에 비치었던 것 같다. 달은 점점 분명하게 윤곽을 드러내며 맑아졌다. 몸이 눈에 덮인 채로 올려다보는 초생달이라니. 달을 보자 나는 용기가 났던 것 같다. 다시 찬 공기를 훅 들이마셨으니. 그리고 생각했던 것 같다. 한 발짝만, 한 발짝만 더 내디디면 그를 만날 수 있다고.

그런데 누구를?

*

"저기서부터는 서울이야."

속도를 천천히 줄이며 곁에 있는 미란을 쳐다보았다. 피곤했는가. 미란은 나뭇잎 한 장처럼 조그맣게 웅크리고 잠이 들어 있다.

8
김하진이라고 합니다

"여보세요? 조윤수씨 계신가요?"

"조윤수? 어디에 전화를 하셨습니까?"

"조윤수씨하고 통화를 하고 싶은데요."

"누구십니까?"

이마에서 땀이 솟았다. 나는 내 이름을 발음하기 위해 용기를 내
야 했다. 무선 전화기를 든 채로 냉장고 문을 열고 캔맥주를 꺼냈
다. 서너 모금을 급히 삼킨 뒤 저기, 라고 중얼거리는 내 목소리가
떨리고 있었다. 미란이 아까부터 거실 의자에 거의 눕다시피 앉아
서 창 바깥을 내다보고 있다. 더울 텐데 테오를 무릎에 올려놓고
있다.

"저는 김하진이라고 하는데요."

나는 내 이름을 발음해놓고 숨을 죽였다. 먼저 저쪽에서 알아봐
주기를 바라면서.

"윤수는 제가 아는 사람이긴 합니다만 어떻게 여기로 전화를 해

서 윤수를 찾는지요?"

용기를 내기 위해 나는 맥주를 서너 모금 더 삼켰다.

"혹시 제 이름은 처음 들어보십니까?"

"무슨 얘기죠?"

"혹시 저를 아시는가 해서……"

남자와의 통화를 듣고 있었는지 미란이 몸을 반쯤 일으키고서 수화기를 들고 서 있는 나를 의아한 표정으로 돌아다 본다. 여전히 손은 테오의 목덜미를 만지작거리면서.

"무슨 말이 그래요?"

남자의 목소리는 저음이라 나이가 가늠이 안 된다. 남자가 있는 곳은 어디인가. 858−0749. 관악구? 영등포구?

"사진을 한 장 갖고 있는데 조윤수씨가 찍어준 것 같습니다. 사진 뒤에 서명이 되어 있어요. 옥상에서, 라고 씌어 있고…… 오양에게, 조윤수 드림, 이라고. 전화번호도 적혀 있는데 지금 전화번호는 아닙니다. 지금 전화번호는 사진 뒤에 적힌 옛 전화번호를 가지고 114에 문의해서 알아냈습니다."

나도 모르게 말투가 책을 읽는 투로 변해 있었다. 저쪽에선 무슨 일인가 상황이 짐작이 안 되는지 잠시 아무 대꾸가 없었다. 팩스 음인가. 삐익 소리가 수화기를 타고 들려왔다. 스르륵. 팩스기에서 종이를 빼내는 소리. 나는 숨을 꿀꺽 삼켰다.

"이름이 뭐라고 했죠?"

"김하진."

"하진? ……김하진?"

"……"

114

"모르는 이름입니다…… 그런데 이상하군요. 목소리가 귀에 익어요."

나는 성우다. 7년 간이나 내 목소리는 전파를 타고 세상을 떠돌아다녔다. 그가 내 이름을 모른다 해도 언젠가 내 목소리는 한 번쯤은 들었으리라. 나는 용기를 더 내기 위해 맥주를 서너 모금 더 삼켰다. 땀은 목덜미 뒤로도 흥건히 흐르고 있었다. 미란이 뒤로 아직 풀지 않은 검은 트렁크가 외딴 섬처럼 우두커니 놓여 있다.

"괜찮으시다면 저를 한번 만나주실 수 있을까요?"

남자는 잠시 긴장한 것 같았다. 이상한 여자군, 여기며 숨을 안으로 모으는 기색이 수화기를 타고 전해졌다.

"부탁입니다."

"글쎄? 무슨 일인지 전화로 말씀해주실 순 없습니까?"

"제 얼굴을 한번 봐달라는 것입니다."

"네?"

"혹, 저를 알아봐주실까 해서요."

"이해가 안 가는군요."

"그저 저를 한번 만나만 주시면 고맙겠습니다. 만나서도 전혀 모르는 얼굴이면 할 수 없고 혹 아는 얼굴이라면 저와 어떤 관계였는지 그것만 말씀해주시면…… 제가 원하는 건 그것뿐입니다."

"……?"

"부탁입니다."

"그럼 어디서 만날까요?"

"지금 계시는 곳이?"

"여기는 독산동입니다. 저희 사무실로 오시겠습니까?"

"그러지요. 사무실 위치를 설명해주시면."

그는 정중하게 어떤 교통 편을 이용할 것인가를 물었다. 자동차를 운전해서 가겠다 하니 그는 출발지가 어디냐고 물어왔다.

"세검정입니다."

남자는 잠시 생각에 잠기는 듯하더니 우선 광화문을 지나 서울역을 지나 남영동을 지나 한강대교를 건너다가 노량진 쪽으로 길을 타라고 했다. 길이 좀 복잡합니다. 신대방동에서 대림동 쪽으로 길을 잡아 교수아파트를 지나오라 하였다. 남자는 듣는 내가 오히려 알겠습니다, 알아서 찾아가겠습니다, 라고 말하고 싶을 만큼 독산동 어디엔가 또아릴 틀고 있는 사무실 위치를 꼼꼼히 설명을 했다. 사거리에서 직진, 삼거리에서 우회전, 코카콜라 앞에서 다시 직진…… 언제 올 거냐 물어 그쪽이 괜찮다면 오후에 가겠다 하니 그는 오늘은 오후부터 저녁 늦게까지 해야 할 일이 있어 사무실을 비울 것이니 내일 오는 게 좋겠다고 했다. 내일은 종일 사무실에서 기다릴 수 있다고. 못 찾으면 근처에 와서 전화를 하라고 하였다. 사무실이 있는 곳은 누추하여 주차장이 없으니 차는 유료 주차장에 주차시키라고까지 말했다. 전화를 끊을 때 그는 기대되는군요, 라고 나지막이 말했다. 갑자기 저도 김하진씨가 어떤 분인지 궁금해졌습니다. 목소리가 귀에 익어요. 통화를 마치고도 나는 수화기를 든 채로 한참을 서 있었다. 손목에 붕대를 감은 미란이 그제서야 내게서 시선을 다시 창밖으로 옮겼다. 나는 무선 전화기를 식탁 위에 내려놓고 대신 미란이 먹어야 할 약봉지를 집었다. 유리컵에 냉수를 따르고 얼음을 두 조각 넣어 들고 와서 미란 앞에 내려놓았다.

"약 먹을 시간이야."

미란은 꿈쩍도 않고 그냥 앉아만 있다.

"응?"

"……"

"겨우 두 봉지 남았으니 싫어도 참고 먹어. 지금까지 잘 먹었잖아."

미란은 더 대꾸하기도 귀찮은지 순순히 약봉지를 펼쳐 입 안에 털어넣고 유리컵을 기울여 물을 마셨다. 미란의 어깨에 내 팔을 두르자, 미란이 덥다는 듯이 내 팔을 밀쳐냈다. 이마에 구슬 같은 땀이 송송 배어 있다. 에어컨 틀어줄까? 묻자 고개만 싹, 젓곤 그만이다. 얼마 전 윤이 내가 그녀의 카페에 도착하자마자 꺼내주었던 삼베 수건 생각이 간절했다. 나는 세면장으로 가서 수건을 찬물에 담갔다가 짜고 냉동실에서 얼음을 꺼내 수건에다 싸서 들고 다시 미란이 옆으로 왔다.

빼내려는 미란의 팔을 잡아당겨 겨드랑이 밑까지 찬 수건으로 문질러주었다. 얼음 한 조각이 수건 속에서 빠져나와 바닥으로 툭 떨어지자 미란이 발을 뻗어 얼음을 발가락으로 집어올려선 천장을 향해 휙 던졌다. 얼음은 천장에 부딪혔다가 오디오 위에 얹어놓은 콤팩트 디스크 위로 떨어져내렸다. 그래도 부서지지 않는 얼음 조각.

"내가 왜 여기에서 이러구 있는지 모르겠어."

"괜찮아질 거야."

"언제?"

"누군가가 그리워지면 그때."

미란은 입술을 꾹 깨물었다.

"미란아, 네가 날 좀 도와줄 일이 있어."

"내가 도와줄 일?"

어떻게 말을 해야 할까. 너만한 시절의 나를 잃어버렸다고. 지금
부터 찾아나서려고 한다고. 네가 함께 동행해줬으면 좋겠다고. 혼
자서 용기를 내려면 매번 아까처럼 맥주를 마셔야만 될 것 같으니
미란아, 네가 좀 있어줘야겠다고. 내 얼굴을 빤히 바라다보는 창백
한 미란의 얼굴에 찬 수건을 갖다 대주었다. 미란이 내 얼굴을 근
심스럽게 들여다보았다. 순간 미란의 얼굴에 모친의 얼굴이 실렸
다. 아무런 예고도 없이 정구를 치다가 갑작스럽게 죽음에 든 모친
이 염려스럽게 나를 들여다보고 있었다.

"나는 기억을 못 한단다. 목소리들만 남아 있어."

"……"

"어떤 사람들을 알고 있는 것 같단다. 이름도 얼굴도 잃어버렸지
만 나는 분명히 그들을 알고 있어. 그들과 나 사이에 무슨 일이 있
었는지 알고 싶어."

그들을 잃어버린 후 나는 내가 태어날 때부터 지니고 있던 예감
도 함께 잃어버렸다. 비정상적으로 보였겠지만 그건 나의 본능이
기도 했던 모양이다. 예감을 잃어버린 후 순간순간 나는 내가 어색
해서 멈칫거렸다. 어느 때는 지금 내가 뭘 하려 했는지를 잊어버린
채로 우두커니 서 있을 때도 있었다. 마치 주문을 외우듯 가스 레
인지 앞에서 나는 지금 가스 레인지를 켜려고 한다, 라고 생각을
가다듬은 뒤 가스 레인지를 켜야 했던 날들. 자동차 안에서 시동을
거는 걸 잊어버리고서 나는 방금 시동을 걸려 했다, 고 정리한 뒤

시동을 켤 수 있었던 날들.

"내일 함께 가주겠니?"

"무서워?"

"응."

"그런데 왜 알아내려고 해?"

미란과 나 사이에 짧게 끼여든 침묵 속으로 전화벨이 울렸다. 수화기를 드니까 앳된 목소리가 조심스럽게 미란이, 미란이 있습니까, 물어왔다. 내가 미란을 바라보자, 미란이 손을 내밀었다. 나는 미란의 손에 전화기를 쥐어주었다.

"여보세요?"

상대방의 말을 미란은 듣고만 있다.

"누구세요?"

나는 이상해서 미란을 쳐다보았다.

난처한 모양인지 미란이는 도와줘, 하는 표정으로 나를 바라보았다. 내가 왜? 하고 눈을 크게 뜨니 미란이 수화기를 손으로 가리고서 내 이름을 자꾸만 부르면서 미안하대는데…… 난 누군지 모르겠어, 속삭였다.

"이리 줘봐."

내가 미란으로부터 수화기를 건네받았다.

"여보세요?"

수화기 저편의 앳된 목소리의 여자애는 간신히 울음을 참고 있는가 보았다. 미란이 친구 인옥이라고 간신히 말했다. 내가 수화기 끝을 손바닥으로 가리고 미란에게 친구라는데? 하자 미란은 텅 빈 눈을 하고는 테오를 뿌리치며 슬리퍼를 탁탁 끌고선 방안으로 들

어가버린다. 뒤따라가는 테오를 바라보다가 나는 수화기를 고쳐
쥐었다.

"미안하지만 미란인 인옥씨가 누군지 모르겠다고 하는데?"

영화 더빙을 하고 있는 기분이었다.

"미란일 바꿔주세요…… 하고 싶은 말이 있어요."

수화기를 내려놓고 미란이 방으로 가보니 미란이 침대에 엎드려
있었다. 내가 미란의 등을 토닥이자, 미란이 홱 몸을 뒤챘다. 뭔가
고통스러운 모양이다.

"전화 받아봐. 친구한테 왜 그러니?"

"이모…… 난 정말 모르겠어."

"……"

"……정말이야, 이모. 난 모르겠어. 내가 왜 이렇게 손이 다쳤는
지도 모르겠고, 왜 병원에서 깨어났는지도 모르겠단 말이야……
바보가 된 것 같단 말이야."

미란이 소리를 지르자, 침대 밑에 엎드려 있던 테오가 미란이 옆
으로 뛰어올라간다. 미란이 몸을 뒤집었다. 구원의 손길을 청하듯
손을 뻗어 테오의 등을 쓸어내렸다.

9
기차는 7시에 떠나네

남자는 크림색 체크 무늬 남방을 낡은 청바지 속에 넣어 입고 있었다. '노동자 상담실.' 사무실 출입문엔 플라스틱 현판이 아무런 장식도 없이 붙어 있고 304호라고 씌어 있는 자리의 4자는 낡아서 자세히 들여다보지 않으면 1인지 4인지 모를 지경이었다. 10평쯤 되는 듯한 사무실 벽 메모판엔 이름, 전화번호들이 적힌 노란색, 분홍색 메모지들이 빼곡했다. 열려 있는 창문으로 거리의 소음이 여과되지 않고 쏟아져 들어왔다. 권태로운 여름 볕이 서류더미가 쌓인 남자의 알루미늄 책상에 스멀거렸다. 남자는 내 뒤에 산토끼처럼 서 있는 미란을 한 번 쳐다보더니 들고 있던 십육절지 종이들을 책상 위에 내려놓고 거기, 앉으세요, 라고 말했다. 남자가 앉으라고 말한 거기에는 40센티 폭의 길다란 유리 탁자가 놓여 있었다. 각종 법률책들이 정돈되지 않은 채 수북이 쌓여 있는 게 눈에 띄었다. 간신히 엉덩이만 걸칠 수 있게 되어 있는 네모난 간이 의자 세 개 또한 각각 다른 방향들을 보고 아무렇게나 놓여 있었다. 노동

영화여, 단결하라. 아침에 오려놓은 듯한 신문 기사가 유리 탁자가 놓여 있는 벽에 압정으로 눌려 있다. 미란이 눈 둘 데가 없었는지 신문 기사 앞으로 가서 기사를 읽고 있다. 오는 10~12일 연세대 신상경관에서 열리는 제1회 서울국제노동영화제는 영상 매체를 통해 지구 곳곳에서 벌어지고 있는 노동 운동을 기록하고 널리 알리려는 영화인들의 작지만 옹골찬 현장이다. 서울국제노동미디어 97 대회의 부대 행사로 마련됐지만 조직위원회는 인권 영화제처럼 일체의 심의를 거부하면서, 지금 이 땅에서 '왜 다시 노동과 인권을 얘기해야 하는가'를 영화로 보여주고 있다. 한국을 비롯해 영국·미국·일본·캐나다·이스라엘·남아공·인도·아일랜드 등 모두 9개 나라에서 날아온 18편의 작품은 장편 다큐멘터리로부터 뉴스 릴, 애니메이션까지 최근 몇 년 동안 각국에서 벌어졌던 노동 운동 현장의 목소리를 생생하게 전하고 있다. 거의 모두 국내에서 첫선을 뵈는 이 영화들은 영화제가 흥행과 오락을 위한 잔치만은 아니라는 것을 웅변한다. 노동 영화제는 아직도 우리의 일터가 일할 권리와 인권을 짓밟는 자본가 계급과 국가 권력이 날뛰는 야만의 현장이며, 노동자들은 어디서나 싸워야 할 머나먼 길의 한복판에 서 있다는 것을 보여주고 확인케 한다. 세계의 노동자들이여, 다시 한번 뜨거운 연대감으로 뭉치자, 고 화면으로 외치는 이들의 작업은 대부분 어려운 환경에서 만들어졌다는 점에서 또 하나의 노동 운동이라고 말할 수 있다.

남자가 생수가 담긴 플라스틱통과 머그 잔 두 개를 가지고 다가왔다.

"대접할 게 없군요."

마흔쯤 되었을까. 멀리서 보았을 땐 청년인지 장년인지 구분이 안 되더니 가까이에서 보니 주름투성이 얼굴이다. 얼마나 야위고 허약해 보이는지 부축하고 싶은 마음이 들 지경이었다. 쭈뼛대던 미란이 손으로 의자를 잡아당겨 탁자 끝에 팔을 괴고 앉았다. 나는 미란의 소매 없는 흰색 바탕의 물방울 무늬 원피스를 잠시 바라보았다.

"전화로 말씀드렸듯이 사진을 한 장 봐주셨으면 합니다."

"……"

나는 가방 속에서 사진이 담긴 봉투를 꺼내 남자 앞으로 내밀었다. 남자는 내가 내민 사진을 받아들고 이윽이 들여다보았다.

"뒷면에 조윤수 드림이라고 서명이 되어 있습니다만."

"윤수는 지금 사진관을 하고 있습니다. 그런데 왜 제 전화번호가? 아, 그럴 수도 있겠군요. 윤수와 함께 방을 쓰던 시절이 있었으니 그때……"

"……?"

"어디서 본 듯하군요. 목소리는 아주 귀에 익군요."

"저는 성우입니다…… 제 목소릴 들을 기회는 많이 있었을 것입니다."

"나는 라디오는 전혀 듣지 않습니다."

"……"

"이름자가 어떻게 된다고 했습니까?"

"김하진입니다."

김하진. 남자는 내 이름을 발음해보며 사진 속의 나를 뚫어져라 바라보았다. 서명에 옥상에서, 라고 씌어 있지 않으면 사진 속의 배경은 어딘지 모르게 되어 있다. 그런데 왜 오양에게, 라고 되어 있는지? 바람이 불었는지 내 머리카락이 바람에 날리고 있고 끝까지 단추를 다 채운 푸른색 윗옷 품이 머리카락과 함께 바람에 날리고 있을 뿐 거기가 옥상이라는 흔적은 어디를 보아도 없다. 내가 서 있는 배경 뒤로 건물인 듯도 싶고 탑인 듯도 싶은 뾰족한 것들이 안개처럼 뿌옇게 흔들리고 있을 뿐이었다.

"이 사람은 김하진이 아닌 것 같은데요."

"제가 아니라는 말씀인가요?"

"그런 뜻이 아니라 김하진이란 이름을 나는 처음 듣습니다."

남자는 다시 사진을 내게로 내밀었다. 남자의 안면엔 알 듯 모를 듯한 미소가 지어졌다. 순간 남자의 책상 위에 있는 전화벨이 울렸고 남자는 간이 의자에서 일어섰다. 어제 내가 남자에게 건 전화도 저런 벨소리를 내며 저 책상에서 울렸으리라. 미란이 의자를 잡아당겨 내 옆으로 바싹 다가앉더니 사진을 뺏어가 들여다보았다.

"이모 맞는데?"

미란의 음색이 얼떨떨했다. 네, 네, 아닙니다, 식으로 이루어진 짧은 통화를 마친 후 다시 수화기를 내려놓는 남자의 모습을 나 또한 얼떨떨한 기분으로 바라다보았다. 여름날인데 선풍기조차 없는 사무실이다. 목덜미와 이마, 손가락 사이에까지 땀이 고여왔다.

남자가 다가와 내 어깨를 내려다보았다.

"중요한 일입니까?"

"개인적인 일이긴 합니다만…… 제겐 중요한 일입니다."

"개인적인 일이라구요?"

높낮이가 없는 남자의 목소리는 나를 책망하는 듯했다. 남자가 손을 내려놓고 어깨를 으쓱했다. 남자가 잠시 생각에 잠기는 듯했다. 뭐라고 대꾸해야 할지 알맞은 말이 떠오르질 않는 모양이었다. 이 사람이 나를 알고 있기나 한가.

"이 사진 속의 인물은 저입니다. 달라 보일지 모르겠지만 십몇 년 전의 저입니다. 제 이름은 김하진입니다."

"……"

"실례지만 이 사진 속의 인물에 대해서 기억나는 게 있으면 얘기를 좀 해주시겠어요?"

내가 한 말이 농담이었으면 좋겠다. 나는 갑자기 이 답답한 사무실 문을 박차고 뛰쳐나가버리고 싶은 심정이 되었다. 타인에게, 그것도 전혀 모르겠는 남자에게 내가 누구냐고 물어봐야 하다니.

"얼굴이 익다뿐이지 기억할 만한 무슨 일은 떠오르지 않습니다."

"제겐 중요한 문제입니다."

남자는 나를 물끄러미 바라보더니 그렇다면 자신과 함께 조윤수의 사진관으로 이동할 수 있겠느냐고 물었다. 조윤수는 어쩌면 사진 속의 인물에 대해서 말해줄 수도 있지 않겠느냐고. 그는 내게 유일한 실마리였다. 그의 요구대로 따르는 수밖에 내게 다른 계획은 없었다. 거기다 나는 그에게 불청객이었다. 외려 이만한 관심을 보여주는 게 고마울 따름이었다. 미란이 어쩔지 몰라 내가 미란을 쳐다보자 미란이 고갤 끄덕였다.

*

여름 햇볕에 정면으로 내놓아졌던 자동차는 뜨겁게 달궈져 있었다. 남자를 따라가는 것은 그리 어렵지 않았다. 주차장에서 차를 꺼내왔을 때 남자는 내가 길을 모르니 자신이 운전을 하겠다고 했던 것이다. 미란이 여름 햇볕 속에서 흰 얼굴을 잔뜩 찡그리고 있다가 뒷좌석에 들어가 앉았다. 남자는 천천히 차를 몰았다. 나는 운전석 옆자리에 앉아 미란을 돌아다봤다. 미란은 인형 같은 무표정으로 돌아와 있다.

"길이 많이 달라졌죠?"

누구에게 말하는 걸까.

"저는 처음 와보는 동네예요."

미란이 혼잣말처럼 중얼거렸다. 운전석의 남자가 슬몃 내 얼굴을 건너다보았다. 나? 나는 이 거리에 와봤을까? 자동차는 남자의 사무실이 있는 향남교회 앞에서 성지산부인과, 서일카센타를 지나갔다. 나는 낯선 거리의 간판을 책을 읽듯이 읽어내렸다. 나는 이거리에서 누군가에게 여기서 기다려주세요, 라고 말한 적이 있을까. 대우증권, 한국주택은행, 평화은행, 신한은행, 문성초등학교, 삼승맨션, 강남학원…… 직진을 멈추고 남자가 차선을 바꾸더니 유턴을 해서 다시 오던 길로 되돌아갔다. 저 가로수 밑을 지나며 하늘을 올려다본 적이 있을까. 낚시백화점, 혜광의원, 금강자동차공업사, 신천지웨딩홀. 버스가 참 많은 동네야, 미란이 다시 중얼거렸다. 버스? 아아, 언젠가 버스를 타고 창밖을 내다본 적이 있을까? 누군가 버스 바깥에서 나를 배웅하느라고 손을 흔든 적이?

이십여 분 뒤, 자동차는 버스와 트럭 오토바이로 복작거리는 도로를 신호등에 걸려가며 빠져나왔다. 끈질기게 팔월의 햇볕이 따라붙고 있다. 삼 분쯤 달렸을까. 갑자기 차창 바깥에 이제와는 달리 정렬이 잘 된 반듯한 길이 쭉쭉 뻗어 있었다. 여름볕 아래의 가로수 그림자가 도로에 그늘을 만들고 있는 것이 눈여겨봐질 정도로 한적한 길들이었다. 여기가 어디인가. 인적은 드물고 높고 낮은 건물들이 담장 안에서 숨을 죽이고 있다. 도로를 향해 나 있는 담장들은 보도 블록처럼 단정했다. 세한정기, 경방기계, 영신금속, 한국후지필름…… 공장들이군. 남자는 삼성물산 앞에서 좌회전을 하더니 속도를 조금 더 냈다. 중앙정공, 생산기술연구원, 원림산업, 아코스볼링장, 조만현산부인과…… 남자가 차를 세운 곳은 공장들이 집중적으로 몰려 있는 한적한 거리를 다시 빠져나와 사거리를 지나고 연희실업학교가 바라다보이는 남부아파트 앞이었다.

남자가 아파트 내의 주차장에 차를 세워놓고 미란과 나를 다시 데리고 간 곳은 아파트 뒤로 나 있는 육교 밑의 조그만 사진관이었다. 사진관 앞이 바로 육교였던 데다 건물과 건물이 서로 너무 붙어 있어서 간판만 보고서는 2층이 완구점이라는 것인지 3층이 사진관이라는 것인지 잘 구분이 안 되었다. 사진관으로 올라가는 통로는 어두웠다. 남자는 좁고 어두운 통로의 계단을 천천히 올라갔다. 미란을 앞세우고 남자의 뒤를 따르면서 보니 미란의 원피스가 땀에 젖어 등에 찰싹 달라붙어 있었다.

출입문에는 돌, 회갑, 출장 촬영. 24분 현상이라는 팻말이 삐뚜름하게 붙어 있었다. 사진관 내 진열장에는 아기 백일 사진과 명함판 사진들이 진열되어 있었고, 진열장 옆으로 레자로 된 검은색 긴 소파가 놓여 있을 뿐 사람은 보이질 않았다. 남자는 안쪽 휘장 뒤에서 두런거리는 소리를 들었는지 성큼성큼 걸어들어가 휘장을 걷어 안을 들여다보곤 돌아와서 촬영중인 모양입니다, 라고 나지막이 말했다. 미란이 긴 의자에 털썩 주저앉았다. 미란의 팔에 붕대가 감겨 있어 누구에게나 눈에 띄는데도 남자는 미란의 팔에 관심이 없다. 그것이 미란에겐 다행인지 간혹 남자를 건너다보는 미란의 눈길에도 경계심이 없다.

십여 분이나 그렇게 앉아 있었을까.

나이를 가늠할 수 없는 여자와 남자가 휘장 뒤에서 걸어나왔다. 먼 과거 속의 쌓여 있는 먼지를 털고 금방 일어나 나온 듯한 외롭고 고단한 인상들이었다. 몇 걸음만 걸어도 목덜미에 이마에 땀이 맺히는 팔월에 이들은 유독 단정히 정장들을 했다. 나는 휘장 뒤에서 나를 알고 있을지도 모를 사진관 남자가 걸어나오길 기다렸다. 느닷없이 쏟아지는 빗소리를 듣고 있는 듯한 기분이었다. 이윽고 사진관 주인이 뒤따라나오다가 남자를 발견하고 반갑게 웃었다. 짧게 커트된 머리. 170쯤 되어 보이는 키. 베이지색 면바지 위에 헐렁한 감색 셔츠를 받쳐입고 있다. 미간이 넓고 아래턱이 각이 졌다. 남자는 긴 의자에 앉아 있는 미란이 손님인 줄 아는지 잠깐만 기다리세요, 라며 목례를 했다.

"사진 찍으러 온 거 아니네. 내가 모시고 온 분들이야."

사진관 남자가 미란과 나를 살펴보기도 전에 방금 촬영을 마친 남녀 중의 남자가 사진은 언제 나오냐고 묻자 남자는 그들에게로 갔다. 머뭇댐이 없는 걸음걸이.

"사흘 후에 나옵니다."

"잘못 나온 부분은 가필을 해줄 수 있죠?"

"그러지요."

"결혼식 사진이나 마찬가지라서요. 평생 두고 봐야 할 것이라서……"

말을 다 마치지도 못하고 여자가 우는 것 같았다. 여자의 눈물로
인해 그들의 과거 어느 부분이 일깨워지는가 보았다. 여름날에 감
청색 정장에 넥타이까지 맨 남자가 여자의 어깨를 감싸안았다. 남
자의 몸이 닿는 부분의 여자의 옅은 분홍색 정장에 주름이 졌다.
그들이 내미는 선금을 받고 영수증을 끊어주며 사진관 남자가 걱
정 마세요, 마음에 들게 잘 뽑아드리겠습니다, 라고 인사를 했다.
콘트라베이스 같은 저음의 목소리. 사진관 출입문을 밀면서 여자
는 손수건으로 꾹꾹, 눈물을 찍어냈다. 내가 자신을 지나치게 관찰
한다 싶었는지 남자가 끈 달린 볼펜을 목에 매단 채 나를 쳐다보았
다. 탱자를 깨물었을 때나 지을 듯한 표정.

"자네, 이 여자 분을 기억하겠나?"

사진관 남자의 눈이 커지더니 내게로 성큼성큼 다가왔다.

"오선주씨?"

오선주?

사진관 남자의 입가에 반가운 웃음이 번졌다. 오선주가 그 남자
에게 나쁜 사람은 아니었는가 보다.

"가끔 생각을 했었습니다."

나는 또다시 용기를 내야 했다. 이 남자는 나를 조금이라도 아는
모양이구나. 순간, 나를 사로잡는 참담한 공포를 나는 애써 밀어냈
다.

"죄송합니다. 저는 선생님을 기억하지 못합니다."

조윤수란 이름을 가진 사진관 남자가 얼떨떨한 표정으로 여기로
나와 미란을 데려온 노동자 사무실의 남자를 바라보았다.

"나도 무슨 일인지 잘 모른다네. 단지 자네는 이 여자 분의 이름을 기억할 것 같아서…… 이 여자 분에겐 중요한 문제인 모양이야."

"……?"

"자네가 찍어준 듯한 사진을 한 장 갖고 있어…… 내 보기엔 노을다방 옥상 같은데. 사진 좀 꺼내보세요!"

사진관 남자는 우리가 농담을 하고 있는 것 같은지 피식, 웃으려다가 내가 심각한 표정으로 가방 속에서 사진이 담긴 봉투를 꺼내내밀자 곧 웃음을 거두었다.

남자는 사진을 한참 동안 들여다보았다.

"노을다방 옥상 아닌가? 뒤로 보이는 공장 굴뚝들도 그렇고, 난간 옆에 엎어져 있는 목욕통이 눈에 익네. 자네와 할 얘기가 있으면 가끔 그 옥상으로 올라가서 목욕통에 걸터앉아 얘기를 했던 생각이 나는군."

공장 굴뚝?

노을다방?

엎어져 있는 목욕통?

남자는 사진을 도로 내게 내밀었다. 그가 감정을 애써 억누르는 듯한 어조로 말문을 열었다.

"나라고 당신을 잘 아는 건 아닙니다. 당신은 내가 한때 알고 지내던 사람의 곁에 있었던 것 같은데요."

언젠가, 나는 지금 내 앞에 서 있는 사진관 남자가 한때 알고 지내던 사람의 곁에 있었다.

"그 사람이 누군지요?"

"가끔 그쪽과 함께 내가 디제이를 보고 있는 다방에 나타났었죠."

"······?"

"그때 즐겨 듣던 노래 생각 안 납니까?"

노래?

"그리스 민요 말예요. 당신과 그 사람은 그 노래를 참 좋아했습니다. 언제나 금요일마다 그 노래를 신청해서 듣곤 했죠."

그리스 민요를 좋아했던 사람?

"그 사람 이름이라도 기억할 수 없겠습니까?"

"글쎄요. 하도 많은 사람들이 들락거리던 장소에서 만나놔서. 거기다 그 근처에는 젊은 사람들이 들락거릴 수 있는 다방이라곤 그곳 한곳뿐이었습니다······"

"그 다방은······ 지금은?"

"노을다방은 금방 없어졌습니다. 오며가며 보니까 의상실도 되었다가 무슨 수입 상품 코너도 되었다가 하더니 최근엔 호프집으로 바뀌었는데······ 워낙 건물이 오래되고 낡아놔서요. 지금은 비워놨더군요. 아마 곧 허물고 새 건물이 들어서겠죠. 주변이 하도 바뀌어서 저도 지나가면서 여기가 거긴가 합니다."

"그 노래는 제목이 무엇입니까?"

남자가 하하하, 웃었다.

"기차는 8시에 떠나네······입니다. 그런데."

그런데?

"늘 기차는 7시에 떠나네, 라고 적어 보냈어요······ 한번도 빠짐없이 그랬어요. 내가 7시가 아니라 8시라고 하여도 재킷을 가져다가 코앞에 디밀고 7시가 아니라 8시입니다, 라고 해도 메모지엔 늘

7시라고 적어 보냈어요. 나중엔 나도 그 노래 제목이 꼭 기차는 7시에 떠나고가 아닌가 착각을 할 정도였지요."

"왜 그랬을까요?"

"글쎄요…… 모를 일이지요."

"그 건물이 있는 곳 약도를 좀 그려줄 수 있겠습니까?"

사진관 남자는 선선히 옛 노을다방이 있던 건물, 의상실이 되었다가 수입 상품 코너도 되었다가 마지막으로 호프집이었다가 지금은 철수를 기다리고 있는 빈 건물이 있는 장소로 가는 약도를 그려주었다.

"괜찮으시다면 시원한 곳으로 나가서 차를 한잔 할까요?"

사진관 남자가 뜻밖의 청을 하며 나와 미란과 노동자 상담실의 남자에게 동의를 구해왔다.

"오랜만에 옛 생각이 나서 말입니다."

조윤수라는 이름을 가진 사진관 남자의 시선이 내 얼굴에 머물렀다. 뭔가를 꿰뚫어보는 듯한 시선이다. 나는 다시금 난간에서 헛걸음을 딛고 있는 듯한 불안을 느꼈다. 어쩐지 그가 잘 생각해보세요? 나를 전혀 모르겠습니까? 라고 묻고 있는 것만 같아서.

*

남자를 따라 육교 뒤를 돌아가니 시장통이었다. 사진관 남자가 우리를 데리고 간 곳은 자뎅. 시장통에 어울리지 않는 셀프 서비스를 하는 통유리의 커피 전문점이었다. 사진관 남자는 우리들에게 주문을 받더니 카운터로 가서 돈을 지불하고 쟁반에 아이스커피

네 잔을 받아와 세 사람 앞에 내려놓고 마지막으로 자기 앞에 긴 대롱이 담긴 유리잔을 내려놓았다.

"그땐 그래도 살아 있는 것 같았지. 거리가 이렇게 휘황하지 않았어도 살아갈 맛이 났었는데…… 금지곡을 트는 맛도 근사했네."

"노을다방은 그땐 내게 유토피아였어. 낮에는 두더지처럼 엎어져 있다가도 밤이 되면 사람들 속에 섞여 그곳에 내려가곤 했지. 자네가 주머니에 찔러넣어주는 담배맛."

"그때 그 패거리들은 다 어디로 갔을까?"

그 패거리들?

그들은 이제 나와 미란은 잊은 듯했다. 살아 있는 듯했다는 과거 속으로 서로의 선명한 기억을 가지고 줄달음치고 있었다. 살아 있다면 만나겠지. 음악과 웃음 소리. 문이 여닫히는 소리. 주방 쪽 분쇄기에서 얼음이 부서지는 소리. 나는 그들 곁에서 그들의 이야기를 듣고 있는 게 꿈결 같았다. 어느 순간 미란이 매우 슬픈 표정으로 창유리에 이마를 댄 채 웅크린 자세를 취했다. 붕대가 감긴 손목. 그들의 이야기보다 오히려 미란의 슬픈 표정이, 붕대가 감긴 손목이 내게 무엇인가를 상기시키려는지 내 의식을 툭, 건드렸다. 하지만 무엇을?

갑자기 미란이 슬픈 기색을 싹, 지우더니 창유리에서 이마를 후딱 떼어냈다. 뭐라 말할 틈도 없이 미란이 의자에서 일어나더니 재빨리 출입문을 붕대를 감지 않은 손으로 밀어젖히고는 팔월의 거리, 낯선 시장통 속으로 거침없이 뛰어갔다. 잠깐만요, 과거 속에 놓여 있다가 느닷없는 미란의 행동에 정지 화면처럼 말과 제스처를 멈춘 두 남자를 자넴에 두고 나는 다급히 미란을 뒤따랐다. 꼬불꼬불한 시장통 안은 팔월의 열기에 후텁지근했다. 생선전엔 갈치가 토막쳐진 채 소금이 뿌려져 있고, 야채전엔 보라색 가지와 오이들이 한 무더기씩 쌓여 있다. 나뒹구는 무, 시든 배추. 튀김 냄새 사이로 미란은 내달려 저쪽 옷걸이에 걸려 있는 들쭉날쭉한 기성복 너머로 사라지고 있다. 미란아. 빛이 가려진 그늘진 시장통을 빠져나오자 갑자기 환한 대로다. 팔월의 햇빛이 거침없이 높고 낮은 상가를 점령하고 있다. 미란이 어느 방향으로 달려갔는지 알 수가 없어 나는 햇볕 아래에서 땀을 흘리며 서 있었다. 미란아. 팔월의 햇볕 아래 거침없이 노출된 나를 누군가 멀리서 사진 찍는 듯한 기분이었다. 나는 새로 지은 듯한 상가의 건물 속으로 들어가 사방을 휘둘러보았다. 미란이 길 건너의 스포츠용품 진열장을 들여다보고 있다. 언제 샀을까? 붕대를 감지 않은 손에 캔맥주가 들려 있다. 제발 거기에 서 있거라. 나는 건물 속에서 빠져나와 신호등을 보지도 않고 다급히 길을 건넜다. 영업용 택시가 클랙슨을 눌러댔으나 마음이 다급해 나는 미안하다는 표시도 하지 못했다. 미란은 캔맥주를 들고 선 채로 스포츠용품 가게 진열장의 스케이트 보드를 바라다보고 있다가 내가 다가서자 마치 갈증난 사람처럼 캔맥주를 쭉 들이켰다. 그리고는 빈 캔을 힘주어 오그려뜨리더니 길거리에 홱 내던졌다. 내가 알 수 없는 격정이 미란의 마음을 뒤집어놓고 있는 모양이었다.

"저거, 사줘. 이모."

마음을 휘몰아가던 격정을 못 이겨 내달리는 미란을 붙잡아놓은 스케이트 보드.

"찻집에 지갑이 있어. 그 사람들과 헤어지고 사러 오자."

"꼭이야."

"그래."

침묵 속에 놓여 있는 스케이트 보드.

*

남자와 여자가 있었어요. 대체로 여자가 먼저 노을다방에 와서 남자를 기다리는 편이었죠. 남자는 어느 날 내게 음반 한 장을 건넸습니다. 그 음반 안에 「기차는 8시에 떠나네」가 실려 있었죠. 나도 그때 그 노래를 처음 들었습니다. 그런데 이상했던 건 8시를 꼭 7시라고 적어 보냈어요. 음반까지 소지하고 있었던 걸로 보아 잘못 알고 있지도 않을 텐데 그랬어요. 음악다방의 디제이 박스에서 보면 여자는 늘 뭔가 초조하고 불안한 얼굴이었습니다. 무슨 두꺼운 책을 읽고 있었는데 여자의 얼굴 표정을 보면 그 책읽기에 집중하는 편은 아니었어요. 출입문이 열릴 때마다 여자는 그쪽을 바라다보곤 했지요. 그것이 그 남자와 여자의 특징이었습니다. 처음에는 여자가 남자를 기다리는 것이라 생각했으나 남자가 나타난 후엔 그들은 두 사람 다 출입문이 열릴 때마다 그쪽을 바라다보곤 했던 것이 인상적이었습니다. 누구 다른 사람을 기다리는가, 했지만 딱히 누굴 기다리는 것 같지도 않았어요. 가끔 남자가 나타나지 않을 때도 있었어요. 그런 날이면 다방문을 닫을 때까지 여자는 두꺼운 책을 읽으며 앉아만 있었습니다. 그런 날엔 신청곡도 청하지 않았지요. 잘 기억은 나지 않지만 목요일 밤이거나 금요일 밤이었던 것 같습니다. 그들은 아마 목요일 밤, 혹은 금요일 밤엔 그 다방에서 만나기로 했던 모양이었어요. 시간은 들쭉날쭉해서 서로 금세 만나는 날도 있었지만 대체로 남자가 여자를 기다리게 했습니다. 그들은 만나면 언제나 같은 노래를 신청해 들었지요. 노래를 누가 불렀는지는 잊었어요. 그들을 기억하는 건 노래 때문입니다. 신청 곡 창구로 들어오는 메모 쪽지엔 '기차는 7시에 떠나네'로 씌어 있었어요. 처음엔 7시가 아니고 8시라는 말을 멘트로 내보내며 노래를 틀어주었지요. 그래도 그들은 7시라고 적어 보냈어요. 한번은 신청곡 밑에 그냥 7시로 읽어달라고 부탁한다고 써 있었습니다. 왜 그랬는지, 나도 그뒤로는 '기차는 7시에 떠나네'를 들려드리겠습니다, 라고 했어요. 모를 일이지만 그때는 그들의 그 청을 들어주고 싶었어요. 흔한 노래가 아니었으므로 시비를 걸어오는 사람은 없었습니다. 그래서 나도 지금 그 노래의 제목에 나오는 시간이 원래 7시가 아니었을까 생각될 정도입니다. 내가 그 여자와 남자를 기억하는 건 그런 것들 때문만이 아닙니다. 남자가 늦게 나타났던 어떤 목요일인가 금요일이었어요. 일찍 와서 남자를 기다리고 있던 여자가 디제이 박스 앞으로 다가왔습니다. 나는 처음에는 신청곡 메모지를 가지고 온 줄 알았어요. 그런데 여자가 매우 슬픈 눈으로 내 눈을 들여다보며 자신의 심장께를 가리켰어요. 여기가 아파 삼촌, 하면서요. 목소리가 영락없이 집에서 심장판막증을 앓고 있는 큰형의 아이 것이었습니다. 아이는 늘 삼촌인 나를 보면 손을 끌다 심장께에 대고 여기가 아파 삼촌, 이라고 했었죠. 여자는 한 번 더 여기가 아파 삼촌, 하고는 의자로 돌아가 앉았어요. 그리곤 다름없이 출입문이 열릴 때마다 고개를 들어 살펴보며 두꺼운 책을 읽는 데 정신을 팔고 있었습니다. 나중에야 그 여자가

136

나에게 다가와 여기가 아파, 삼촌, 이라고 했던 시각에 큰형의 아이가 죽었다는 걸 알게 되었습니다. 이후로 나는 여자에게 관심을 가졌어요. 서로 얼굴을 익히게 된 우리들 셋은 목요일이나 금요일 밤, 다방문을 닫는 시각에 함께 거리로 나와 쏘다니기도 했고, 포장마차에서 라면을 안주로 소주를 마시기도 했지요. 거리는 불안했습니다. 모두들 조용히 수군거리듯 얘기했죠. 아무데서나 불쑥 검문을 당하곤 했죠. 거리에서 가방을 털어보이고 주머니 속의 지갑까지 다 보여줘야 했던 때였습니다. 누군가는 소리 소문 없이 끌려가선 다시 나타나지 않기도 하던 때였죠. 날짜 같은 건 통 기억을 못 합니다. 오래된 일이라서. 어느 해 겨울에서 새해로 넘어가던 삼개월도 채 못 되는 기간에 있었던 일들이었습니다.

*

"눈이 참 많이 내리던 해였는데…… 사진, 글쎄…… 사진을 찍었던 기억은 도통 없군요."

말하는 동안 사진관 남자는 난처한 웃음을 지었다. 그는 어떻게 음악 다방 디제이에서 사진관을 운영하는 남자가 되었을까.

"얘기를 하다 보니 그때 함께 듣던 노래가 귀에 울려오는 것 같군요."

"……"

"그 노래 때문에 나도 곤욕을 치렀지요."

"무슨?"

남자가 입을 다물고 정말 나를 모르겠느냐는 듯이 내 눈을 빤히 들여다보았다. 나는 가슴이 뛰기 시작했다. 남자의 눈을 피해 우리들 앞에 놓여 있는 유리잔 속에 녹아가고 있는 얼음 조각을 응시했다.

내겐 상기되지 않는 우리가 함께 들었다는 노래.

미안합니다만, 나는 사진관 남자와 노동자 사무실의 남자에게 미안합니다만, 이라고 말을 꺼내놓고 곁에 앉아 있던 미란의 손을 꼭 쥐었다.

"제 명함입니다."

"……"

"방송국 전화번호로는 당분간 통화가 되지 않을 것입니다. 혹시 저에 대해서 다른 기억이 떠오르시거든 집으로 되어 있는 전화번호로 전화를 걸어주시거나 옆의 팩스를 이용해주실 수 있겠습니까?"

노동자 사무실의 남자와 사진관 남자가 나를 이윽이 바라봤다.

"무엇이라도 좋습니다…… 이름이 떠오른다거나, 소식이 닿는 그의 주변 사람 중에 누구라도 혹 연락처가 떠오르거든, 부탁합니다."

"그러지요."

사진관 남자와 노동자 사무실의 남자가 탁자 위에 내려놓은 내 명함을 한 장씩 집어 주머니에 넣었다.

10

은 기

그로부터 사흘 후에 내겐 이런 팩스가 도착했다.

오선주씨.

용건은 두 가지입니다.

첫째, 당신이 가고 기분이 야릇해져서 노을다방 시절의 일들을 곰곰이 생각해보았습니다. 새삼스럽게 창고에 쌓여져 있는 옛 레코드들을 꺼내 먼지도 닦아보았습니다. 그러다가 그 언젠가 당신이 디제이 박스 속에 있던 내게 보낸 것 같은 메모지를 한 장 발견했습니다. 기차는 7시에 떠나네, 를 신청한 신청곡 메모지입니다. 그 메모지에 의하면 당신이 찾고 있는 그 사람은 '은기'라는 이름을 가지고 있는가 보군요. 불행히도 성은 씌어 있지 않습니다. 이제 고백합니다만 그 시절의 나는 당신에게 관심이 있었습니다. 그때 당신은 아름다웠지요. 거기다 당신은 내가 전에 말했던 것같이 때때로 어떤 예감에 사로잡혀 앞에 일어

날 일들을 알아맞히곤 했답니다. 내가 당신을 곧바로 알아본 연유가 거기에 있습니다. 아마 같은 이유로 당신이 쓴 신청곡 메모지가 아직 내게 남아 있는 것이겠지요. 당신은 많이 변했더군요. 예전의 모습이 아니었습니다. 하마터면 당신을 못 알아볼 뻔했습니다. 하나 더 보태자면 정확한 기억은 아닙니다만 다방 안에 기차는 7시에 아니 8시지요, 가 나가고 난 뒤면 둘만 있던 당신들 좌석엔 다른 사람 두엇이 합석하게 되곤 했던 것 같습니다. 혹 이 메모지와 나의 기억이 무슨 실마리가 되어 당신을 도울 수 있을까 싶어 보내드립니다. 당신은 아직도 이 메모지에 썼던 글씨체를 쓰십니까? 그때 나는 메모 창구 안으로 들어오는 메모지 중에서 당신의 글씨체는 금방 알아보곤 했지요.

둘째, 당신들과 함께 어울렸던 패거리 들 중의 한 사람이라 여겨지는 이의 전화번호입니다. 오래된 전화번호이긴 하지만 어쩌면 그 사람을 통해 당신이 찾는 사람의 행방을 알 수 있을지도 모르니 추적해보십시오.

김연상: 858-7994

추신: 나는 사진관 남자입니다.

사진관 남자의 글씨 밑에는 복사된 메모지가 딸려 있었다. 사진관 남자가 기억하고 있는 오선주라는 이름의 여자가 나라면 내가 쓴 메모였다. 은기와 함께 기차는 7시에 떠나네, 를 듣겠다는 내용이었다.

벌써 또 한 해가 저무는군요.

나는 무엇에게나 말을 걸어본답니다. 산다는 게 뭐냐구? 내가 질문을 던진 대상들은 한동안 골똘히 생각에 잠기다가 곧 시무룩하게 글쎄……? 라고 대답하는군요. 아래 곡을 은기씨와 함께 듣겠습니다. 매번 신청곡을 들려줘서 고맙습니다.

신청곡: 기차는 7시에 떠나네.
좋은 일이 많은 새해를 맞이하길 바랍니다.

12월 22일
오선주 드림

은기?

나는 사진관 남자가 보내온 내가 언젠가 썼다는 글씨들을 들여다보았다. 내 글씨다. 많은 세월이 흘렀는데도 여전히 변하지 않은 내 글씨체다. 처음으로 진짜 내가 오선주라는 여자이기도 했음이 느껴진다. 나는 지금도 저런 글씨체를 쓴다. 납작납작하고 ㅇ자는 점으로 찍고 ㄹ자는 뭉개버리고 ㅂ자는 길게 빼는…… 글씨체. 나는 팩스 종이의 여분에 메모지의 내용을 따라 써보았다. 나는 무엇에게나 말을 걸어본답니다. 산다는 게 뭐냐구? 내가 질문을 던진 대상들은 한동안 골똘히 생각에 잠기다가 곧 시무룩하게 글쎄……? 라고 대답하는군요. 우리들이 함께 들었다는 노래도 내가 썼다는 메모지의 내용도 기억나지 않지만 글씨체만은 분명 나의 것이다. 나만이 이런 글씨를 쓸 수 있는 것이다. 은기…… 은기. 그래 당신은 어디에 있는가? 어떤 존재이길래 이렇게 심연 깊숙이 가라앉아버렸는가.

*

　김연상: 858-7994.

　김연상과의 통화는 어려웠다. 858-7994라는 전화번호의 지역
은 신림동이나 봉천동 쪽 같았다. 수화기를 들고 숫자를 돌렸으나
기계음과 함께 결번이라는 안내 방송이 계속 나왔다. 나는 전화국
에 전화를 걸어서 옛날의 858-7994라는 전화번호를 가지고 있던
김연상이라는 사람이 현재 가지고 있는 전화번호가 몇 번인지 알
아봐줄 수 있겠느냐고 문의했다. 전화국 사람은 김연상씨가 같은
동네로 이사를 했느냐고 물었다. 같은 동네로 이사를 갈 경우엔 전
화를 반납하지 않는 이상은 뒷자리의 번호는 그대로 가진다면서.
그걸 내가 어떻게 알겠는지. 결국 나는 현피디에게 전화를 해서 어
떻게 해서든 858-7994라는 전화번호를 가지고 있던 김연상이라
는 사람이 현재는 어떤 번호를 쓰고 있는지를 알아달라고 청했다.
내가 사흘 동안 노력을 했어도 알아내지 못했던 것을 현피디는 3
시간 만에 알아내서 주소까지 알려왔다.

　김연상. 651-3411. 양천구 목동 목동아파트 408동 1804호.

　옛날에 858-7994라는 번호를 쓰고 있던 김연상은 그 동안 다섯
번이나 전화번호가 바뀌어 651-3411에 이르러 있었다.

　651-3411의 김연상이라는 이름을 가진 이와 통화를 하면 은
기……의 존재를 알 수 있는가? 그의 행방을 알 수 있는가?

　나는 그의 전화번호를 메모지에 적어놓고 깊은 숨을 쉬었다. 6.

5. 1. 3. 4. 1. 1. 숫자 하나하나를 누를 때마다 번호판에서 꾹, 꾹, 꾹, 소리가 나는 것만 같았다. 나는 거의 무릎을 꿇고 있었고, 번호를 누르는 손에 어찌나 힘이 들어갔는지 손목이 시큰거릴 지경이었다. 벨은 정확히 네 번 울렸다. 그러나 사람의 목소리가 아니라 팩스 음이 뚜— 하고 울렸다.

*

김연상씨께.

뜻밖의 이런 메시지에 불쾌함을 느끼지 않으셨으면 합니다.

저는 오선주라는 사람입니다. 세상에는 어느 한 시절을 기억하지 못한 채 늘 먹먹한 기분으로 살아가는 사람도 있답니다. 당신은 혹시 저를 아시는지요? 저는 모르더라도 혹 '은기'라는 이름을 지닌 존재를 알고 계시는지요. 알고 계시다면 제게 팩스를 넣어주시든지 아니면 전화를 걸어주시면 감사하겠습니다. 은기라는 사람을 찾아야만 하는 제 사정을 여기에 자세히 적지 못하는 것이 유감입니다. 그러나 그를 찾아야만 하는 저의 소망이 헛되이 바스러지지 않도록 도와주셨으면 합니다.

1997년 8월
오선주 드림

나는 내 전화번호와 팩스번호를 적어 651−3411로 띄워보냈다.

　오선주씨에게.

　당신이 보낸 팩스를 받았습니다. 영문을 모르겠지만 낯모르는
사람에게 그런 글을 띄워야 하는 당신이 누군지 궁금해졌습니
다. 한데 나는 김연상이 아니고 오희옥이라는 사람입니다. 처음
에 당신이 팩스에 써서 보낸 김연상이라는 이름이 전혀 떠오르
지 않아 나는 누군가 잘못 보낸 팩스인 줄 알고 신경을 안 썼답
니다. 그런데 오늘 전화 요금 고지서를 받고서야 김연상이 제 친
구의 오빠 이름이라는 걸 깨달았습니다. 몇 년 전에 제 친구의
가족이 뉴질랜드로 이민을 가면서 제가 그 집으로 들어가 살게
되었습니다. 물론 전화도 그대로 썼습니다. 게으른 성격에 전화
를 새로 신청하기도 그랬고, 명의 변경을 하기도 복잡해서 여태
껏 친구의 오빠인 김연상 명의로 된 전화번호를 제가 팩스번호
로 쓰고 있답니다. 당신이 보낸 팩스 내용은 묘하게 사람 마음
을 끌어당기는군요. 그냥 지나칠 수 없는 연민이 서려 있습니
다. 그런 연유로 뉴질랜드의 제 친구 집 전화번호를 적어 보냅니
다. 그리로 전화를 하면 아마 연상이 오빠나 아니면 연주와 통화
를 할 수 있을 것입니다. 행운이 따르기를 바랍니다. 그럼……
이만.

목동에서
오희옥 드림

뉴질랜드: 김연상 혹은 김연주

주소: PO BOX 90—804

　　　A. M. S. C

　　　AUCKLAND NEWZEALAND

전화번호: 001—64—9—846—1238

11

알 수 없는 기억

처음엔 빗소리라고 생각했다.

블라인드 사이로 비가 섞인 바람이 방안으로 밀려들어오는 기척을 나는 잠결에 감지하고 있었다. 블라인드 뒤의 창은 열려 있다. 창이 바람에 밀려 창턱에 부딪히는 소리가 났어도 나는 돌아눕지도 몸을 뒤척이지도 않았다. 잠을 깨고 싶지 않았다. 이렇게 잠이 깬 후에 내가 하게 될 일들이 마치 되돌려서 보고 또 보고 했던 비디오의 어느 장면처럼 떠올랐다. 나는 침대 머리맡이나 부엌의 식탁 의자에 기대 앉아 있을 것이다. 집 안의 직선 거리가 마치 멀리 철길이 내다보이는 국도나 되는 듯이 앞베란다에서 뒷베란다까지 팔짱을 끼고 서성거릴 것이다. 그럴 때의 내 감정은 폭풍우가 치는 바다의 난파선이나 다름없었다. 무엇에 의해 내가 그리 휘둘리는지 알지 못한 채 불발 상태의 어떤 격정이 거세게 휘몰아쳤다가 썰물처럼 빠져나가버리는 상태를 오락가락하며 날을 지새워야 할 것이다. 내 잠을 깨운 빗소리가 사라지고, 끊긴 기억의 어느 부분을 비추듯이 이윽이 내 방으로 침입한 달빛이 다시 구름 속으로 들어가버린 뒤까지도.

잠자는 방, 창 뒤쪽은 이 공동 주택의 뒤뜰이었다. 은행나무와 옆집이 가꾸고 있는 파밭으로 툭툭 떨어지는 빗방울은 점점 더 굵어지더니 급기야는 쏴아 소리가 귓속으로 파고들었다. 블라인드 뒤, 열려 있는 창을 닫아야 한다. 그러잖으면 비가 방안으로 들이칠 것이다. 그래도 나는 눈을 뜨지 않고 그대로 누워 있었다. 가끔 그럴 때가 있었다. 새벽녘의 빗소리, 혹은 차가운 달빛이 방안에 머무르는 기척에 잠이 깨는 날. 어렸을 때 아무도 없는 빈집의 해저물녘에 마루에 엎드려 깜북 잠들었다가 대문이 흔들리는 기척에 어설피 잠이 깨었을 때 느껴지는 한기. 잠들기 전까진 꽃밭엔 분꽃 따위가 어떻게 피어 있는지 운동화를 빨아서 널어놓은 담장의 어느 귀퉁이가 어떤 모양새로 허물어져 있는지 환했으니 잠시 잠이 들었다 해서 달라질 리 없으련만 어스름녘에 마루에 엎드려 자다 선잠이 깨어 마당을 내다보면 그토록 친한 마당이 단 한 번도 발 디뎌본 적이 없는 낯선 곳같이 느껴져 선잠 깬 코끝이 쓰리고 차가웠다. 코끝을 문지르다 훅, 눈물이 터지기라도 하면 영 마음이 가라앉지 않았다. 그런 날이면 다시 밤잠에 들어서도 훌쩍여서 하진아, 하진아, 나를 얼르는 어머니의 걱정을 대여섯 번은 들어야 날이 새곤 했다.

내 인생의 어느 대목을 잃어버린 후 빗소리나 달빛의 기척에 잠이 깨고 나면 어렸을 때의 그 기분이 되살아나곤 했다. 여전히 코끝이 쓰리고 차가웠다. 달라진 게 있다면 그때처럼 훅, 울지 않는다는 것이다. 이젠 울지 않는다. 언제부턴가 눈물이 나오지 않는다. 일부러 감정을 다스리려 애를 쓰지 않아도 눈물은 내게서 사라져갔다. 방송국을 오가는 길 이따금 마포대교에서 마주치게 되는 노을이나 모친을 잃고 사슴과 함께 늙어가는 부친의 헐렁한 뒷모습과 불시에 마주치게 되었을 때 얼핏 눈시울이 붉어지기만 할 뿐 눈물이 흘러나오진 않았다. 눈물이 내게서 사라진 후 나는 나와 현실 사이에 유리벽 하나가 생겨 있음을 감지했다. 보일 듯하면서 아니 환히 보이면서도 손을 뻗으면 안으로 들어가지 못하고 부딪치게 되는 유리벽. 가족을 남겨놓고 불치의 병으로 죽어가는 아내 역의 목소리를 간절하게 내고 있을 때도 나는 벽을 느꼈다. 눈물은 그 벽과 나 사이에 갇혀 흐르는 듯했다.

비바람이 다시 한번 블라인드 뒤의 열린 창을 흔들어댔을 때야 나는 내가 잠에서 깨어나지 않으려고 하는 이유가 단지 빗소리 때문만은 아니라는 것을 느꼈다.

아주 작은 어린애가 내 침대 끝 방문 앞에 서 있다. 빗소리가 가득 찬 어두운 방안에 어린애가 서 있는 자리만이 무슨 다른 빛을 받고 있는 듯이 환하다. 일어나서 아이를 껴안으려는데 마음뿐이다. 나는 누운 채로 침대 끝에 울고 있는 빛 속의 아이를 쳐다볼 수 있을 뿐이었다. 뭔가 슬픈 얼굴이다. 아니 미소를 짓고 있는 것도 같다. 태어나기 전의 영혼 같기도 하고 이미 다 살아서 흩어진 영혼 같기도 하다. 저 아이의 얼굴을 잊지 말아야 한다는 생각에 마음이 사무친다. 하지만 아이의 얼굴은 흐릿해졌다. 자세히 봐두려고 할수록 더 흐릿해졌다. 이리 오렴. 이마에 식은땀이 배어나왔다. 자, 이리 와. 아이가 빛을 이끌고 아장아장 걸어와 내 손에 닿을 듯이 섰다. 익숙한 복숭아 냄새. 내 안의 것이 아닌 것만 같은 격렬한 그리움이 솟구쳤다. 그렇게 낯선 얼굴을 하지 말아. 너를 잊어본 적이 없단다, 잊어본 적이. 나는 몸을 일으키려고 했으나 누가 누르고 있는 듯이 내 몸을 내 마음대로 할 수가 없다. 한 번만 너를 만지게 해줘. 아이는 우는 것도 같다. 아이의 얼굴을 만져보려는 건 내 소망일 뿐이다. 아이의 얼굴이 바로 앞에 있는데 손이 뻗어지지가 않는다. 바로 너였구나. 너를 잊어본 적이 없단다. 좋은 일이 있을 때도, 행복해야 할 때도 마른 우물 속에 갇힌 것같이 목이 말랐어. 활짝 웃으려 하면 어디선가 가느다란 너의 울음 소리가 들렸어. 그러면 내 마음은 종잡을 수 없이 흐트러지곤 했단다. 내 손이 울고 있는 아이의 얼굴에 닿으려는 순간이다. 유성빛이 지듯 아이는 사라지고 없다. 더 이상 복숭아 냄새도 나지 않는다. 나는 소스라치며 가만히 누워만 있던 몸을 반이나 일으켰다. 방 벽에 질러놓은 옷걸이에 내가 벗어 걸어놓은 원피스가 조용하게 걸려 있다. 빗소리만 귓속까지 들이쳤다.

"이모."

"……"

"이모. 나야."

내 이마에 손을 내려놓고 있는 건 미란이다.

"꿈꿨어?"

꿈?

"밖에 누가 왔어. 계속 문을 두드리고 있다구."

"지금 몇 신데?"

"새벽 2시야."

새벽 2시에 누가?

태풍인가? 바람은 더 거칠어져 빗방울이 열린 창을 통해 블라인드 사이로 훅 들어왔다가 간다. 간헐적으로 현관문 두드리는 소리가 빗소리에 섞여 들려왔다. 두런두런 말소리도 섞여 있다. 미란이 선 채로 침대에 누워 있는 나를 내려다봤다.

"함께 나가보자, 이모."

"그래."

방문을 닫고 거실을 걸어나와 신발장 아래까지 내려가서 나는 문밖을 향해 누구세요, 라고 물었다. 거실의 소파 뒤에서 잠들어 있던 테오가 몸을 털며 내 곁으로 왔다.

"경비원입니다. 좀 나와보세요. 안 된다고 해도 한사코 선생님을 찾아서…… 죄송합니다."

미란이 경비원이라는 말에 그제서야 안심이 되는지 움츠렸던 어깨를 내려뜨리고는 테오를 품에 안았다.

"나야. 나……라구."

빗소리에, 경비원의 이보세요, 부르는 소리에 섞여 들려오는 목소리. 그 사람이다. 그에게 썼던 봉함 엽서는 아직도 부치지 못하고 내 책상에 있다. 나는 미란의 얼굴을 쳐다봤다. 미란은 누구야? 묻는 얼굴이 되어 있다.

"그 사람이야."

"그럼 얼른 문 열어줘."

그는 내 집에 들어서자마자 내게 취한 몸을 의지하더니 나쁜 자식, 하고선 신발장 앞에 주저앉아버린다. 술 냄새가 훅 끼쳐왔다. 경비원이 들고 있는 우산에서 물방울이 툭툭 떨어져내렸다. 내려가도 되겠느냐는 듯이 내 얼굴을 쳐다봤다. 죄송합니다. 그는 반듯이 서 있을 힘도 없을 만큼 취한 상태였다. 저 상태로 어떻게 여길 찾아왔는지. 그를 부축해서 거실로 들어오게 하는 것도 힘이 든다. 그가 거실에 털썩 주저앉자 미란이 말없이 테오를 내려놓고 방으로 들어갔다. 그는 갑자기 몸을 일으키더니 거실 바닥에 무릎을 싸안고 오그리고 앉았다. 그는 꽤 오래 오그린 자세를 펴질 않았다. 피곤과 낙담으로 그의 마음이 무거운 상태임이 내게 전해져왔다. 흰 셔츠 밑으로 내리 뻗은 그의 길다란 팔이 긴장을 잃은 채 거실 바닥에 툭 떨어졌다. 테오가 그를 알아냈고 꼬리를 치며 바닥에 떨어진 그의 팔을 핥았다. 나는 그만 그의 팔을 만지고 싶어 얼굴이 붉어졌다. 테오의 혀가 간지러웠는지 그는 무의식중에도 거실 바닥에 떨어진 팔을 다시 챙겨 무릎을 감았다.

"몸 좀 펴요? 응."

그가 취한 눈을 빤히 뜨고 내 얼굴을 응시했다.

"너 누구냐?"

취해서 그러는 줄 알면서도 서운함이 가슴을 타고 지나갔다. 한참 뒤에 그는 다시 얼굴을 들더니 거실을 휘휘 둘러보다가 아직 풀지 않은 검은 트렁크에 잠시 시선을 두었다.

"그래, 너, 멀리 갔다 왔지……"

정말 태풍인가.

그의 말을 천둥 소리가 잘라버렸다. 한낮엔 그렇게 덥더니 으슬한 한기까지 들었다. 그는 겨우 오그린 자세를 펴고 쿠션을 베고 한껏 허리를 구부린 채로 거실 바닥에서 잠이 들었다. 나는 침대 위의 이불을 걷어와 그를 덮어주었다. 세면장에서 수건을 물에 적셔와 그의 이마며 콧날 목덜미 손등을 닦아주었다. 그가 숨을 쉴 때마다 술 냄새가 새어나왔다. 양말을 벗기고 발가락을 닦아주다 말고 그의 입술에 내 입술을 가만히 갖다 대봤다. 따뜻한 감촉. 수건을 접어 저만큼 밀어놓고 나도 그 옆에 누웠다. 테오도 그와 나의 머리맡에 길게 엎드렸다.

사랑으로부터 흘러나오는 것은 무엇인지. 저마다 살아가는 이유라고 여기는 이 따뜻한 것으로부터 남겨지는 것은? 언젠가는, 당신이 내게 존재했었는지 어쨌는지도 모르게 될 그 언젠가에도 무의식의 심연에 찍혀 있을 사랑의 자취는? 천둥 소리와 함께 번개가 베란다 섀시에 날카롭게 머물렀다 가는 어느 순간 그의 팔 한쪽을 빼내 베고서 얼굴을 그의 옆구리에 쿡, 파묻고 있는데 너 누구냐? 묻던 그의 목소리가 떠올라 코끝이 싸늘해진다. 그래, 나는 누구인가. 잠꼬대인지 그가 나를 끌어안으며 뭐라고 중얼거린다. 나는 그가 뭐라 하는지 알아들으려고 귀를 바싹 그의 입가에 갖다 대었다. 그는 사랑한다고 말하고 있다. 사랑한다고.

*

그가 잠이 들자, 나는 갑자기 어둠 속에 버려진 듯한 기분이 들었다. 현관문이 잠겼나를 확인하는 동안에도 빗소리가 요란했다. 거실로 통하는 밀창을 닫으려다가 나는 현관에 흐트러져 있는 이 집 안에 있는 사람들의 신발들을 물끄러미 바라보았다. 그의 머리맡에 누워 있던 테오가 다시 일어나 내 옆으로 다가왔다. 미란의 샌들, 내 슬리퍼, 그의 구두들이 각각 조금씩 흐트러져 다른 방향들을 향해 놓여 있다. 짝을 맞춰 가지런히 모아보다가 나는 다시 우리들의 신발을 아무렇게나 헝클었다. 뭔가 이상했는지 테오가 신발들을 흐트러뜨리는 내 손에 혀를 갖다 댔다. 현관에 아무렇게나 섞여 있는 여섯 짝의 신발을 보니 방금 어둠 속에 놓여 있을 때 스며들던 버려진 듯한 기분이 뒤로 물러섰다. 나는 나의 슬리퍼에 엉켜 있는 그의 검은 구두를 집어 안을 들여다보았다. 부친이 아닌 남자의 구두를 손으로 만져보기는 처음이다.

엘칸토. 260.

그랬던가. 그의 발 치수가 260이었던가.

이 구두 안에 갇혀 있었을 그의 발. 이 빗속을 술에 취한 채 비틀거리며 걸었을 그의 발. 그의 검은 구두를 내려놓고 미란의 방문을 열어보았다. 미란은 아직 잠들지 않았을 것이나 기척을 내지 않았다. 열어놓은 창문 쪽에서 빗소리가 후득이고 있을 뿐. 미란의 발도 빗소리를 듣고 있겠지. 붕대 속에 숨겨진 팔목의 상처도 저 빗소리에 숨을 죽이고 있겠지. 아직 다 아물지 않은 채로.

버티컬을 밀치고 바깥을 내다보니 비탈진 언덕길로 불어난 빗물이 주룩주룩 흘러가고 그 빗물에 내 거실의 불빛이 뜬눈의 영혼처럼 잠겨 있다. 손을 뻗어 안쪽의 불을 꺼버리자 외려 바깥이 더 잘 내다보였다. 언덕 갓길의 길다란 아카시아나무들이 비바람에 요동만 치고 있지 않았다면 검은 시멘트 위로 번들거리며 흘러내려가는 빗물로 인해 창밖은 마치 바다 같다. 나는 들치고 있던 버티컬을 내려놓았다. 비바람이 몰아치는 바깥을 버티컬이 차라락 소리를 내며 가려버린다. 기억나지 않는 과거를 덮어버리듯이.

내 방문을 열려다가 뒤돌아서서 미란의 방문을 바라보았다. 거실에 잠들어 있는 그의 실루엣도 내려다보았다. 테오를 안고 내 침대로 돌아와 다시 몸을 눕혔으나 잠은 오지 않고 빗소리만 더욱 선명해졌다. 일어나 벽에 등을 대고 앉았다. 테오가 내 무릎 사이로 비집고 들어와 웅크렸다. 그도 자지 않고 저 빗소리를 듣고 있는 건 아닌지. 잠을 이루지 못하는 미란의 숨소리가 그의 숨소리가 그리고 내 숨소리가 포개지고 있는 집 안 가득히 빗소리만 적막했다. 나는 무릎을 싸안았다. 바다를 표류하던 세 척의 난파선이 서로 부딪쳐 잠시 여기에서 서로 기대고 쉬고 있는 중인가. 풀지 않은 검은 트렁크가 놓여 있는 집에서.

*

집을 나오면서 나는 미란의 방문과 거실에서 자고 있는 그를 번갈아 바라보았다. 집 안이 가득 빗소리로 채워져 있다. 현관으로 통하는 거실문을 숨을 죽이며 열고 슬리퍼를 발에 끼다가 나는 어떤 물체가 바로 앞에서 움직거리고 있는 것을 발견하곤 누구? 짧게 내뱉으려다 숨을 골랐다. 신발장 옆에 세워져 있는 거울 속의 나다. 슬리퍼를 신고 일어서서 신발장 위에 얹어져 있는 바구니 속에서 현관 키와 자동차 키를 찾아 손에 쥐면서 거울 속을 들여다보았다. 어둠 속에서 여자도 나를 들여다보았다. 거울 속의 여자가 이 빗속에 어딜 가려는 거냐고 묻고 있는 듯했다. 나는 손을 뻗어 거울 속의 여자의 얼굴에 손바닥을 갖다 대봤다. 어두워 미세하게 보이진 않지만 거울 속의 여자 얼굴은 습기가 빠져나가 건조할 것이다. 얇은 원피스 속의 시들어가고 있는 한줌의 가슴은 오소소 소름이 돋아 있을 것이다.

154

가만히 현관문을 열자 닫힌 문으로 인해 한번 걸러졌던 빗소리가 크게 들렸다. 자꾸만 따라 나오려는 테오를 간신히 거실로 밀어놓고 바깥에서 열쇠를 채웠다. 사람을 안에 두고 바깥에서 열쇠를 채우자니 야릇한 느낌이 든다. 테오는 체념이 안 되는지 낑낑거리며 발로 현관문 안쪽을 긁어대었다. 나는 계단을 내려와 자동차가 세워져 있는 곳까지 비를 맞으며 뛰었다. 원피스 위로 쏟아지는 빗줄기. 차 문을 열고 들어오는 짧은 순간에 옷이 다 젖어 몸에 찰싹 달라붙었다. 서늘한 기운이 피부 속으로 파고든다. 시동을 걸고 헤드라이트를 켰다. 차창에 비바람에 떨어져내린 아카시아 잎새들이 엉겨붙어 있다. 나는 실내등을 켜고서 손에 쥐고 있던 사진관 남자가 그려준 노을다방의 약도를 다시 자세히 들여다보았다. 그곳은 의상실도 되었다가 무슨 수입 상품 코너도 되었다가 마지막으로 호프집이었다가 지금은 철수를 기다리고 있는 빈 건물이라고 했다.

오래 전 나는 그곳에서 금요일마다 어떤 남자를 기다렸다. 지금은 실루엣조차 남아 있지 않은 남자를. 다방문이 열릴 적마다 문쪽으로 시선을 두며 두꺼운 책을 탁자 앞에 두고 기다렸다. 그가 누구인지만 알면 난간에서 헛걸음을 딛고 있는 것만 같은 이 불안을 잠재울 수 있을 것만 같다.

나는 빗물을 윈도 브러시로 밀어냈다. 아카시아 잎사귀가 함께 한쪽으로 밀쳐졌다. 우선 광화문을 지나서 서울역을 지나는 것이다. 남영동을 지나고 한강대교를 건너자. 노량진을 지나고 신대방동을 지나고 교수아파트를 지나고 대림동을 지나자. 폭우가 쏟아지는 새벽 거리는 인적도 차량도 없었다. 광화문에 다다르자 드문드문 택시들이 빗물을 가르며 질주하고 있었다. 비를 맞고 있는 도

시 건물들은 생각에 잠겨 있는 듯이 우뚝 선 채 괴괴했다. 한강대
교를 지나면서 나는 손을 뻗어 안개등을 켰다. 눈앞도 분간이 안
될 만큼 대교 아래의 강물에서 피어올라온 안개가 자욱했다. 그가
누구인지만 안다면 이 안개 속에서도 사랑이라는 말을 내 속에 다
시 간직할 수 있을 것만 같다. 타인을 향해 사랑한다고, 사랑한다
고, 사랑한다고 말할 수 있을 것만 같다. 빗속을 이십 분 가량 달려
오자 노동자 사무실 남자와 함께 지나갔던 길들이 나왔다. 빗속에
낮은 건물들이 담장 안에서 숨을 죽이고 있다. 세한전기, 경방기
계, 영신금속, 한국후지필름…… 나는 남자처럼 삼성물산 앞에서
좌회전을 하고, 다시 중앙정공, 생산기술연구원, 원림산업, 아코스
볼링장, 조만현산부인과를 폭우를 뚫고 지났다. 노동자 사무실 남
자가 미란과 나를 데리고 가서 차를 세운 곳이 어디였는가를 나는
끈질기게 생각해냈다. 공장들이 집중적으로 몰려 있는 빗속의 거
리를 빠져나와 사거리를 지나고 연회실업학교가 바라다보이는 남
부아파트에 도착하자 나는 차를 아파트 주차장에 주차시키고 깊은
숨을 쉬었다. 윈도 브러시가 연신 빗물을 밀어내어도 차창으로 빗
물은 주룩주룩 쏟아진다. 움직이는 윈도 브러시 사이로 얼핏얼핏
내다보이는 상가에 내려진 셔터들. 비바람에 펄럭이며 저편으로
쏠려가는 부서진 우산. 우산을 쓴들 저 빗물을 피할 수 있을는지.
시동을 끄고 헤드라이트를 끄고 뒷자리에 버려지듯이 놓여 있는
우산을 집었다. 차 문을 열자 비바람의 압력에 문이 도로 닫히려
했다. 나는 안에서 차 문을 힘껏 밀고 도로에 발을 내밀었다. 빗방
울이 세차게 종아리를 때린다. 차 문을 닫고 우산을 펴는 동안 벌
써 원피스가 다 젖었다. 나는 빗속을 걸어 노동자 사무실 남자가

차를 주차시키고 미란과 나를 데리고 갔던 아파트 뒤의 사진관을
향해서 걸었다.

사진관에서부터 시작된 남자가 그려준 옛 노을다방이 있던 약도
를 따라 나는 빗속을 이십여 분 가량 걸었다. 팔월이지만 비바람이
몰아치는 새벽 거리를 걸어다니자니 온몸에 소름이 오소소 돋아났
다. 어쩌자고 슬리퍼를 끌고 나왔는가. 한걸음 걸을 때마다 슬리퍼
끝에서 빗물이 튕겨 올라온다. 비만 깨어 있는 거리를 걷자니 안
녕히 가라고, 곧 따라가겠다고 누군가에게 작별 인사를 하고 싶어
진다.

그런데 누구에게?

*

노을다방이었다가 의상실이었다가 수입 상품 코너였다가 호프
집이 되었던 건물은 쉽게 눈에 띄었다. 사방이 다 높은 새 건물
인데 철거를 기다리고 있는 건물만이 단층이다. 문이 다 뜯긴 채
폐허의 냄새를 풍기며 빗속에 놓여 있다. 여기인가. 내가 금요일마
다 어떤 남자를 기다린 장소가. 나는 빗속에 서서 벽면 한쪽을 드
리우고 있는 담쟁이덩굴을 올려다보았다. 비바람에 담쟁이 잎새
펄럭이는 소리. 단층 건물의 페인트가 벗겨진 자리의 얼룩들이 아
가리를 벌리고 있는 표범들의 머리 같았다.

여기가 출입문이었을까.

문짝이 뜯긴 채 휑하니 안으로 통하게 되어 있는 공간으로 나는
상체를 들이밀어보았다. 어둠뿐이다. 오른손에 들린 우산에서 빗

물이 쭈르륵 미끄러져내렸다. 나는 슬리퍼를 끌고 안으로 한 발 들이밀었다. 갑자기 어둠 속에 들이밀어진 내 몸이 바짝 긴장했다. 나는 그러고 꽤 오래 서 있었다. 우산과 원피스 자락에서 떨어져내린 빗물이 발치 아래로 흥건히 고일 때까지.

우산을 벽면에 세워놓고 나는 천천히 텅 빈 건물 안을 걸어보았다. 호프집이었을 때 주방으로 사용되었을 것 같은 공간에 아직 그대로 선반이 질러져 있다. 기역자형의 탁자가 부서진 채 질러진 선반 밑에 드러누워 있다. 나는 건물의 벽면을 따라서 자박자박 이 끝에서 저 끝까지 걸어보았다. 창문이 많은 건물이다. 여기저기 창문이 뜯긴 공간으로 바깥이 내다보인다. 먼 가로등, 빗속의 가로수, 불 꺼진 아파트, 그리고 차량이 질주하는 고가도로.

나는 건물의 북쪽 뜯긴 창문에 이마를 가져다 댔다. 바람에 밀려온 빗물이 재빠르게 얼굴을 스치고 지나갔다.

누구인가. 당신은?

그해 겨울, 눈이 많이 내렸다던 그해 겨울, 금요일마다 내가 여기에 와서 기다렸던 당신은?

나는 창틀 난간에 팔꿈치를 대고 바닥으로 미끄러지지 않으려고 안간힘을 썼다. 어둠과 빗소리뿐 텅 빈 공간은 점점 현실감을 잃어갔다. 팔에 힘이 빠져 어느 순간 나는 벽을 타고 쭈르륵 미끄러져내렸다.

당신은 존재하기나 했던 것인가.

저절로 무릎이 꿇어졌다. 무릎을 펴고 벽에 등을 대고 자세를 고쳐 앉았다. 습기와 찬 기운에 움츠러드는 엉덩이와 등. 춥다고 생각되자 가평 집의 사향노루가 지니고 있는 따뜻한 온기가 그리워졌다.

　나는 건물의 북쪽 벽면에 등을 댄 채 남쪽 창문을 바라보았다. 빗소리와 함께 시간은 정처 없이 흘러갔다.

　그날은 패거리 중 누군가의 생일이었다. 구멍가게에서 사온 카스테라 위에 나이대로 성냥을 꽂고 생일 축하 노래를 불렀지. 몇몇의 얼굴이 떠오를 듯하다. 누군가의 어깨에 메고 있던 보스턴 백. 누군가의 턱에 까칠하게 자라나 있던 턱수염. 우리들은 버스 안에 있었다. 차창 밖으로는 눈이 내리고 있었다. 우리들 중의 누군가가 나이가 드니 눈이 싫어진다고 말해서 우리 몇은 왁자하게 웃었다. 사라진 웃음. 지워진 얼굴들. 그러나 어렴풋이 묻어나는 웃음 뒤끝에 물리던 고독. 우리들은 겨우 스물이거나 하나, 둘이었다. 그랬다. 그때의 나는 분명 흙탕물이 튀어 더러운 버스 뒷자리에 앉아 눈이 내리는 거리를 바라다보고 있었다. 그때 버스 안에서 바라보던 바람이 일렁일 때마다 눈발이 펄럭이던 거리가 여기일까. 이젠 문이 다 뜯긴 채 빗속에서 폐쇄를 기다리고 있는 건물이 놓여 있는 이 거리. 때때로 눈발이 차창으로 날려와서 시야를 가리곤 했을 때마다 자세를 고쳐 앉으며 내다봤던 거리. 버스는 눈으로 하얗게 덮인 거리를 미끄러져갔다. 성탄절이 가까워져오고 있던 때였다. 차창 바깥으로 내다보이는 상점 진열장의 크리스마스 트리에도 솜으로 만든 흰 눈이 소복이 쌓여 있었다. 빨간 모자를 쓴 산타가 검은 장화를 신고 금색으로 만든 종을 치고 있었다. 패거리들 중의 이름을 잊은 누군가의 생일날, 우리들은 쫓기는 기분으로 어딘가로 이동중이었다. 자동차 클랙슨 소리. 의자, 책상 등으로 쳤던 바리케이드. 흰 와이셔츠를 입은 사복 경찰관들. 누군가가 건물의 옥상에서 외쳤다. 물러가지 않으면 뛰어내리겠다. 깨지는 유리창. 나동그라지던 사이다병. 유리 조각을 집어 손목을 그어버리려고 하던 이는 누구였을까. 왼쪽 동맥이 끊겼던 사람은? 기동경찰 버스 안에서 연행되지 않으려고 창문을 깨부수고 울부짖던 이는?

나는 건물의 동쪽 벽면에 등을 댄 채 북쪽 창문을 바라보고 있었다. 빗소리와 함께 시간은 정처 없이 흘러갔다.

얼굴을 잃어버린 당신으로부터 기차역에 대한 얘기를 들었다. 당신의 소년 시절과 함께. 우리가 만난 적도 없는 때에, 자유공원이 있는 도시에서 팔목이 굵어지고 당신은 해가 저물면 습관처럼 기차역으로 형을 마중 나갔다고 했다. 당신의 형은 철도원. 철목을 고치고 레일 사이의 나사 조임쇠 등을 점검하고 철목과 철목 사이를 정돈하는 철도원. 형의 몸에서는 늘 쇠붙이 냄새가 났다고 했지. 되살아나는 당신의 목소리…… 나는 열 살도 안 되었는데 이미 아버지는 늙어 있었고, 어머닌 세상을 뜨고 없었어. 집에 남자만 셋이 있었어. 조부 같은 부친과 아버지 같은 형과 그리고 나. 자유공원의 뒷골목을 돌고 다시 돌면 ㄷ자 모양으로 다시 돌면 우리들이 살던 한옥집이 나와. 학교에서 파해 집에 돌아오면 어두운 방에 조부 같은 아버지가 누워 있었지. 나는 그 방의 냄새가 싫었어. 자유공원에 올라가 해가 저물도록 저 아래켠으로 승용차와 트럭이 클랙슨을 울리며 지나가는 걸 쳐다봤지. 도시에 네온 사인이 켜지면 공원의 계단을 한칸 한칸 딛고 내려와 될 수 있으면 천천히 걸어서 기차역으로 가곤 했어. 사람들이 빠져나오는 출입구에 바싹 붙어 서서 형이 나오기를 기다리고 있는 모습이 유일하게 기억되는 내 유년 시절이야. '충만'이라는 말은 내 나이의 소년에겐 어울리지 않는 말이지만 그 기차역에서 수많은 사람들 속에 섞여 있는 형을 발견할 때 내 마음은 충만되곤 했어. 그래서 홀쭉한 키에 신문을 한 장 들고 걸어오는 형을 향해서 돌진했어. 형— 픽, 하고 형의 배를 얼굴로 치고 펄쩍 뛰어올랐어. 형이 나를 달랑 등에 업곤 했지. 형의 등에 업혀 북새통의 기차역을 빠져나올 때면 나는 행복했어. 온종일 공원에 올라가 트럭이나 승용차 따위가 내는 소리들을 듣고 앉아 있어야 했던 것 따윈 다 잊을 수 있었지. 내 유년 시절은 기차역 풍경과 함께 떠올랐다가 사라져. 허름한 얼굴들과 겨드랑이나 이마에서 쇠붙이 냄새가 나는 사람들이 기차에서 내리곤 했어. 어느 날 형은 돌아오지 않고 대신 '인조 꽃들'이 집에 도착했어. 방안에 누워 있던 조부 같은 아버지가 보험회사에서 나온 사람들이 내민 종이에 사인을 하고서 졸도하는 걸 봤어. 벽에 걸어놓은 형의 작업복이 무슨 휘장처럼 펄럭였지. 울지 않았어. 우는 대신 비닐 봉지에 형의 소지품들을 챙겨 담았지. 날이 뭉툭해진 일회용 면도기와 흰 고무신과 푸른 지구의. 형은 그 지구의를 돌리며 말하곤 했지. 내가 늙기 전에 네가 어른이 되면 여기에 가자. 형이 가리키는 여기가 어디였는지 나는 알지 못해. 태평양이었는지 대서양이었는지.

그래, 당신.

지금은 어디에 있는가.

커다란 배낭을 짊어지고서 길거리에 서 있는 당신을 보면 나는 이상스레 안심이 되었다. 아무리 복잡한 일도 당신과 함께 있으면 어떻게 해결될 것 같았지. 그랬는데 어떻게 된 거야? 기억 속으로 엄청나게 쏟아지던 졸음. 내 팔에 대한 너의 말. 당신은 내 팔을 보고 그랬지. 대강대강 그러나 단단하게 붙어 있는 것이 마음에 든다고. 대강대강 그러나 단단하게, 라는 표현을 쓸 수 있는 사람은 흔하지 않아. 한 시절, 쏟아지는 졸음과 사투를 벌였지. 정신을 바짝 차리고 싶었지만 자꾸만 졸음이 쏟아졌어. 벽을 향해 돌아앉으며 미란이처럼 주먹을 꾹, 쥐었지. 우리는 왜 이렇게 멀어졌을까. 작별 인사는 누가 먼저 했을까? 누가 먼저 했길래 이렇게 괴로운 말이 내게 남아 있을까. 다시는 기억하지 않으리. 내 생애, 다시 너를 생각하는 일은 없으리, 라는.

나는 건물의 동쪽 벽면에 등을 댄 채 서쪽 창문을 바라보고 있었다. 빗소리와 함께 시간은 정처 없이 흘러갔다.

내가 왜 오선주로 불리고 있었는지는 모를 일이지만 금요일마다 나는 이 장소에서 그를 기다리면서 그 남자가 여기에 나타나지 않을까 봐 겁을 먹었던 것 같다. 그가 금요일에 약속 장소에 나타난다는 것은 그에게 아무런 일이 없다는 표시였다. 다음 금요일에 다시 만날 수 있다는 약속이기도 했다. 그가 뭐라 말하지 않았어도 나는 두 주일 동안 계속 그가 나타나지 않으면 더는 그를 만날 수 없다고 생각하며 지냈던 것 같다. 그것은 내가 어린 날, 언니의 피아노 의자에 앉아 서녘 하늘에 번지고 있는 밝은 노을을 바라보며 문득 외조부의 죽음을 느꼈던 일과 비슷한 예감이었다. 곧 전화벨이 울릴 것을 알고 있었던 것과 마찬가지인 그런 일과.

나는 건물의 서쪽 벽면에 등을 댄 채 동쪽 창문을 바라보고 있었다. 빗소리와 함께 시간은 정처 없이 흘러갔다.

어느 순간, 나는 아스라한 기분에 사로잡혔다. 문이 다 뜯긴, 빗소리에 잠긴 공간을 뚫어져라, 응시할 기력도 점점 아스라해져갔다. 응시하고 있으면 끈질기게 가라앉으려는 기억의 저편에서 발짝 소리가 들려오지 않겠는가, 생각했으나 부질없는 일이었다. 한없이 바닥으로 가라앉으려는 의식을 놓치지 않으려고 나는 서쪽 벽면에 등을 곧추세우며, 균형을 잃지 않으려고 오른손바닥으론 바닥을 짚었다. 갑자기 건물 전체가 기우뚱거리는 것 같았던 것이다. 등을 곧추세우고 바닥에 손을 짚은 채로 시간이 좀더 흘렀다. 이래선 안 되겠다고 몸을 수습하려 할 때였다. 어디선가 스럭스럭 기묘한 소리가 들려왔다. 비가 그쳤는가. 문득 빗소리조차 사라진 적막이 문이 뜯긴 공간 안에 가득 찼다. 처음에 나는 그 소리가 환청인가 했다. 나 자신의 몸 속에서 들려오는 숨소리 같기도 했으므로. 숨을 삼켰다. 스럭스럭 소리가 들리는 쪽은 호프집을 철수하며 쓸모 없는 것으로 간주되어 버려진 의자들이 쌓여 있는 어두운 곳이었다. 나는 눈을 부릅뜨고 어둠 속의 부서진 의자들을 바라보았다. 내 숨소리는 점차 불규칙해졌다. 걷는 법도 먹는 법도 숨쉬는 것도 노래부르는 것도 말하는 것도 다 잊어버린 기분이었다. 소리는 불길한 울림을 가지고서 점차 내게로 다가왔다. 호프집이었던 공간에 취한 사람들이 가득하다. 훈제족발과 야채사라다들을 안주로 생맥주들을 마시고 있다. 누군가 족발 조각을 집어서 멀리 집어 던지며 깔깔대고 웃고 있다. 난데없는 족발 조각이 쳐들고 있던 천 시시짜리 생맥주잔 속으로 퐁당, 빠지자 잔을 들고 있던 남자가 누구야? 무슨 짓이야? 소리를 지르고 금세 호프집은 아수라장이 된다. 나는 숨을 꿀꺽 삼켰다. 벽면의 페인트칠이 한 꺼풀 벗겨지듯이 호프집이 사라지고 수입 상품 코너라는 붉은 글씨가 건물의 출입문에 붙여진다. 나무 뚜껑이 달린 냄비, 둥글고 네모난 향수병,

검은 레이스가 달린 프랑스제 짧은 슬립이 진열된 진열장에 수입 상품 코너의 종업원인 듯한 앳된 얼굴의 여자애가 졸고 있다가 사라진 뒤로 정의상실이란 간판이 내보인다. 숙녀복이 아니고 교복 전문 의상실이었는가. 단발머리이거나 땋은 머리의 소녀들이 치수를 재기 위해 긴 의자에 앉아 차례를 기다리며 소곤거리고 있다. 뺨이 붉고, 손가락들이 통통한 소녀들은 순간순간 까르르 웃음을 터뜨린다. 나는 커다란 모니터에 비치는 그림처럼 떠올랐다가 사라지는 건물의 옛 모습들을 영화관의 관객처럼 바라보았다. 홀 중앙에 놓여 있는 커다란 무쇠 난로. 그 위로 얹어진 채 보글보글 끓고 있는 오차. 홀에서 그대로 바라보게 되어 있는 주방의 컵들, 스푼들. 디제이 박스의 낮은 유리벽 밑의 신청 음악을 적은 메모지를 밀어넣게 되어 있는 조그만 구멍. 홀에서 넘겨다보이는 마이크……아, 상기되지 않는 우리들이 함께 들었다는 노래. 나는 나도 모르게 균형을 잃지 않으려고 바닥을 짚고 있던 손바닥으로 내 얼굴을 쓰다듬었다. 스럭스럭 소리는 레코드판이 다 돌아간 다음에 바늘에 긁히는 소리였다. 처음엔 분명 그 소리였다. 하지만 점차 그 소리는 어린애의 칭얼거리는 소리로 바뀌어가고 있었다.

나는 서쪽 벽면에서 완전히 등을 떼었다.

여기였던가. 대체 무엇 때문에 나는 여기에서 얼굴을 잃어버린 그 남자를 금요일마다 기다렸단 말인가. 나는 옛 노을다방의 정경으로 바뀐 공간의 무쇠 난로가 놓인 중앙을 가로질러 디제이 박스 곁으로 다가갔다. 디제이가 없는 박스 안에 다 돌아간 레코드판이 턴 테이블 위에서 바늘에 긁혀가며 천천히 돌아가고 있었다. 나는 디제이 박스의 유리문에 이마를 대고 안을 들여다보다가 그만 숨을 삼켰다. 어린애가 디제이가 앉는 의자 밑에 주저앉아 다가오는 나를 빤히 올려다보고 있다. 매우 슬픈 눈을 하고 어린애는 내게 뭐라고 중얼거리고 있었다. 기억을 잃은 후 나는 어디서나 어린애를 보면 달싹 품에 안고 어디로든 달아나려고 했다. 어린애를 안았을 때 맡아지는 달콤한 복숭아 냄새는 나를 어디론가로 인도하려는 듯했다. 나를 일깨워줄 그리운 무엇이 머물고 있는 곳으로. 나는 유리문을 밀고 안으로 들어가 의자 밑에 주저앉아 있는 어린애를 깊이 끌어안으려고 했다. 빗소리. 헛손질. 너무나 작아서 내 품에 쏘옥 안길 것만 같았던 어린애는 순간 사라지고 없었다.

사방 문이 다 뜯긴 공간 속으로 다시 빗소리만이 후욱, 들이쳤다. 빗소리가 혼자라는 것을, 이 새벽 황폐하게 낡은 채로 철거를 기다리고 있는 건물 속에 혼자 있다는 것을 상기시킨다. 나는 문이 뜯긴 공간의 중앙을 재빠르게 가로질러 건물 바깥으로 나왔다. 비는 여전하다. 건물 안에 우산을 두고 나왔구나, 싶었지만 그걸 찾으러 다시 그 건물 안으로 들어가고 싶지는 않았다. 나는 차를 세워둔 남부아파트까지 비를 뚫고 뛰었다. 도저히 혼자서는 집으로 돌아갈 수 없을 것만 같았다. 공중전화 박스 속으로 들어가 집으로 전화를 걸었다. 내가 집을 나올 때 거실에서 잠들어 있던 그가 전화를 받을 것만 같아서. 벨이 오래 울리고 전화를 받은 건 미란이었다. 그 사람은 거실에 없다, 하였다. 혹시 모르니 내 방문을 열어보라 했다. 잠시 후의 미란의 대답은 같았다. 나는 공중전화 박스에 비에 젖은 몸을 기댔다. 곧 주저앉을 것만 같았다. 미란이 물었다. 그런데 이모, 이모는 어디에 있는 거야?

*

그는 아파트 현관문에 선 채로 비에 젖은 나를 물끄러미 쳐다보았다. 벌써 새벽빛이 희끄무레하게 그의 아파트 거실을 비추고 있었다. 그도 들어온 지 얼마 되지 않은 모양이다. 옷차림이 내 집 거실에서 잠들던 때와 같다.

"어디에서 오는 길이야?"

그는 그제서야 무슨 일인가 싶었는지 나를 붙잡아 거실로 올라오게 했다.

"신발은 어쨌어?"

내 발이 맨발인 걸 나도 몰랐다.

"대체 무슨 일이야!"

그는 화난 사람처럼 나를 세면장으로 데려갔다. 욕조에 따뜻한 물을 받고 수건을 꺼내 내 얼굴을 닦아내었다. 거울 속에 비치는 그의 등에 달라붙은 셔츠의 주름이 그의 몸동작에 따라 흔들렸다. 나는 팔을 뻗어 그를 깊이 껴안았다. 비에 젖은 내 원피스 때문에 그는 차가울 것이다.

"깨보니까 당신이 없었어. 방에 있나, 하고 방문을 열어보았지. 당신 침대는 텅 비어 있고…… 누구지? 건넌방에서 자고 있는 여자는? 냉장고에서 물을 한 컵 따라 마시고 왔지. 황당하더군. 테오가 내 뒤를 따라다니지 않았으면 나는 남의 집에 들어와 있는 줄 알았을 거야. 안 되겠다, 싶어 돌아왔지. 터덜터덜 돌아왔지."

터덜터덜…… 그는 진짜 빗속을 터덜터덜 걸어나왔을 것이다.

"나오면서 보니까 차조차 없었어."

166

"……"

"철원에 비가 엄청 내렸어…… 내가 장흥에 있는 사이 폭우로 철원 세트장이 무너져내렸어. 우습지. 그 동안 전화를 하고 싶은 마음을 꾹 참았는데. 마음속으로 다짐을 했지. 이 작업이 끝날 때까지는 절대 전화하지 말자…… 그랬는데 한 달 내내 작업했던 게 허사가 되었다는 소식을 듣는 순간에 당신이 너무나 보고 싶더군."

"……"

"일하다가 다 내버려두고 간 거였는데 막상 당신 집 가까이에 가니 전화를 걸어 당신을 불러낼 용기도 집에 올라갈 용기도 없더군…… 우리가 왜 이렇게 되었지? 당신 집 앞에 있는 술집에서 혼자 술 많이 마셨다."

욕조에 물이 가득 차 출렁거렸다. 그는 손을 집어넣어 물의 온도를 재보고는 내가 욕조 속으로 들어가기를 바랐다.

"내가 나갈까?"

"아니."

나는 웃었다. 웃는 내 얼굴에 달라붙은 머리카락을 그가 떼어냈다.

"힘이 하나도 없어……"

"그래, 그럼 가만있어."

나는 그에게 나를 맡겨두고 정말 가만있었다. 미란이가 내게 저를 맡기고 가만있었던 것처럼. 그는 비에 젖어 몸에 달라붙어 있는 내 원피스를 벗기고 슬립도 벗기고 나를 안아서 욕조의 받아놓은 물 속에 넣었다. 따뜻한 물이 목덜미까지 닿는다. 그가 샤워기를 틀어 가는 물이 나오도록 조정해서 머리에 갖다 댔다. 따뜻한 물이 머리를 적시자 기분이 좀 나아진다. 갓난아기 같군, 그가 중얼거렸다. 그는 내 머리를 감겨주었다. 손바닥에 비누를 칠해서 내 등과 어깨 다리를 닦아내었다. 나를 돌려세워놓고 수건으로 젖은 머리를 탈탈 털어주었다. 그가 큰 타월을 한 장 더 꺼내 그걸로 내 몸을 감싸주며 선풍기 앞으로 가자, 하였다. 그러면 머리가 곧 마를 거라고. 그의 방에 들어가며 나는 습관처럼 침대 옆 사이드 테이블을 바라봤다. 여전히 테이블엔 그의 유년 시절에 찍었다는 가족 사진이 놓여 있다. 나는 그의 가족들을 저 사진 속에서밖에 본 일이 없었다. 가족 얘기가 나오면 그는 언젠가는 만나게 되겠지, 하고 말았다. 그 말을 할 때 그의 표정은 다른 말은 더 붙이지도 못하게 엄숙하기조차 해서 나는 언제 말이에요? 물어볼 수조차 없었다. 그의 가족 사진 곁엔 언젠가 우리가 부안 내소사에 갔을 때 꽃살 무늬 앞에서 찍은 사진이 놓여 있다. 그가 내 어깨에 팔을 두르고 밝게 웃고 있다. 사진들을 보고 나자, 겨우 마음이 가라앉는다. 머리가 다 마르자 그는 침대에 나를 눕게 했다.

"한숨 자…… 그런 다음에 얘기하자."

블라인드를 내리고 형광등을 끄고 사이드 테이블의 실내등을 켜주고는 방을 나가려는 그를 불렀다. 그가 돌아다봤다.

"함께 있어요."

그가 내 곁으로 다가와서 내 옆에 누웠다.

"무슨 일 있는 거야?"

"……"

"방송이 끝나고 세트를 철거할 때면 좀 그래. 서글퍼지지. 그렇게 애를 썼는데 철거합시다…… 한마디에 폭탄 맞은 듯 무너지는 세트를 보고 있자면 허탈해. 그런 심정으로 집을 얼마나 많이 허물었는지…… 당신이 말을 안 하고 있으니 당신도 세트였는가 싶으네……"

나는 그의 입술에 내 입술을 갖다 대었다.

"부탁이 있어요."

"무슨?"

"나를 한번 오선주씨 하고 불러보겠어요?"

"오선주?"

"내가 선주, 오선주라는 이름으로 불릴 때가 있었다는군요."

"무슨 얘기야?"

"느껴보고 싶어요. 내가 오선주라 불렸을 때 나는 어떤 사람이었는지를."

나는 손을 뻗어 그의 셔츠 단추를 풀었다.

"오선주로 살았을 때 나는 어떤 사람이었을까…… 어땠길래 이렇게 기억이 안 나는 것일까요."

그의 셔츠가 바닥에 떨어져내렸다. 나는 그의 품으로 스며들 듯 파고들었다. 그가 내 머리 밑으로 팔을 밀어넣고 나를 껴안았다.

"뭔가 지독하게 헤어지기 싫은 무엇과 억지로 헤어진 느낌인데 무엇과 헤어졌는지를 모르겠어. 만약 내가 그 헤어진 것을 찾아내었을 때 그것이 끔찍한 것이라면 그때 당신 어떻게 하겠어요?"

내가 내 뺨을 그의 턱에 갖다 대자, 그가 내 뺨이 편하게 고개를 숙여주었다. 내가 자신의 신체 중에 턱을 가장 좋아한다는 것을 그는 알고 있었다. 그는 언제나 아침이면 면도를 해버리지만 약간 하관이 빠른 그의 턱, 가뭇하게 돋아나 있는 턱수염에 내 뺨을 대고 있으면 그의 목이나 가슴에서 그의 체취가 올라오곤 했다. 그는 모를 것이다. 그 자신이 얼마나 좋은 냄새를 가졌는지를. 지난 많은 날들. 나는 그와 함께 있을 때 그보다 먼저 잠이 든 적이 없었다. 때때로 잠이 든 척은 했지만. 그가 잠든 후에 그의 숨소리를 들으며 그를 내려다보고 있는 순간이 나는 좋았다. 마음이 온화해지곤 했으므로.

그가 내 가슴을 만지자 그의 손을 알아본 내 젖꼭지가 도드라졌다. 그의 목소리가 내 귓가에 울려퍼졌다.

"소설 같은 얘기 하나 해줄까? 어느 시골에 참 단란한 집이다, 라고 모두들 부러워하는 어떤 집이 있었어. 식구는 넷이었지. 어머니 아버지 누나 동생. 그들은 어느 날 가족 사진을 찍기로 했어. 아마 어머니의 생일이었거나 그랬겠지. 그 시절에 사진관에 가서 가족 사진을 찍는다는 것은 상당한 일이었어. 한 시간에 하나씩 있는 버스를 타고 읍내로 나갔지. 아버지와 어머니가 사진관에서 세트로 준비해놓은 긴 의자에 먼저 앉고 그 사이에 누나와 동생이 앉았지. 동생이 어머니 편에 앉고 누나가 아버지 편에 앉고. 동생이 딴 데를 보고 있거나 어머니가 눈을 감고 있거나 해서 사진 찍는 일은 몇 번이나 되풀이되었지. 재미있었어. 무슨 연극을 하는 것처럼 말이야. 사진을 다 찍고 중국집에 가서 넷이 둘러앉아 자장면도 먹었지. 그리고 집으로 돌아오는 길이었어. 산비탈에서 버스가 굴렀어. 버스 안에 스무 명쯤이 탔는데 여섯 명쯤이 살아남았지. 그 가족 중엔 유일하게 동생만 살아남았어. 어쩐지 현실에선 일어날 것 같지 않은 일이라서 이런 얘길 두고 소설 같다고 하지. 나도 처음엔 믿어지지가 않았어. 내가 혼자가 되었다는 게 말이야. 사진은 가필까지 되어 아주 잘 나왔어. 바로 당신이 자주 들여다보던 저 사진이야."

"……"

"그 동안 결혼하자고 말하지 못해서 늘 미안했어. 갑자기 세 사람이 없어지니까 나는 너무나 놀란 나머지 외롭지도 않았어. 그냥 얼떨떨한 채로 지금껏 살아왔어. 다만 가족 관계가 늘 어색했지. 어느 날 사진관에 가서 행복하게 사진을 찍은 뒤에, 포즈를 잘못 취해서 몇 번이나 다시 취해 잘 찍고는 사라져버리는 것 아닌가……아주 어색했어. 여자를 사귀었다가도 결혼하자고 할까 봐서 먼저 헤어지자고 하곤 했어."

"……"

"당신은 내게 한번도 결혼을 하자고 하지 않았지. 그러는 사이에 이렇게 정이 든 것 같아. 그래, 정이 든 것 같아. 나는 당신과 함께 있는 것이 좋아. 변할것 같지 않은 이 느낌이."

"……"

"……그런데 당신은 뭔가 달라졌어. 무엇이 당신을 이렇게 달라 보이게 하는지 알 수 없지만 나는 은근히 걱정이 돼. 당신이 아주 달라져버릴까 봐서 말이야……"

"내가 달라졌어요?"

"그래…… 내가 결혼하자고 해서 그런가? 당신이 결혼하지 않겠다고 하면 도리가 없는 거야. 글쎄, 우스운 일이지만 나는 내가 결혼 하자고 말하지 않고 있다고 생각했지. 당신이 내 청혼을 그렇게 어색해하리라고는 생각 못 한 것 같아. 그럴 수도 있겠다고 인정하는 데 꽤 여러 날이 걸리더군. 괜찮아…… 그런 일은 아무 일도 아

니야. 결혼을 하지 않는다고 해서 당신에 대한 내 감정이 변하는
건 아니니까. 나는 그대로야. 다만 당신이 뭔가 다른 것에 휘둘려
고통받고 있는 것을 느낄 때면 내가 어찌해야 하는지 모르겠어서
어리둥절해…… 잘 설명이 되지 않아도 말을 해봐. 더듬더듬 말을
하다 보면 정리가 되기도 하잖아…… 당신이 일을 쉬고 있는 것도
나는 늦게야 현피디를 통해 알았어. 되게 서운했어."

"그냥…… 조금 쉬고 싶었어. 머리가 많이 어수선해서……"

"괜찮아지면 다시 시작할 건가?"

"네……"

"다행이군…… 나는 라디오를 통해서 당신 목소리 듣는 게 참 좋
아……당신 프로그램 녹음해놨다가 새 도면 그릴 때면 밤새 리피
트시켜 틀어놓고 일했다구……그건 몰랐지?"

"그랬어요?"

"옆에 있는 것 같잖아."

"10대 땐 무슨 생각을 했어요?"

"20대가 되길 바랐어"

"20대 때는 30대가 되길 바랐나요?"

"그래, 그랬어. 어떻게 알았어?"

"……"

"10대 땐 20대가 되면, 20대 땐 30대가 되면 막막하고 불안한 마
음이 치유되리라, 생각했거든. 무엇인가 든든한 것이 생겨서 아슬
아슬한 마음을, 늘 등짝에 멍이 들어 있는 것 같은 마음을 거둬가
주리라, 그렇게 부질없이 시간에 기댔던 것 같아. 20대의 어느 대
목에선가는 20대가 참 길다고 생각하기도 했지. 격정은 사라져도

172

편안해지리란 이유로 어서 나이를 먹었으면 했어. 서른이 되면, 혹은 마흔이 되면 수습할 길 없는 좌절감에서는 빠져나오지 않겠는가. 살아가는 가치 기준도 생기고 이리저리 헤매는 마음도 안정이 되지 않겠는가. 그때쯤이면 어느 소용돌이에도 휘말리지 않고 조용한 생활을 할 수 있는 힘이 길러지지 않겠는가."

"그런데요?"

"어리석었어. 무슨 생각으로 흘러가는 시간에 기댔을까. 시간은 밤에 문득 잠이 깨서 그저 가만히 누워 날을 새게 하거나, 현재진행형의 일들을 문득 지워버리고 집으로 돌아와 자버리게 하거나 했을 뿐이었다는 생각이 들어. 평화로워지기는커녕 이제는 무슨 일을 시작해서 실패를 하면 그 실패의 영향이 내내 앞으로의 인생에 상처로 작용하게 될 것 같아 살얼음판을 딛는 것같이 조심스러워. 어쩌면 인간이란 본래 이런 것일까? 본래 어느 구석이 이렇게 텅 비어 있고, 평생을 그 빈 곳에 대한 결핍을 지니고 살아가게 되어 있는 것일까?"

그가 나를 깊이 껴안았다.

"그러니까 당신이 내 옆에 있었으면 해…… 당신과 함께 있는 이런 분위기가 좋아. 정서적으로 안정이 돼."

그가 나를 더 깊이 껴안았다.

*

얼마나 잠을 잤는지 모른다. 이따금 확 굵어지는 빗소리나 그의 뒤척거림에 의식이 옅게 돌아오기는 했으나 곧 잠속으로 빠져들었다. 정신을 차렸다가 다시 잠속으로 빠져들었다. 잠속에서 미란이 생각이 났다. 아침은 먹었는지? 걱정할 텐데, 전화라도 해주어야 할 텐데…… 싶었지만 뜻대로 할 수가 없었다. 설핏 잠이 깰 적마다 나는 그의 손을 찾아 쥐고 그의 턱에 내 뺨을 갖다 대었다. 그런 어떤 순간에 내 마른 입술에 그가 입술을 갖다 댔다. 그의 입술은 따뜻했다. 아직도 비가 내리는가 보았다. 나는 몸을 뒤척여 그의 가슴에 얼굴을 묻었다. 그가 내 가슴을 찾아 쥐었다. 그의 몸이 내 몸 같다. 우리는 빗소리를 들으며 한번 더 서로의 몸 속으로 파고들었다. 당신 몸이 내 몸 같아, 그가 중얼거렸다. 익숙한 체위. 춥고 불안했던 마음이 그의 체취로 인해 가라앉고 있었다. 사람의 몸이 이처럼 위로가 되었던 적이 있었는지. 그와 나는 동시에 다시 잠속으로 빠져들었다.

12
실 명

흰색 그랜저가 비탈길을 올라왔다.

스케이트 보드를 다리에 매달고 걷기 연습을 하던 미란이 자동차를 피해 주춤거리는 것을 나는 베란다에 서서 내려다보았다.

아래층 여자의 차다.

뭘 하는 여자일까? 나는 저 흰색 그랜저가 미끄러지듯이 이 공동 주택이 있는 비탈길로 올라올 때마다 기분이 야릇해진다. 여자는 집 안에 닭을 다섯 마리나 기르고 있다. 처음 여자가 닭을 기르고 있다는 사실을 몰랐을 때 이따금 닭이 푸드덕거리는 소리에 잠을 깨고 나면 어처구니가 없었다. 날개를 퍼덕이며 꼬고, 꼭 하는 소리는 분명 닭이 내는 소리였지만 이 도시 어디에 닭이 있겠는가, 싶었던 것이다. 한번은 비탈길에서 만난 아래층 여자에게 혹시 어디선가 닭이 푸드덕거리는 소리를 못 들었느냐고 했더니 여자는 너무나 담담하게 자기가 닭을 기르고 있다고 일갈했다. 그게 뭐 어때서 그러냐는 투였기 때문에 나는 말문이 막혀버렸다. 한번은 초인종이 울려 나가보니 이 공동 주택의 부녀회장이 종이를 내밀며 서명을 해달라고 했다. 부녀회장의 품안엔 귀여운 마르치스 한 마리가 옷까지 입고 안겨 있었다. 부녀회장이 날 찾아온 용건은 아래층 여자가 기르고 있는 닭 때문이었다. 낮에는 모르지만 밤이면 그 닭소리 때문에 잠이 안 오고 냄새가 나고 더럽다는 것이었다. 그러니 여자가 닭을 기르지 못하도록 서명을 받는다고 했다. 내가 바로 위층에 사니 제일 불편한 사람은 나라는 게 부녀회장의 말이었다. 나는 서명을 하지 않았다. 부녀회장은 아래층 여자가 매우 이상한 여자라는 걸 상기시키기 위해 귓속말을 하듯이 그 여자가 닭 목욕시키는 거 봤어요? 물었다. 보지 못했다 하니, 얼마나 이상한지 알아요. 마치 어린애 목욕시키듯이 한다니까요. 욕조에 물을 가득 받아놓고 다섯 마리나 되는 닭을 차례차례로 비누질을 해서 싹싹 비벼서 닦아내고 겨드랑이까지 희디흰 수건으로 물기를 다 닦아내더라구요. 깃털 하나하나를 다 닦아내고 입맞추고 모르긴 해도 그 정도면 아마 껴안고 잘걸요. 그냥 닭이 아니라 완전 어린애를 기르듯이 해요. 닭이 잠들라고 자장가를 불러주고 먹이도 그냥 먹이를 먹이지 않고 감자를 삶아서 으깨서 샐러드를 만들어가지고 주고……
부녀회장의 말을 듣고 있는 동안 나는 서명을 할 마음이 사라져버렸다. 강아지는 그렇게 길러도 되고 닭은 안 된다는 법은 없잖은가. 부녀회장은 위아래층이 다 똑같은가 봐, 하는 표정을 지었다. 이후 여자는 닭을 베란다에 내놓지 못했다. 일층이다 보니 바깥에서 훤히 들여다보여 닭을 베란다에 내놓으면 아이들이 돌을 집어던지는 통에.

　기분이 나아진 것일까?

미란은 아침에 내 방으로 건너와서 이모 우리 도배하자, 그랬다. 도배라니? 무슨 말인가 싶어 미란을 쳐다봤더니 미란이 손가락으로 내 방의 에어컨을 떼낸 자리를 가리켰다. 지난 봄 방 청소를 하다가 작동이 되지 않은 채 이 년째 벽 한쪽을 차지하고 있는 에어컨이 눈에 거슬려 나는 에어컨 회사의 애프터 서비스 담당자에게 전화를 했다. 에어컨은 내가 이 집에 이사를 왔을 때부터 부착되어 있던 것이었다. 에어컨 회사에서 나온 작업복을 입은 남자는 에어컨을 떼어내면서 땀을 많이 흘렸다. 남자는 에어컨의 모델을 보더니 십오 년도 넘은 오래된 것이라고 했다. 십오 년 전에 이 집에 이 에어컨을 설치한 사람은 아주 정밀한 기술을 가진 사람이거나, 이 집에 애정이 많은 사람이었을 거라고도 했다. 너무나 잘 부착시켜놓아서 떼어내는 데 애를 먹었다고. 에어컨이 떼어내지자 그 자리에서 벽의 시멘트 가루가 투둑투둑 방바닥으로 떨어져내렸다. 나는 의자 위에 올라가 에어컨이 부착되어 있던 자리의 너덜너덜해진 도배지를 오려냈다. 한동안 방문을 열고 들어올 때마다 에어컨을 떼어낸 스산한 벽면과 마주치게 되면 어서 도배를 해야지 했지만 생각뿐이었다. 풀을 쑤는 일도 다른 벽면과 비슷한 도배지를 구하는 일도 내겐 왠지 쉽지 않았다. 봄 내내, 그리고 지금껏.

　나는 미란과 함께 슈퍼로 내려가 풀을 쑬 밀가루와 풀비를 샀다. 두 블록 지나서 있는 지업사에서 뜯어진 도배지와 비슷한 색깔과 질감의 도배지도 사가지고 올라왔다. 미란의 팔은 이제 붕대를 한 겹만 싸매도 되었다. 좌우로 움직일 줄도 알았다. 바닥을 짚을 땐 아직 통증이 몰려오는 모양인지 무심코 팔로 소파를 짚다가 인상을 찌푸리기는 했다. 무슨 일이라도 하고 싶었던 것일까. 미란은 담담한 얼굴로 풀을 쑤었다. 가스 레인지 앞에서 냄비 속에 들어 있는 밀가루를 젓는 일이 힘들 것 같아 내가 한다고 해도 뺨을 붉혀가며 냄비 앞에 서서 주걱을 저었다. 도배지에 풀을 칠하는 일도 미란이가 했다. 냄비에 풀비를 담그다가 후닥닥 꺼내서 내 얼굴에 대고 쓰윽 비질하는 통에 내 눈 속에 풀이 들어가기도 했다. 이제 방문을 열면 에어컨이 떨어져나간 자리는 스산해서가 아니라 다른 벽면보다 청결해서 눈에 띨 것이다.

늦은 오후의 여름 하늘은 미란과 흰색 그랜저와 아카시아나무들 위에서 쾌청하다. 어느 시골길을 다녀온 모양이다. 흰색 그랜저는 흙탕물로 더럽혀져 있다. 아래층 여자가 차 문을 열고 나왔다. 동시에 이층 베란다에 서 있는 나를 올려다보았다. 나는 손을 흔들어주었다. 아래층 여자가 차 문을 닫고 계단을 오르려다가 발목에 스케이트 보드를 매단 채 곧 넘어질 듯하며 옆걸음으로 걷고 있는 미란에게로 다가간다. 누구냐고 묻는 모양이다. 아래층 여자는 다시 나를 쳐다보며 조카예요? 하고 묻는다. 내가 그렇다고 하자 정말 예쁜 조카를 뒀네, 감탄하듯 말했다. 저애는 왜 갑자기 스케이트 보드를 타려고 하는 것인지. 닭을 기르는 여자가 무슨 생각이 났는지 다시 미란에게로 다가가는 모습이 보였다. 나는 베란다 난간에 팔을 짚고 서서 그들이 무슨 얘기를 하는지 귀를 기울였다.

"어떤 발을 주로 쓰지?"

미란은 자신이 어떤 발을 주로 쓰는지를 모르겠는 모양인지 대답을 못하고 가만 서 있다. 갑자기 아래층 여자가 미란의 등뒤에 서더니 미란의 등을 살짝 밀었다. 그러자 미란의 왼발이 앞으로 나간다.

178

"왼발잡이군."

나는 피식, 웃었다. 왼손잡이란 말은 들어봤지만 왼발잡이란 말은 처음이다.

"멀리뛰기 높이뛰기를 할 때는 주로 쓰는 발을 쓰고 축이 되는 발로는 땅을 차는 거야."

아래층 여자는 마치 미란의 스케이트 보드 개인 강사 같다. 푸른색 핫팬츠 밑에 미란은 내 부츠를 신고 있다. 내 사이즈가 미란에게 맞았을까?

"밀어내기에 너무 집중하지 마. 그러면 앞쪽 다리의 중심이 뒤로 가버려서 속도가 나질 않아. 밸런스가 깨어지면 넘어지게 되어 있어. 처음에는 속도보다 밸런스가 중요해. 앞다리에만 중심을 두고 이동한다는 느낌으로."

미란이 내 집으로 옮겨온 후 무언가에 저렇게 열중해 있는 것을 처음 본다. 미란은 점점 강렬해지고 있는 여름 햇살도 아랑곳없는 듯하다. 넘어지고 일어서고 다시 넘어지고 있다. 미란의 실루엣은 손목에 붕대를 감고 있어도, 넘어지고 다시 넘어져도 탄탄하고 어여쁘다. 이제 스무 살인 것이다. 상처를 지니고도 아름다운 미란과 닭을 기르고 있는 여자에게 가까이 가고 싶은 마음이 움텄다. 저들에게 가까이 가고 싶다. 미란은 이제 연립주택 주차장의 여기에서 저기까지를 스케이트 보드를 타고 스르륵스르륵 미끄러졌다. 이마에 땀이 흐르는지 연신 붕대를 감지 않은 팔목이 이마께로 오르내렸다. 여자는 미란의 한켠으로 비켜서서 미란을 따라다니며 응원을 보내고 있다. 순간순간 자세의 불균형으로 미란이 붕대 감긴 손을 쳐들 때마다 붕대의 흰빛에 눈이 시다. 그들에게 가까이 가고

싶은 마음에 베란다 난간에 팔꿈치를 대려고 상체를 수그렸을 때
다. 전화벨이 울렸다.

"저기……"

나는 직감으로 수화기 저편의 여자애가 미란의 친구 인옥이란
걸 느꼈다. 지난번 인옥에게서 전화가 왔을 때 미란이 외로워하던
모습이 스쳐지나갔다. 뭐라고 설명을 해야 할지. 인옥이 누군지 모
르겠다는데 미란 보고 또 인옥의 전화를 받으라고 할 수는 없는 일
이었다. 내 처지를 인옥도 알고 있는가. 미란을 바꿔달라고 하질
않고 조심스럽게 미란의 상태가 어떤가를 묻는다. 나는 손목에 붕
대를 감은 채 팔월의 햇빛 아래서 스케이트 보드를 타는 것에 열중
해 있는 미란을 내려다보며 미란은 괜찮아지고 있다고 대답했다.
인옥은 조심스럽게 집으로 찾아가도 되겠느냐고 다시 묻는다. 글
쎄, 나는 선뜻 그러라고 대답할 수가 없었다. 한 번은 만나야 해요.
수화기 저편의 목소리는 내 침묵에 간신히 유지하고 있던 조심성
이 무너졌는지 금세 울 듯했다. 나는 무선 전화기를 든 채로 미란
이 입고 있는 핫팬츠 밑의 내 부츠를 잠시 응시했다. 미란이 움직
일 때마다 나 또한 시선을 옮기며. 한 번은 만나야 해요. 뿌리칠 수
없이 간절했다. 나는 수화기 저편의 인옥에게 집의 위치를 일러주
었다.

*

그로부터 사십 분 후다.
미란은 인옥을 볼 수 없었다.

인옥이 오고 있음을 미란에게 알려주기 위해 나는 냉커피를 한 잔 만들어 들고 미란에게로 내려갔을 때만 해도 미란은 싱그럽게 미소를 지었다. 아래층 여자의 코치로 미란의 스케이트 보드 타는 일은 빠른 진척이 있어 보였다. 삼십여 분 지도했을 뿐인데도. 내가 내려가자 아래층 여자는 서명 안 한 것에 대한 보답이에요! 쾌활하게 말하고는 닭이 있는 집으로 들어갔다. 미란은 스케이트 보드를 타는 일이 즐거운 모양이다. 이젠 제법 쭉 미끄러졌다. 마치 오래 전부터 잘 탈 줄 알았는데 깜박 잊고 있다가 다시 일깨워진 것처럼 어느 틈에 미란은 슬쩍 속력까지 내고 있었다. 아직 붕대에 감겨 있는 왼쪽 팔목도 균형 있게 내저었다. 미란이 스케이트 보드 타는 일에 너무 열중해 있어서 인옥이 나타나기 전까지 미란에게 인옥이 올 거라는 얘기를 꺼낼 틈이 없었다. 미란이 잠시 멈춰 섰을 때 겨우 냉커피를 한 모금 마실 수 있게 입술에 대줄 수 있었을 뿐. 저 비탈진 아래로 여자애가 자취를 나타냈을 때다. 지나치듯 시선을 한번 줬다가 돌리려던 미란이 슬로 모션으로 멈춰 섰다. 그리고는 다시 한번 저 비탈진 아래로 올라오는 여자애를 바라본다, 싶었다. 짧은 순간 미란의 몸이 뻣뻣하게 굳는 것이 이만큼 떨어진 내게도 느껴졌다. 이어 미란은 이모…… 손을 내젓더니 누가 떠다밀기라도 하는 듯 뒤로 콰당, 넘어졌다.

"미란아."

너무나 순간적인 일이라서 손에 냉커피를 담은 글라스를 들고 있었다는 것도 나는 깜박 잊어버리고 미란에게 달려갔다. 시멘트 바닥에 유리잔 깨지는 소리가 요란했다.

"미란아, 미란아!"

미란은 눈을 흡뜬 채 허둥거렸다. 내가 머리를 일으켜세워 내 무릎에 제 얼굴을 내려놓을 때까지 미란의 눈은 초점을 잃은 채 불안하게 움직거렸다. 비탈길을 올라오던 여자애가 어느새 달려와 미란 옆에 앉았다. 그녀가 인옥이라는 것을 직감적으로 알 수 있었다.

"미란아."

인옥이 미란의 얼굴을 만지려 할 때 미란이 아직 붕대가 감겨져 있는 손으로 인옥을 밀쳐내었다.

"괜찮아? 미란아?"

괜찮지 않았다. 미란은 일어서려다가 넘어지고 다시 일어서려다가 넘어졌다. 나를 붙잡으려고 뻗은 손이 나를 비켜서 허공에서 비틀거렸다.

"안 보여, 이모…… 안 보여."

"안 보여?"

나는 미란을 업었다. 미란을 부축하는 인옥의 눈엔 눈물이 그렁그렁했다. 내가 미란을 업고 이층으로 올라오는 계단을 오르는 동안 인옥은 미란의 발에서 스케이트 보드를 떼어내며 연신 미란아, 미란아! 를 되뇌었다. 동작이 빠른 인옥이었다. 내가 미란의 방에 미란을 눕혔을 때 인옥은 벌써 세면장에서 대야에 물을 받아가지고 왔다. 수건걸이에서 수건도 한 장 걸어와서 물에 담갔다가 꾹 짜더니 미란의 얼굴을 닦았다. 얼굴도 작고 눈도 작고 입술도 작은 아이였다. 수건을 쥐고 있는 손등에 푸른 실핏줄이 툭툭 튀어나와 있다. 흰 수건이라 새파란 핏줄이 더 도드라져 보였다.

"이모?"

미란이 입을 달싹여 겨우 한마디했다.

"미란아."

"이모 내가 왜 이래? 내 눈이 왜 이래?"

미란이 벌떡 일어나 베개 옆에 놓여 있는 쿠션을 집어던졌다. 보이지 않는 모양이다. 미란의 시선은 나도 인옥도 테오에게서도 비켜나 있다. 텅 비어 있다.

"이모…… 내 눈이 왜 이래!"

붕대를 감은 팔목을 쭉 뻗어 누군가를 붙잡으려 하지만 누구도 닿지 못하고 미란의 손은 허공을 허우적거렸다.

*

비탈길에 서서 인옥은 나를 쳐다봤다. 조그맣고 맑은 눈에 와락 겁이 실려 있다.

"좀 자고 나면 괜찮아질 거야."

"다시 와도 될까요?"

오지 않는 게 좋겠다고 하자, 인옥이 흑, 흐느끼며 비탈길에 주저앉았다. 주저앉아 몸을 오그리니 더 작아 보인다. 좁은 어깨선에 아직 소녀 티가 역력하다.

"내가 얼마나 미우면 눈이 다 안 보일까요."

주저앉아 눈물을 떨구는 인옥을 일으켜세우려고 했으나, 미란은 이제 잠이 들었으니 깨어나면 다시 괜찮아질 거다, 그러니 걱정하지 말고 가라, 고 말하려 했으나 나는 비탈길에 선 채로 인옥을 내려다보고 서 있기만 했다. 바람이 지나가는지 아카시아 잎새가 수수거렸다. 좁은 어깨를 움츠리며 주저앉아 우는 이 여자애를……
나는 언젠가 만난 듯만 싶다. 저 추위 보이는 어깨와 저 조그만 얼
굴과, 저, 손등에 도드라진 실핏줄을.

왜 어떤 종류의 얼굴들은 이렇게 돌연 불쑥 솟아나는지.

언젠가 쇄골까지 파인 면 질감의 회색 원피스를 입은…… 여자
아이가 내 얼굴을 매만지며 눈물을 떨구었다는 생각이 든다. 아마,
무릎도 꿇었으리라. 선생님, 제가 누군지 모르겠어요? 여자아이가
흠뻑 젖은 얼굴을 내 가까이에 대었을 때 내 코끝에 느껴지던 그
낡은 원피스의 부드러운 감촉. 그 어디께에 조그만 붉은 꽃이 수놓
아져 있었지. 나는 그 여자아이 때문에 괴로웠었나보다. 그 여자아
이 때문에 슬픔에 잠겼었나보다. 지금, 비탈길에 주저앉아 훅, 눈
물을 떨구는 인옥을 일으켜세우지도 못하게 가슴 한쪽이 덜그럭거
리며 아파오는 것을 보니.

*

미란의 일시적인 실명 상태는 인옥이 다음날 다시 찾아왔을 때
또 발생했다. 첫날 미란은 인옥이 돌아간 뒤 자정까지 잠을 자더니
아무렇지도 않은 듯 일어나서는 냉장고를 열고는 병에 담긴 콩국
을 주스잔에 가득 따르더니 얼음까지 띄워 단숨에 마셨다. 목이 탔
던가 보았다. 내가 몇 번이나 괜찮으니? 괜찮으니? 물었더니 귀찮
은 듯 고개만 끄덕였다. 그 말을 못 믿고 미심쩍게 자신의 행동거
지를 지켜보는 나를 향해 정말 괜찮아, 꽥 소리를 지르며 눈을 부
릅뜨고 내 눈을 들여다보았다. 성에 안 찼는지 미란은 콩국을 한

대접 더 따라 마시고는 방에 들어가 다시 잠들었다. 새벽에 내가
깨어났을 때 미란은 벌써 스케이트 보드를 끌고 나가 타고 있었다.
새벽빛 속에서 스케이트 보드 위에 몸을 싣고 쓰윽쓰윽 왔다갔다
하는 미란을 베란다에 서서 보고 있으려니 침울해졌다. 과장된 미
란의 몸짓이 애처로워서. 무엇을 잊으려고 저렇게 애쓰는 것인지.
정말 괜찮아진 것 같았는데 오후에 초인종 소리를 듣고 문을 열어
주러 나갔던 미란이가 다시 신발장에 등을 대고 허둥거렸다. 문밖
에 인옥이 서 있었다. 하룻밤 사이에 더 작아진 얼굴로. 미란을 부
축해 침대에 다시 눕혀놓고 거실로 나와 나는 인옥과 마주앉았다.
안 되겠다고 했다. 너만 보면 저리 되니 미란을 찾지 말라고 했다.
인옥은 다리를 잔뜩 오므리고 훌쩍였다.

"너희들에게 무슨 일이 있었니?"

인옥은 다리를 더 오므렸다. 가엾어라. 나는 얼른 얘기 안 해도
된다고 했다. 얘기 안 해도 된다고. 아니에요, 말할게요, 인옥이 더
듣거렸다.

"제가 아이를 가졌어요."

"……"

"미란이가 사랑하는 사람의 아이를요."

"……"

"하지만 나두 사랑했는걸요…… 나두 사랑하는 사람이에요……
미란이가 몰랐을 따름이에요."

"……"

"하지만 미란이가 저러는 걸 보니 미란이만큼은 아니었던 것 같
아요……"

"그쪽에선 알고 있니?"

인옥은 고갤 끄덕였다.

나는 더 이상 아무 말도 물을 수가 없었다. 인옥이 눈에 눈물이 그렁그렁 고여와서.

인옥은 눈물을 머금은 채 등에 짊어지고 왔던 회색의 배낭을 열고 안에서 다시 블루톤의 배낭을 꺼냈다. 딱따구리인가. 인옥의 회색 배낭 끈에 마스코트 까만 딱따구리 한 마리가 입을 반쯤 열고 매달려 있다. 인옥은 꺼낸 배낭을 탁자 위에 얹어놓으며 미란이 것이라고 했다. 목소리가 작은 데다 가라앉아 있어서 간신히 알아들었다. 사실을 알게 된 미란이 자신이 아르바이트하는 편의점에 배낭을 둔 채로 주먹을 꽉 쥐고 뛰어나갔다고 했다.

인옥이 고개를 떨군 채 비탈길을 걸어 내려가는 걸 나는 베란다에 서서 바라보았다. 작은 키의 인옥의 걸음걸이는 바람이 불 때의 아카시아 나무처럼 휘청였다. 인옥의 뒷모습이 사라져 안 보이고 난 뒤에도 나는 거기 서 있었다. 얼마나 지나서 미란의 방문을 열어보았다. 잠이 들었는가. 미란은 침대에 엎드린 채 조용했다. 이따금 깊은 숨을 몰아쉴 때만 어깨가 흔들렸다. 방안에 떠도는 기미가 이상한지 테오가 미란의 머리맡에 미란처럼 엎드려 있다. 내가 방문을 열어도 내 곁으로 오지 않고 미란을 내려다보며 엎드려 있다. 나는 방문을 소리 안 나게 닫고 다시 거실로 나와 인옥이 놓고 간 미란의 배낭을 바라보았다. 이게 무엇인가. 인옥의 것과 마찬가지로 미란의 배낭 끈에도 마스코트 까만 딱따구리 한 마리가 매달려 있다. 둘이 같은 걸 나눠 가진 모양이다. 둘의 배낭에 똑같이 매달려 있는 딱따구리 마스코트를 보고 있자니 마음이 서글퍼진다.

나는 손을 뻗어 까만 딱따구리를 만져보다가 배낭 지퍼를 밀어보았다. 책과 얇고 두꺼운 노트 머리핀과 손수건과 필통이 들어 있다. 은색 체인에 달려 있는 까만색 호출기가 눈에 띄었다. 나는 손을 집어넣어 호출기를 꺼내보았다. 호출기엔 미란을 가운데에 두고 지환과 인옥이 함께 찍은 스티커 사진이 붙어 있다. 셋 모두 밝게 웃고 있다. 호출기를 배낭 안에 다시 넣고서 배낭을 다시 닫으려다가 나는 호기심에 미란의 수첩을 꺼내 펼쳐보았다. 날짜마다 메모할 수 있는 공간이 꽤 넓게 잡혀 있고 그곳에 미란이 써놓은 글씨가 빼곡하다.

4월 16일, 흐림.

학과를 잘못 선택한 것 같다고 부모님한테 말씀드리고 싶은데…… 그러면 아빠는 아빠의 바람대로 다시 공부해서 의대에 가라 하겠지. 의사? 그건 정말 싫은데…… 엄마의 뜻대로 피아노를 쳐보는 건 어떨까? 이제 와서? 아니, 나는 피아노를 치는 엄마가 싫다. 엄마마저 피아노를 치고 있으면 어쩐지 우리집은 잘 정돈된 화단 같았다. 우리집은 너무 깨끗해서 어렸을 때부터 친구들이 놀러를 안 왔다. 어렸을 때 엄마 몰래 피아노를 부숴버리려고 우산대로 피아노 건반을 죄다 망가뜨려놓은 적도 있었는데…… 그런데 엄마는 그것을 내가 했다는 걸 몰랐을까? 발에 흙을 잔뜩 묻혀 거실을 걸어다닌 것도 나였는데…… 엄만 왜 내가 그럴 수 있다는 걸 생각조차 못 할까?

미란이가?

나는 미란이 누워 있는 방문을 쳐다보았다. 저애가?

4월 24일, 모래바람.

인옥이 편의점에 아르바이트 자리를 구했다. 밤 1시부터 아침 7시까지 일을 한다고 했다. 잠은 언제 자느냐고 했더니 안 자면 돼, 그랬다. 인옥이 이 도시에 잠잘 방이 없다는 걸 오늘에사 알 았다. 인옥은 그 동안에도 먼 친척뻘 오빠가 하는 우유 대리점에 서 잠을 잤다고 했다. 그 우유 대리점이 우리집에서 두 정거장 전에 있다고 했다. 거기 소파에서 자고 친척이 출근하기 전에 수 도에서 이 닦고 세수하고 나왔었다고…… 돈도 벌고 잠잘 데도 생기고 좋지, 뭐…… 할말이 없었다. 침대에 누우려 하니 인옥이 생각이 난다. 내 침대가 너무 폭신폭신하다.

5월 12일, 맑음.

지환의 수첩에 인옥이 일하는 편의점 전화번호가 적혀 있었 다. 인옥이 적어준 모양이었다. 인옥의 글씨였다. 지환은 인옥을 보면 자기가 너무 부르주아적이란 생각이 든다고 한다. 내가 아 무래도 학과 수업에 적응이 안 된다고 공부를 다시 해서 다른 과 로 옮기든지 해야겠다고 했더니 인옥은 엉뚱하게 너와 나 사이 엔 계급이 있다며 시무룩해했다. 계급? 지환이 밤이면 오토바이 를 타고 인옥이 일하는 편의점에 가서 인옥을 도와주는 눈치다. 그러냐고? 물어보기가 겁난다. 그런 생각은 말자. 다른 문제만 으로도 너무 버거워.

나는 조마조마해서 더 읽을 수가 없었다. 벌써 너무 많이 읽었다. 수첩에 적혀 있는 메모였지만 일기나 다름없는 것 같은데. 나는 수첩을 미란의 배낭 안에 다시 밀어넣고 지퍼를 채우고 배낭을 들고 미란의 방으로 갔다. 미란은 여전히 침대에 엎드려 있다. 미란의 머리맡에 테오도 여전히 엎드려 있다. 미란은 깊은 숨을 몰아쉬었다. 숨을 한번 쉬고 몸을 뒤집고 다시 한번 쉬고 몸을 뒤집었다. 그럴 때마다 미란의 목덜미에 땀이 고였다. 나는 수건을 물에 담갔다가 꾹 짜서 미란의 목덜미에 고인 땀방울을 닦아냈다. 잠에서 깬 미란은 나지막이 이모, 하고 불렀다. 나, 보여? 미란이 고갤 끄덕였다. 병원에 가자. 미란이 고갤 내저었다. 가야 해. 나는 아예 미란의 얼굴은 보지도 않고 미란을 부축해 일으켰다.

"힘이 하나도 없어, 이모. 나, 못 가!"

"내가 업고 갈게."

대꾸할 기력도 잃었는지 미란이 피식, 웃었다. 나는 미란을 자동차 있는 데까지 업고 내려왔다. 나, 무겁지? 미란은 내 목에 팔을 친친 감았다. 응. 내 대답에 미란이 쿡쿡, 웃었다. 그래도 안 내릴 거야. 나는 미란의 엉덩이를 받친 팔목에 힘을 주었다. 미란은 지금 내 목이 아니라 무엇에게라도 이렇게 자신을 친친 감고 싶을 것이다. 절대로 풀리지 않게 친친. 자동차 앞좌석에 미란을 내려놓고 시동을 걸었다. 종각에 있는 공안과에서 진료증을 끊고 차례를 기다리는 동안 이번엔 내가 미란아, 하고 불러보았다. 미란이 아무 생각도 실려 있지 않은 눈으로 나를 바라보았다.

"이모하고 여행 갈까?"

001-64-9-846-1238.

뉴질랜드. 김연상이라는 사람이 살고 있다는 뉴질랜드의 전화번호를 나는 외워버렸다. 오희옥, 그녀가 국가번호 앞에 001을 적어주었으므로 나는 001-64-9-846-1238이라고 외웠다. 외우려고 해서 외워진 게 아니라 그 번호를 알고도 이틀쯤 서성거리는 사이에 각인이 되어버린 것이다.

"여행?"

어렵게 어렵게 알아낸 전화번호였던 것과는 달리 김연상과의 통화는 너무나 수월하게 이루어졌다. 첫번째 시도했을 때 벨이 세 번 울리기도 전에 저편에서 전화를 받았는데 그가 바로 김연상이었다. 그는 나를 기억하지 못했다. 오선주도 김하진도. 은기…… 내가 은기라고 발음했을 때 그는 대뜸 은기를 왜 찾는가? 물었다. 그래, 나는 그를 왜 찾는가. 얼굴을 본 적도 없는 사람에게 어떤 이의 전화번호나 주소를 물으면서 그 사람은 언젠가 나와 함께 있었지만 잃어버린 사람이라고 말할 수는 없는 일이었다. 나는 깊은 숨을 한번 쉬었다. 그리고 은근히 조바심을 내며 저는 은기의 노을다방 시절 친구라고 했다. 노을다방은 은기라는 존재와 김연상이라는 존재가 공유하는 공간인 모양이었다. 노을다방이라고 하자 좀 냉정하게 들렸던 그의 목소리에 우수가 실렸다. 그래요? 그런데 저는 댁의 이름을 처음 듣는군요. 그런데 무슨 일입니까? 그에게 꼭 전해야 할 물건이 있다, 고 했다. 그런데 은기의 주소도 전화번호도 모른다, 했다 김연상은 여전히 우수가 실린 목소리로 그도 연락을 안 하게 된 지 오래됐다면서 한숨을 내쉬었다. 한 시절은 온종일 함께 있는 사이였는데 말입니다, 하더니 그는 무슨 실마리라도 찾은 듯 잠깐만 기다리라고 했다. 묵은 수첩이라도 뒤적이는 것일까. 수화기 속으로 방문 여는 소리가 들렸다. 발짝 소리, 그리고 아무 소리도 들리지 않았다가 다시 서랍 여닫히는 소리가 들려왔다. 2분이나 3분쯤 지나서 그는 여전히 우수가 실린 목소리로 주소 하나를 불러주었다. 은기의 주소는 아닙니다. 나는 먹먹해졌다. 너무 오래된 일이라서…… 은기와 소식이 끊긴 지는 너무 오래되었어요. 어느 날 지금 제가 가지고 있는 주소에서 소포가 날아왔습니다. 은기가 가지고 있던 제 소지품들이었어요. 은기 이름으로가 아니라 김용선이라는 이름으로 왔어요. 메모 한 장 없이 날아든 소포라서 받고 나서 이 주소로 은기의 안부를 묻는 편지를 띄웠는데 그 뒤로 다시 메시지를 받은 기억은 없군요. 나는 김연상씨가 불러주는 주소를 받아 적었다. 글씨를 쓰면서 떨어본 적이 있었던가. 제주도 대정읍 안덕면 감산리…… 김연상은 주소를 부르다 말고 북성사? 하고는 어쩌지요? 북성사 뒤에 뭐가 더 있는 것 같은데 글씨가 번져서 보이질 않네요. 물이 스며들었나봐요. 나는 할 수 없이 북성사까지만 받아 적었다. 북성사를 찾아내면 알 수 있겠지. 여기가 은기의 거처인지는 정확히 모르겠습니다. 혹시 은기와 통화를 하게 되거나 만나게 되거든 안부를 전해주시겠습니까? 나는 그러지요, 라고 대답했다. 그리고 김연상씨가 전화를 끊어버릴까 봐 조바심을 내며 저어…… 하고 말을 더듬거렸다. 내 뒷말을 기다리다 못해 그가 무슨……? 하며 되물어왔다. 은기. 나는 그의 성이 무엇인지 알고 싶었던 것이다. 윤인지, 김인지, 최인지를. 그러나 그걸 묻는 일은 쉽지 않았다. 성도 모르는 사람에게 전해줄 물건이 있다며 뉴질랜드까지 전화를 걸었다고 할 수는 없는 일 아닌가. 나는 또다시 조바심을 내며 저기…… 김은기씨는 그 동안 결혼을 했는

지요? 하고 물었다. 김은기? 그는 김은기가 아닌데요. 댁이 찾는
사람이 아닐 수도 있겠군요. 그렇습니까? 그럼? 내가 알고 있는 사
람은 김은기가 아니라 유은기입니다. 내가 얘기한 성이 틀리는 바
람에 김연상씨와 유은기라는 존재에 대해서 더 얘기를 나눈다는
것이 어색해져버렸지만 은기의 성은 알아낸 셈이었다. 김연상과의
통화를 마치면서 나는 다시는 잊지 않겠다는 듯 가슴에 한 이름을
새겨두었다. 유. 은. 기.

　　미란이 물었다.

"어디?"

"제주도."

　　용선……은 제주도에 살고 있다고 했다. 제주도 대정읍 안덕면
감산리에. 용선을 찾아내면 유은기의 거처를 알 수 있을는지.

"거긴 왜?"

"거기에 이모가 만나야 할 사람이 있어…… 함께 가주겠니?"

"누군데?"

"몰라…… 만나서 물어봐야 돼."

"뭘 물어?"

"누구냐고!"

"누구냐고?"

　　미란이 어깨를 들썩이며 웃는데 간호사가 나와서 미란의 이름을
불렀다. 미란을 진료실로 들여보내놓고 홀로 대기실에 앉아 있는
동안 나는 불안해져서 카페의 윤에게 전화를 했다. 아르바이트생
이 전화를 받아 윤은 외출중이라고 했다. 나는 공중전화에 매달린
채 이번엔 방송국의 현피디에게 전화를 넣어봤다. 현피디도 자리

192

에 없다고 했다. 언니네 집에 전화를 걸어봤다. 벨소리뿐이었다. 가평에 갔는가. 요즘 언니는 가평 집의 내부를 꾸미는 데 시간을 보내고 있었다. 가평의 부친에게도 전화를 넣어봤다. 부친 곁의 사향노루와 부친의 얼굴이 함께 스치었다. 그곳도 벨소리뿐이다. 불안스러움에 떠밀려 여기저기 전화를 걸었지만 아무하고도 통화가 되지 않았다. 공중전화 수화기를 들고 선 채로 나는 문득 그 여자를 생각했다. 중국 여행에서 돌아온 날 밤에 내게 전화를 걸어온 그 여자. 그 목소리의 떨림. 이후 여자는 거의 매일 한밤중에 전화를 걸어왔다. 마치 잘못 건 전화처럼. 오늘은 전화를 하지 않고 견디어보려고 했다고, 말하는 것으로 그녀는 자기의 존재를 알리곤 했다. 나는 이제 수화기를 들고 귓가에 대는 순간 그 미세한 분위기로 그 여자를 알아맞힌다. 어느 때는 벨소리만 듣고도 그녀로구나, 생각한다. 그런 생각이 들면 그건 틀림없이 그녀였다. 수화기 속의 떨림. 그리고 침묵. 어느 땐 일이 분이면 통화가 끝나기도 했지만 어느 땐 삼사십 분씩 통화가 계속되기도 했다. 그 여자는 누군가에게 이제는 이 지상에 없는 남편에 대해 말하고 싶은 모양이었다. 그 동안 관계를 맺어온 존재가 아닌 다른 존재에게. 여자는 전화를 끊을 때마다 고백하듯이 내게 미안하다고도, 고맙다고도 했다. 나는 그 말을 들을 때마다 되려 여자에게 미안했다. 한번도 내색은 하지 않았지만 어느새 나는 자정이 지나 한두시까지 그녀에게서 전화가 오지 않은 날이면 조용한 수화기를 쳐다보게 되었던 것이다. 그 여자는 모르지만 나는 어느새 그 여자의 다감한 목소리에 위로를 받고 있었던 것이다. 그래서 때로 여자가 전화하기 전에 책을 읽고 있었다고 하면 읽고 있던 페이지를 읽어줘볼래요? 라고 청하기도 했다. 자신이 괴로움에 처해 있으면서 묘하게 나를 위로하는 듯한 목소리였다. 그녀의 목소리를 듣지 않으면 어쩐 하루 일과를 덜 마친 기분까지 들었다. 그녀와 나 사이에는 얼굴도 모른 채 우정이 싹트고 있는지도 모를 일이다. 이렇게 미란을 진료실에 들여보내놓고 공중전화의 수화기를 든 채로 서 있자니 내가 통화를 하고 싶어하는 대상이 어쩐지 그 여자인 것만 같으니.

*

미란의 눈은 스트레스로 인한 일시적인 실명 현상이라고 했다. 보고 싶지 않다, 라는 마음이 너무도 강해 정말로 보이지 않게 되는 마음이 불러일으키는 현상이라고.

13
어떤 상황에서도 나를 깎아내리지 않을 사람

윤은 카페 출입문 안에서 비에 젖은 채 테오를 끌어안고 있는 나를 쳐다보았다. 아침 7시였다. 테오는 윤을 알아보고 반갑게 커엉, 짖으며 꼬리를 쳤다. 윤이 테오를 받아 안았다. 미란은 제주도에 테오를 데리고 가자고 했지만, 비행기를 타야 하고 낯선 곳에서 잠을 자야 하고, 여러 날이 걸릴지도 모르는 일이라고 미란을 달랬다. 테오와 떨어져 있어야 하는 일이 서운했는지 테오를 윤에게 맡기러 나오는데 미란은 토라진 듯이 내다보지도 않았다. 테오로 인해 윤의 박스형 회색 셔츠가 위로 끌려올라가 윤의 배꼽이 내다보였다. 나는 장난스럽게 윤의 배꼽을 손가락으로 꼭 찔렀다. 윤이 풋하, 웃음을 터뜨렸다. 윤은 출입문을 조금 더 열고 들어오라는 시늉으로 자신이 한켠으로 비켜섰다. 불을 켜지 않은 카페 안이 빛으로 어슴푸레하다. 그치지 않은 빗소리. 안으로 먼저 들어가 커다란 흰 타월을 가지고 나온 윤이 내 몸에 타월을 돌돌 말아 빗물을 한번 닦아낸 다음에야 실내의 불을 켰다.

"춥지 않니?"

"……"

"안으로 들어가서 샤워기를 온수로 해놓고 좀 씻어. 따뜻한 걸 좀 만들어줄 테니."

나는 주방으로 돌아서려는 윤의 허리를 손을 뻗어 끌어당겼다.

"잠깐만 안아줄래?"

집을 나서자마자 비가 쏟아지더니 금세 빗소리가 차 안에 가득 찰 만큼 굵은 비로 바뀌었다. 테오를 끌어안은 채 트렁크 안의 우산을 꺼내기가 불편하기도 하고 귀찮기도 해서 그냥 빗속을 뛰어 윤의 카페로 올라오는 사이 셔츠며 바지가 다 젖었다.

윤이 비에 젖은 내 흰 셔츠를 아랑곳 않고 팔을 벌리며 얼굴에 흐트러져 있는 머리를 귀 뒤로 넘겨주었다. 코끝에 머무르는 잠자리에서 막 일어난 사람에게서 맡아지는 냄새.

"왜 이 시간에 와? 테오가 다 놀랐겠다."

"미란이 때문에."

"왜?"

"손목은 이제 다 나았어. 붕대도 다 풀었구…… 그런데 스케이트 보드만 타."

"스케이트 보드?"

"신새벽에 스케이트 보드를 끌고 집을 나가서는 동이 터야 들어와."

한번은 문을 열고 나가는 미란의 뒤를 따라가봤다. 하지만 나는 미란의 뒤를 계속 따를 수가 없었다. 비탈길 아래로 쭉 미끄러지는 가 싶더니 미란은 거의 날아갈 듯한 속력으로 눈앞에서 사라져버렸던 것이다. 그때가 새벽 3시였고 미란이 다시 돌아왔을 때가 6시였다. 어디를 다녀오는 것인지. 한번은 미리 나가 차 안에서 미란이가 나오길 기다렸다가 미란일 뒤따라가봤다. 미란은 집 앞 비탈길을 쓱쓱 미끄러져 경비실을 지나 도로변으로 나아갔다. 집 앞 새벽길은 텅 비어 있었다. 문 닫힌 카 센터 앞에 아직 정비가 덜 끝난 자동차들이 몇 대 서 있었다. 미란은 카 센터 앞으로 이어진 차도로 들어섰다. 그리고는 마치 비상하려는 듯한 포즈를 취하더니 속력을 내기 시작했다. 아스팔트 위에 드리워진 가로수의 그림자 사이를 미란은 쓱쓱 빠져나갔다. 마치 춤을 추는 것 같았다. 미란은 불 꺼진 주유소 앞을 지나 외환은행 앞을 지나 평화동물병원 앞을 지나 학교 앞을 지나 육교 밑을 지나 신영상가를 지나 부암동을 지나 자하문 터널로 미끄러졌다. 터널의 양쪽으로는 일제히 붉은 등이 켜져 있었고 스케이트 보드의 공명음이 터널 안을 가득 채웠다. 나는 미란의 뒷모습에 헤드라이트를 비춘 채 속도를 줄였다. 거기서 미란은 내가 저를 뒤따르고 있다는 것을 안 것 같았다. 유연하게 턴을 해서 내 자동차를 뒤돌아보았으니까. 하지만 미란은 아랑곳하지 않고 터널을 빠져나갔다. 문 닫힌 상점들, 산비탈에 서 있는 불빛 없는 아파트, 바람에 수수수거리는 가로변의 은행나무들. 새벽 거리는 비어 있었으나 이따금 영업용 택시가 질주하곤 했으므로 미란을 뒤따르는 내 마음은 내내 조마조마했다. 그러나 미란은 이따금 중앙선조차 아무렇지도 않게 침범하곤 했다. 청운동을 지나고 적선동을 지나고 미란이 도착한 곳은 광화문이었다. 미란은 이순신 동상이 서 있는 네거리에서 천천히 속도를 줄이더니 세종문화회관의 비천상 앞에서 멈췄다. 도둑고양이 한 마리가 어슬

렁거리다 미란의 기척에 놀랐는지 세종문화회관 뒤편 분수대로 통하는 계단으로 튀어올랐다. 계단엔 인공밭이 꾸며져 있었다. 그 밭엔 옥수수며 밀이며 오이며 호박들이 자라고 있고 계단 중간의 평평한 곳엔 원두막까지 있었다. 이따금 한낮에 지나다 보면 자연 시선이 주어지던 곳이었다. 그때는 도시의 어디선가 상쾌한 밀 내음이 전해지는 것 같아 잠깐 걸음을 멈춰 바라보던 밭이었으나 빛과 인적이 끊긴 도시의 새벽에 교보문고 쪽을 향해 서 있는 옥수숫대며 밀대며 오이며 호박들은 고독해 보였다. 도둑고양이가 원두막 뒤켠으로 사라질 때까지 미란은 비천상을 바라보고 서 있었다. 그러고 서 있는 미란 또한 인공밭처럼 고독해 보였다. 어느 순간이었다. 미란이 주저앉는 것 같더니 비천상이 새겨진 벽에 등을 대었다. 스케이트 보드가 신겨진 무거운 발을 쭉 뻗고는 미란이 소리내어 울기 시작했다.

나는 순간 차 문을 열고 나가려다가 미란이 울도록 내버려두었다. 울어라, 실컷. 미란의 울음 소리는 끊겼다가 다시 이어지고 끊겼다가 다시 이어졌다. 조용해졌다가 다시 얼마나 서럽게 울던지 핸들 위의 내 손 또한 자주 눈자위로 올라갔다. 얼마나 울었을까. 미란이 뻗었던 발을 모으고 어깨를 잔뜩 오그린 채 얼굴을 제 무릎에 묻었다. 공후를 타고 있는 비천상이 울음을 그친 미란을 가만히 내려다보았다. 격렬한 울음을 그치고 이따금 깊은 숨과 함께 어깨를 들썩이는 미란을 차에 태워 돌아왔을 땐 날이 밝아오려 했다.

그게 시작이었다.

미란은 요즘 계속 신새벽마다 스케이트 보드를 끌고 나갔다. 미란이 나가는 기척이 들리면 나도 그애의 뒤를 따라갔다. 인적이 끊긴 도시를 미란은 스케이트 보드로 휘젓고 다녔다. 광화문까지 미처 다 가지 않고 주저앉아 우는 때도 있었지만 어느 날은 서울역 쪽으로 방향을 잡아 남영동을 지나 한강대교까지 나가 우는 때도 있었다. 주저앉아 울 만한 장소를 찾아다니는 모양으로 정해진 곳이 없었다. 미란이 같은 장소에서 울었던 곳은 한군데 세종문화회관 벽에 새겨진 비천상 앞이었다. 어느 날은 지금까지 가던 방향과는 완전히 반대 방향을 택하기도 했다. 북악터널을 지나 공사중인 북부간선도로 밑을 쭉쭉 미끄러져 국민대 앞을 지나 2번 종점에서 턴을 하더니 오르막 산길을 탔다. 성북동의 고급 주택가를 스쳐지난 뒤 스카이웨이를 타고 가다 삼풍백화점이 무너진 뒤 부실 건물로 판정되어 허물어뜨린 팔각정이 있던 빈터에서 주저앉을 때도 있었고, 자하문 터널 앞에서 갑자기 옆으로 나 있는 인왕산으로 통하는 길로 접어들기도 했다. 아마도 터널 앞에서 환기미술관이란 팻말을 따라왔던지 미란은 팻말을 따라따라 부암동 안에 숨어 있는 환기미술관의 담벼락을 스치다가 다시 턴을 해 나왔다. 미술관 문이 잠겨 있었던 것이다. 대신 미란은 항아리집을 만났다. 누가 들고 가지도 않는 것일까. 환기미술관 앞에서 얼마 떨어지지 않은 곳에 항아리집이 있었다. 항아리집. 그 집의 제목은 그대로 항아리집이었다. 시골집의 장독대에서 보는 크고 작은 고동색 항아리들은 뚜껑이 닫힌 채 어둠 속에 그대로 내놓여 있었다. 미란이 거기에 주저앉았을 땐 미란도 하나의 항아리로 보일 지경으로 항아리들뿐인 장소였다. 항아리들 사이에 끼여 앉아 미란은 오래도록 울었다. 미란의 울음 소리가 항아리 사이사이로 퍼져 얼마나 서럽게 들리던지.

울음을 그친 미란을 태워 집에 돌아오는 게 요즘 나의 새벽 일과였다.

오늘 초저녁에 미란은 텔레비전의 쇼 프로그램을 보더니 노래는 듣지 않고 드럼 주자가 드럼을 치는 모습을 얼이 빠진 듯 지켜보았다. 무슨 생각인지 노래의 두번째 절이 시작되기 전에 미란은 비디오 공테이프를 비디오 기계에 밀어넣고는 녹화를 시켰다. 그 행동이 얼마나 잽싸던지. 프로그램이 끝난 뒤였다. 미란은 이방 저방 문을 열고 돌아다녔다. 뭘 찾느냐고 물어도 으응, 하며 허드렛짐을 쌓아놓은 뒷베란다며 세탁실이며 다용도실까지 다 기웃거리더니 바깥으로 나갔다. 찾는 게 집 안엔 없었던 모양이다. 잠시 후에 돌아온 미란의 손에는 길다란 플라스틱 봉 한 개가 쥐어져 있었다. 미란은 그걸 반으로 쪼개서 두 개로 만들었다. 그러더니 좀 전에 녹화시켰던 드럼 주자가 드럼을 치는 장면을 틀더니 드럼 주자를 따라 거실의 탁자를 플라스틱 봉으로 두드려대기 시작했다.

"저건 어디서 사?"

미란이 가리키는 저건 드럼이었다.

"악기 상가에 가면 살 수 있겠지."

"악기 상가?"

"그 상가는 어디에 있는데?"

"낙원상가에 있잖아."

"낙원상가는?"

"종로 3가."

미란은 플라스틱 봉을 한 시간도 넘게 내내 두들겨대었다. 같은 동작이 재미가 없었던지 일어서서 집 안을 걸어다니며 아무데나

두들겨대었다. 세탁기를 냉장고를, 압력솥을, 내 책상을, 아직도 풀지 않고 세워둔 중국에서 돌아온 검은 트렁크를.

미란이 나까지 두들겨댈 것 같아 미란을 슬슬 피하며 제발 거울은 두드리지 마라, 했더니 내 말이 끝나기가 무섭게 미란은 내 방문 앞의 나무 거울 앞에 가서 거울을 두들기었다. 손에 힘을 다 빼긴 했던 모양으로 거울은 미란에게 두들겨맞으면서도 깨지진 않았다. 두들기는 걸 멈추고 미란은 자동차 키를 들고 나가더니 차 안에 있던 서울시내 교통 지도책을 가지고 왔다. 20분도 넘게 손가락을 짚어가며 지도를 들여다보더니, 오늘 새벽에 미란이 스케이트보드를 타고 간 곳은 악기 상가였다. 한국일보에서 안국동으로 안국동 입구에서 인사동 외길을 따라. 미란이 울지 않았던 유일한 날이었다. 악기 상가를 쳐다보더니 미란은 그대로 다시 턴을 해서 집 쪽으로 방향을 바꿨다. 미란이 주저앉아 울지 않았으므로 나도 그저 미란의 뒤를 따라 집으로 돌아왔다. 그러고 나니, 지금이다.

실내등에서 번져나오는 온화한 불빛. 벽면에 그려지는 윤과 나의 실루엣. 내 코에 부벼지는 윤의 따뜻한 어깨. 후욱, 들이쳤다 멀어지는 빗소리. 사람은 사람에 의해서 살아진다, 이렇게.

"더 안아줄까?"

"됐어…… 나 좀 씻을게."

"천천히 씻어. 흰죽 끓여줄게."

윤은 나를 안았던 팔을 풀고서 창에 내려진 블라인드 사이로 손가락을 밀어넣어 비바람이 몰아치고 있는 바깥을 보며 웬 비람, 중얼거렸다. 나는 생각난 듯이 다시 윤에게로 갔다.

"혹시 여기에 기차는 7시에 떠나네라는 노래가 담긴 음반 있어?

그리스 민요라던데?"

"7시가 아니고 8시 아니야?"

누군가에게 듣던 말이다.

"있어?"

"응."

"좀 틀어줘봐."

안으로 들어오자 거리를 향해 나 있는 윤의 창, 흰 틀에 토끼풀 바구니가 아직 놓여 있다. 지난번엔 흰 시계꽃이 피었더니 꽃은 지고 대신 더욱 무성해진 연한 풀빛이 빗소리를 듣고 있다. 나는 윤이 흰죽을 끓이느라고 내는 달그락 소리를 들으며 샤워를 했다. 쌀을 씻는 소리. 물을 받는 소리. 씻은 쌀에서 물기를 빼는 소리. 나는 윤을 불러서 시디 케이스를 좀 갖다 달라고 했다. 젖지 않게 조심하라며 윤이 세면장 안으로 시디 케이스를 밀어넣어주었다. 물소리 사이로 여자 성악가의 목소리가 세면장 안으로 밀려들었다. 나는 샤워기의 물소리를 죽이고 욕조에 걸터앉아 노래에 귀를 기울이며 시디 케이스를 들여다보았다. 오래되었는지 케이스는 잔금이 많고 손때가 묻어 있다. 맨 위에 여자 성악가의 이름이 영문 대문자로 씌어 있다. 그 밑에 좀 크다고 여겨지는 하얀색의 이어링을 달고, 목선이 브이 라인으로 파여진 블루 톤의 품이 여유가 있는 반팔 윗옷을 입고, 한쪽 손을 귀 뒤로 넘긴 채 어딘가를 보고 있는 성악가의 사진이 실려 있다. 나는 케이스의 뒷면을 들여다보았다. 5. To treno fevige stis okto.

나는 언젠가 오선주라는 이름으로 어떤 남자와 함께 노을다방에서 저 음악을 들었다. 노래는 귀에 가득 차서 넘쳐났다. 비감하고 자극적이며 그리움을 불러일으키는 분위기였다. 리피트를 시켜놨는가. 3분 57초의 노래는 처음부터 다시 시작되었다. 카테리니행 기차는 8시에 떠나네. 11월은 당신 기억 속에 영원히 남으리. 이제 밤이 되어도 당신은 비밀을 품고 오지 못하네. 기차는 8시에 떠나고 당신은 역에 홀로 남았네. 가슴속에 아픔을 새긴 채 안개 속에 5시에서 8시까지 앉아만 있네. 간절한 노래였다. 간절해서 누군가의 고해성사를 듣는 기분이었다. 그러나 내겐 상기되지 않는 우리들이 함께 들었다는 노래. 이제 밤이 되어도 당신은 비밀을 품고 오지 못하네. 나는 서글퍼져 욕조 앞의 거울에 서려 있는 수증기를 손바닥으로 쓱쓱 닦아내고 내 얼굴을 들여다보았다.

"얘, 이거 좀 먹구 자."

깜박 잠이 들었던가.

눈을 뜨니 윤의 걱정스러운 눈빛이 바로 위에서 흔들리고 있다. 아직도 노래는 흐르고 있다. 몸을 일으키자 둘둘 말아 옷처럼 입고 있던 타월이 아래로 흘러내렸다. 윤이 손을 뻗어 타월을 다시 말아 흘러내리지 않게 매듭을 지어준다.

"머리 아프니?"

내가 이마에 손바닥을 갖다 대자, 윤이 흰죽을 한 숟갈 떠서 내 입가에 가져다 대며 걱정스럽게 물었다.

"아니…… 괜찮아. 어렸을 때 생각이 나. 어쩌다 해저물녘에 잠이 들 때가 있었잖아. 그때면 저녁밥을 다 지어놓고 엄마가 밥 먹고 자라고 깨우잖아. 야, 야, 밥 먹고 자라. 밥 먹고 자."

나는 어렸을 적, 어머니의 밥 먹고 자라는 말투를 흉내내다가 그만 쓸쓸해졌다. 상기되는 오래 전, 어머니의 목소리. 또렷이 기억

나는 그 목소리의 높낮이. 그때 깨기 싫은 잠속에서 억지로 깨어나 마루로 나왔을 때의 마당에 서려지는 밤의 빛깔까지도 이렇듯 선명하게 떠오르는데 왜 무슨 일로 나의 한 시절은 기억의 저편으로 가라앉아버렸을까.

내가 먹겠다고 숟갈을 받아들자, 윤이 내 앞으로 죽그릇이 담긴 쟁반을 기울어지지 않게 놓아주며 내 머리를 매만진다. 입 안이 텁텁하다. 내가 못 먹겠다고 숟갈을 죽그릇 속에 내려놓자 윤이 다시 숟가락을 가져가서 뽀얀 죽을 소복이 담아 내 입술 가까이 가져다 댄다.

"어디에선가 읽으니까 마음이 어지러울 때, 성이 날 때…… 그럴 때 따뜻한 음식이 좋은 약이래. 성도 가라앉히고 마음도 차분하게 하고 그런다는군."

"……"

"조금만 먹어…… 내 성의를 봐서."

마음이 어지러울 때? 성이 날 때?

"가끔 생각해. 네가 곁에 없었으면 얼마나 외로웠을까, 하고."

윤이 웃었다. 끼여드는 빗소리. 내가 죽그릇을 물리자, 윤이 침대 시트를 평평하게 펴주었다. 따뜻한 음식 덕분인가. 윤이 빈 죽그릇을 들고 나가 씻어 엎어놓는 소리를 들으며 나는 평화를 느꼈다. 이 기분은 윤만이 주는 기분이다. 이 새벽, 이 빗속에서도.

"몇 시 비행기야?"

"12시 40분."

"곧 가야겠는데."

"그래."

그래, 하면서도 자꾸 내 몸은 잠속으로 빠져들려 하고 있다. 윤이 슬리퍼를 벗고 이불 안으로 들어왔다. 윤의 손이 잠시 내 이마에 머물렀다가 거둬진다. 누워 있는 나를 망연히 건너다보는 윤의 눈길도 느껴진다. 윤이 깊은 숨을 내쉬더니 내 겨드랑이께의 타월의 매듭을 느슨하게 풀어주곤 침대 머리맡의 스탠드를 꺼주었다.

"그럼 조금만 자구 가."

사방이 희끄무레해졌다. 가슴에 아픔을 품은 채 당신은 5시에서 8시까지 홀로 앉아 있네. 나는 노래를 귓등에 들으며 잠속으로 미끄러졌다. 얼마나 지났을까. 전화벨이 울리는 것도 같았다. 내 집인 줄 알고, 그 여자인 줄 알고 나는 잠결에 무심코 전화를 받으려고 손을 뻗으려 했다. 어느 순간 다시 전화벨이 울렸다. 나는 돌아누웠다. 노래가 처음부터 다시 시작되려 할 때 돌아누워 슬몃 눈을 떠보니 윤은 거리로 난 창가에 서서 비 내리는 거리를 내다보고 있었다. 테오를 안고서. 연신 테오의 등을 쓰다듬으며. 나는 홀로 역에 남았네. 다시 깜북 잠이 들었다가 슬몃 눈을 떠보니 아직도 윤은 그러고 있었다. 윤의 뒷모습. 나는 블라인드를 손가락으로 걷어낸 채 쏟아지는 비를 바라다보고 서 있는 윤을 불렀다.

"왜 그러고 섰어?"

내 목소리에 테오가 윤의 품속에서 팔딱 뛰어내려서 내 곁으로 다가왔다.

"깼니?"

침대로 들어오는 윤을 끌어안는데 윤의 눈가에 묻어 있는 물기가 내 팔에 스쳤다.

"우는 거야?"

"……"

"왜 그래?"

"그 사람한테서 전화가 왔어."

"누구?"

"……"

"현피디한테서?"

윤이 고갤 끄덕였다. 나는 테오를 침대 밑에 내려놓았다. 테오가 윤의 다리 밑에 몸을 눕히고 혀를 내밀어 윤의 발목을 핥았다.

"믿겠니?"

"……"

"헤어지고 처음 한 통화야. 내 전화번호를 알고 있는 줄도 몰랐어. 아프대…… 정말 아픈 것 같아. 너무 아파서 비몽사몽간에 전활 했나봐…… 밤새 고열에 시달렸대."

윤을 보내고 언제나 주머니에 스카치를 넣어 가지고 다니는 현피디의 메마른 얼굴이 빗소리와 함께 스쳐지나갔다.

"와줄 수 없겠느냐고…… 너무나 아프다고."

윤이 쓸쓸하게 웃었다.

"내 자신이 혐오스러워. 옛날하고 똑같아. 함께 살 때 집에서 쓰던 약상자가 거실 세번째 서랍에 들어 있었거든. 내가 뭐랬는 줄 알아. 그 서랍에서 해열제를 꺼내서 먹으라고 우선 열을 내려야 한다구…… 우리가 함께 살던 때가 언제인데…… 그 집엔 이제 다른 사람이 살고 있을 텐데."

"뭐라 했어?"

"가겠다고 했어."

206

"그럼 가자…… 내가 바래다줄게."

"가도 되는 걸까?"

"가겠다고 했다면서?"

"그래도…… 그래도 말이야."

"안 갈 거야? 그럼?"

"아니…… 갈 거야!"

윤은 잠깐만 기다리라고 했다. 윤은 너무도 차분하게 다시 쌀죽을 끓여 보온병에 담았다. 현피디에게 가지고 가려는 모양이었다. 윤은 옷을 몇 번이나 갈아입었다. 나, 어떠니? 이 옷 어울려? 하면서. 결국 윤은 하늘색 정장 차림으로 보온병을 챙겨들다가 시디 플레이어 안에서 시디를 꺼내 침대에 떨어져 있는 케이스에 넣어서는 가지고 가서 들으라며 내게 건넸다.

"이 새벽에 정장 차림으로 보온병을 들고 전남편의 병문안을 가는구나."

테오는 혼자 남게 된 것을 알아차리고는 미리 문가로 다가가서 발톱으로 문을 긁어댔다. 미안하게 됐구나. 윤이 테오를 진정시키려고 테오의 목덜미에 손가락을 밀어넣어 만져주었다. 테오는 체념한 듯 고갤 수그리고 꼬리를 흔드는 것으로 우리를 배웅했다.

"곧 데리러 올게."

*

비는 매우 거칠게 내렸다. 윈도 브러시를 가장 빠르게 작동시켜도 금세 눈앞이 뿌애졌다.

"이 새벽에, 이 빗속에 이런 옷차림으로 보온병을 들고 전남편의 병문안을 가는 여자는 세상에 나뿐일 거야."

"안 그래도 이 세상에 너는 너 하나뿐이야."

"지금 대답할까?"

"뭘?"

"이러고 지내려면 그 사람과 왜 헤어졌느냐고 했지!"

"……"

"그가 아닌 다른 사람과 다시 시작하려고 그와 헤어진 건 아니었어. 나는 끝내고 싶었어. 여기에도 저기에도 속할 수 없는 내 생을 그냥 내다 버리고 싶었어. 내가 그렇게 하지 않으면 우리 세 사람은 다 망가지게 되어 있었지. 나는 알고 있었어. 내가 그 사랑을 끝내지 않으면 영원히 그렇게 지속되며 서로를 망가뜨리리라는 것을. 나만이 끝낼 수 있었지. 잘못 생각한 게 있다면 내가 우리 관계를 정리했을 때 가장 덜 망가질 사람은 현이라고 생각했지. 그만은 새 삶을 살아갈 거라고 생각했어. 왜냐면 우리 관계에선 그만이 도덕적이었으니까."

그랬니? 윤과 헤어진 후 현피디는 맨 먼저 스카치를 사러 갔을 것이다. 그는 어쩜 지금쯤 스카치 중독일지도 모르지.

"현과 헤어지고 그 남자와도 더는 만나지 않았어. 인생은 거기서 끝난 걸로 치고 덤으로 살자, 했어…… 그런데 야릇하지. 작년부터 이 세상 어디서도 나를 깎아내리지 않을 거라 여겨지는 사람은 현 뿐이었다는 생각이 들곤 했지."

윤은 바스락거리며 빗물처럼 웃었다.

"어디에서도 어떤 상황 속에서도 나를 깎아내리지 않을 사람, 내

편인 사람을, 그런 사람을 두 사람만 가지고 있으면 행복한 사람이라고 그랬는데…… 그렇다면 나는 행복한 사람이지. 그 사람과 네가 있으니까."

나?

매번 너에게 달려와 따뜻한 음식만 먹고 가는 나.

"뒤늦게 사랑을 떠나서도 어디서나 나를 깎아내리지 않을 사람은 그 사람이었다는 생각을 하고 나니 맥이 빠졌어. 그래도 그전엔 말이야. 팽팽한 무엇이 있었는데…… 긴장시키는 것. 더 말할까?"

"응."

"이해가 갈는지 모르겠지만 이런 마음이었지. 내가 너를 저버렸으니 무슨 일이 있어도 너를 다시 찾지 않겠다…… 그렇게 상처를 주었으니. 그렇게 심장까지 헤쳐놓았으니."

나는 현피디가 아파 누워 있는 아파트가 보이는 신호등 앞에서 윤의 얼굴에 내 얼굴을 갖다 대었다. 한참을 그러고 있었다. 나는 이 순간을 기다렸던 것 같다. 윤의 입에서 현피디의 얘기가 나오기를. 윤은 현피디와 헤어진 후, 단 한 번도 현피디의 얘기를 꺼내지 않았다. 자그마치 3년이나. 무슨 금기처럼. 윤과 현피디는 나를 사이에 두고 떠 있는 고독한 섬들이었다. 현피디는 주머니에 넣어가지고 다니는 스카치를 입 안에 털어넣으며 저편에 떠 있었고, 윤은 잣죽이나 흰죽을 끓이며 이편에 떠 있었다.

14
너를 잊어본 적이 없단다

미란은 비행기 안에서 눈살을 찌푸렸다.

창으로 반사된 햇빛 때문이다. 눈살을 찌푸리면서도 손가락으로 무릎을 두드리고 있다. 미란은 집을 떠나면서 플라스틱 봉을 가방 안에 챙겨 넣었다. 여행지에 가서도 뭔가를 두드릴 생각인가 보았다. 지금도 사람들이 보지 않는다면 그걸 꺼내 비행기 유리창을 두드리고 싶을 것이다. 햇빛을 차단하기 위해 블라인드를 내리려 하자 미란이 그러지 말라고 했다. 이모, 저기, 서울 좀 봐, 하면서. 미란이 가리킨 곳을 내다보니 강과 산과 아파트와 빌딩들이 바둑판 모양으로 시야에 들어왔다.

비행기 안에서 구름과 함께 내려다보는 서울. 저 도시에서는 서로가 서로에게 대부분 익명이다. 203호 여자, 204호 남자로 불려지기도 하고 옥탑방에 세들어 사는 사람과 주인집 사람들이 서로 한 번도 얼굴을 마주치지 않고 계약 기간이 만료되는 곳이기도. 그래서 언젠가는 이런 일도 있었다. 한여름 밤에 집주인과 세든 사람이 옥상에서 만났다. 자정도 넘은 시각이었다. 서로는 상대를 서로 도둑으로 보았다. 누가 먼저랄 것도 없이 당신 누구야? 하며 주먹이 날아갔고, 서로는 서로의 집을 지키기 위해 깊은 밤중에 옥상에서 육박전을 벌였다. 때아닌 소란에 양쪽의 가족이 하나둘씩 옥상으로 모여들었다. 그때야 두 사람은 서로가 같은 집에 살고 있다는 걸 알게 되었다, 는. 저 도시에서 이루어지는 익명의 생활들. 전화만 받지 않으면 신문만 보지 않으면 일주일이나 열흘쯤은 아무에게도 발견되지 않고 집 안에서 지낼 수도 있는 곳이 저 도시였다. 해서 어떤 초로의 여인이 목욕탕에서 샤워를 하다가 쓰러진 채 다시는 못 일어났는데 이 주일이 지나서야 발견되는 이야기가 심심찮게 전해지는 곳이지만 나는 어느새 저 도시에서의 생활에 익숙해졌다. 광화문이나 종로 한강변이나 선착장이 있는 저 도시가 이제는 사향노루와 부친이 있는 가평만큼이나 친숙하게 느껴지니.

저기쯤이 한강일까.

그렇다면 현과 내가 이따금 나가서 캔맥주나 커피 혹은 정식으로 식사를 하던 선착장의 레스토랑도 저기에 있겠지. 오늘도 누군가 함께 앉아서 마포대교에 가로등이 켜지는 순간을 지켜볼는지. 내려다본다는 것은 감정에 우수를 실리게 하는 모양이다. 다시 저 아래로 내려갈 수 있을는지. 비행기가 이륙할 때 귀를 찢는 듯한 지독한 소리와 함께 저 도시에서 뼈아프게 분리되어나온 듯한 느낌으로 마음 한쪽이 허전해졌다. 나는 미란의 이마에 흐트러진 머리를 손으로 쓸어 귀 밑으로 넘겨주었다. 여전히 미란은 손가락으로 접혀져서 앞의자 뒷면에 부착되어 있는 간이 탁자를 두들기고 있다. 여러 날 후, 다시 착륙을 앞둔 비행기 안에서 저 도시를 내려다볼 때 분리된 자리에 접속되는 느낌을 가질 수 있을는지. 내 손에 닿는 미란의 보드라운 귀의 감촉. 마음이 불안하고 쓸쓸할 때 사람의 체취보다 더 위로가 되는 게 있을는지. 기억이란 시간과 함께 엷어지게 되어 있지. 시간이란 그런 것이니까. 누구도 과거의 시절로 돌아갈 수 없는 것이다. 나는 미란을 내 어깨에 기대게 했다. 가까이 있자꾸나. 그러고도 모자라 껴안다시피 팔을 두르는 나를 미란이 깊게 응시했다.

*

그래 지금은, 어디에 있는가?
청춘의 한때를 기억하지 못한 채 서른다섯이 되는 동안 여기저기 마음이 상하고 지치기도 했지. 기억을 저버린 채 세상은 변하지 않고 돌아간다. 달콤한 잠에 빠졌다가도 빗소리나 고독한 건물의 검은 그림자 같은 것에 잠이 깨면 어김없이 중얼거리곤 했지. 한 발짝만 더 나아가면 여기에서 벗어날 수 있어. 잃어버린 기억으로부터…… 청춘 시절로부터.

*

팔월이 다 지나가고 있는 바닷가는 한적했다.
바닷가를 향해 나지막이 서 있는 작은 호텔의 창들은 바다를 향해 있다. 제주도에서 여러 날 묵게 될 것 같다고 하니 윤이 가보라

212

고 한 곳이었다. 현피디와 헤어지고 난 직후, 윤은 이곳에서 혼자 한 달 가량을 지냈다. 모두하고 연락을 끊은 채. 윤은 맨발로 걷기에 좋은 긴 해변이 있는 곳이라고 했다. 이 바닷가의 백모래는 얼핏 하얀 흙처럼 보일 정도로 고왔다. 흰 조개 껍질들. 맨발로 걸어다니면 발바닥에 닿는 감촉이 찰질 정도였다. 가끔 발바닥에 흰 조개 껍질이 밟혔다. 그때 윤은 이 해변을 맨발로 얼마나 걷고 또 걸었던 것일까. 이제 해수욕철은 지났나보다. 바닷물 속에 들어가는 사람보다 해변을 산책하는 사람들이 더 많이 눈에 띈다.

굽이진 해변의 저편에서 미란이 모습을 나타냈다. 저애는 어디까지 갔다 오는 것일까. 저 길을 돌아 모습을 감춘 지 한 시간이 지났다. 미란과 내가 여기에서 급히 해야 할 일은 없었다. 내가 걸지 않으면 전화도 걸려오지 않았고, 아는 사람도 없는 곳이니 당연히 내방객도 없었다. 내가 낮잠을 자고 있으면 미란이 바닷가로 나갔고, 미란이 낮잠을 자고 있으면 내가 바닷가로 나갔다. 때때로 미란은 인옥이 놓고 간 배낭 안에 들어 있던 자신의 수첩을 펼쳐 오래 들여다보곤 했다. 윤의 말대로 이곳은 걷기에 참 좋은 곳이다. 수심이 낮을 때는 호텔 앞 바닷가에서부터 물을 따라 100킬로는 걸어갈 수도 있다고 했다. 바다 저편에 떠 있는 비양도라는 섬까지도 걸어서 갈 수 있다고. 밤에 미란이 방으로 들어오지 않아 해변 쪽으로 나가보면 미란은 모래밭에 옷을 다 벗어놓고 밤바닷물 속으로 들어가 헤엄을 치고 있었다. 나는 모래 위에 앉아 헤엄치는 미란을 바라보았다. 미란은 물을 헤치고 갈 수 있는 데까지 멀리 나갔다가 돌아오기를 반복했다. 바다에서 걸어나올 때 미란은 바닷물이 쫓아오기나 하는 듯이 급히 모래밭을 뛰어와 물 묻은 몸을 내 품에 내던졌다. 헤엄을 치며 울고 있었던 듯 내 품에 닿는 미란의 얼굴 어디께의 물기는 따뜻했다. 나는 미란이 진정되기를 기다렸다가 모래 위에 벗어놓은 옷을 입혀 등에 업고 호텔로 들어온 일들이 지난 이틀 간 미란과 내가 이곳에서 한 일의 전부였다.

　미란은 바다를 향해 서 있는 자동차들과 해변을 산책하는 사람들 속에 섞였다가 다시 홀로 되었다가 하며 천천히 걸어오고 있다. 미란의 앞뒤로 해변의 백모래가 길게 이어져 있다. 그 위에 찍혀 있을 수많은 사람들의 발자국들. 나는 홀로 걷고 있는 미란이 너무 안쓰러워 민소매 셔츠 위에 남방을 걸치고 숙소를 빠져나와 미란에게로 뛰어갔다. 가까이 있자꾸나. 흰 모래 위 햇빛 아래 서 있는 미란을 나는 담싹 업었다. 외로웠는가. 미란은 얼굴이 납작해질 정도로 내 등에 얼굴을 대고 문질렀다. 잊으려고 하지 말아라. 생각을 많이 하렴. 아픈 일일수록 그렇게 해야 해. 생각하지 않으려고 하면 잊을 수도 없지. 무슨 일에든 바닥이 있지 않겠니. 언젠가는 발이 거기에 닿겠지. 그때, 탁 차고 솟아오르는 거야.

*

　아침에 자고 있는 미란을 두고 홀로 바닷가로 나갔다.

　호텔의 창에서 바다를 내려다보면 바닷물 색깔이 이토록 변화무쌍한가 싶을 정도로 온갖 푸른색이 다 드러난다. 바닷속 모래 또한 백모래여서 아침 하늘의 다양한 색깔이 그대로 비치는 모양이었다. 흰구름이 떠 있는 곳은 흰 물결이 일고 연푸른 하늘 밑에 있는 바닷물은 연푸른 물결이 일었다. 썰물. 물이 밀려간 자리에 흰 모래펄이 길게 이어졌다. 나는 처음엔 모래펄을 따라 천천히 걸어가다가 나중엔 두 주먹을 불끈 쥐고 모래펄이 끝나는 곳에서 누군가 기다리기라도 하는 듯이 힘껏 뛰어갔다. 모래펄 끝까지 뛰어가보겠다는 건 생각뿐이었다. 십오 분을 달려갔는데도 모래펄이다. 늦은 바캉스를 즐기려고 바다 건너 온 일본인 부부 한 쌍이 다섯 살쯤 되어 보이는 여자아이와 함께 물이 빠져나간 자리에서 사진을 찍고 있었다. 물은 없는데 그들은 모두 푸른 빛이 도는 물안경들을 쓰고 있다. 커다란 푸른색 튜브가 바닷물에 밀려온 것처럼 모래펄에 엎어져 있다. 여자아이는 잔 물결이 발목을 감아올 때마다 간지러운지 깔깔대고 웃었다. 일본 여자는 썰물진 모래펄에 모델처럼 서서 포즈를 취하고 있고, 여자보다는 약간 소심해 보이는 일본 남자는 한사코 여자아이를 아내 곁에 세워보려 하고 있었다. 남자가 여자아이를 고야마! 고야마! 라고 부르지만 않았다면 나는 그들이 일본인인 줄 몰랐을 것이다. 인적이 드물고 물도 없고 광활한 모래펄 위에 잔 물결만 일렁여서인가. 그들 일본인 가족이 마치 캘린더 속에 등장하는 사람들같이 현실감이 없어 보이기도 했다.

달리기를 멈추고 물이 빠져나간 자리에 털썩 주저앉아 먼 곳을 바라다보았다. 잔 물결이 반바지를 적시고 엉덩이에 닿았다. 무심코 잔 물결 속을 들여다보는데 고동이 떼구르르 굴러다닌다. 한 개가 아니다. 눈여겨보니 여기저기에서 수많은 고동이 물 속을 굴러다니고 있다. 굴러다니는 고동을 본 적이 없으므로 이상해서 한 개를 집어 안을 들여다보았다. 고동의 텅 빈 몸 속엔 집게가 들어가 있다. 집게가 고동을 다 파먹고 그 속에 들어가 살며 껍질뿐인 고동을 굴리고 있었던가 보다. 나는 잔 물결 속에서 굴러다니는 고동을 집어올려 집게를 꺼내 모래펄에 버리고 고동의 텅 빈 속을 들여다보았다. 순간 지난 이틀 간의 단조롭기 이를 데 없었던 마음의 균형은 깨져버리고 수습할 길 없이 어지러워졌다. 이게 나라는 생각. 나는 나를 잃어버리고 누군가 내 몸으로 들어와 살며 나를 굴리고 있다는 생각. 언제까지나 그렇게 살 수는 없다는 생각.

*

김용선.
제주도 대정읍 안덕면 감산리 북성사.
용선…… 김용선.

*

미란을 데리고 자동차를 렌트하러 해안의 소나무숲을 걸어나와 한림공원 쪽으로 나갔다. 미란의 손엔 여전히 플라스틱 봉이 쥐어져 있다. 공원 쪽에 자동차를 렌트할 곳이 있는 것 같았는데 막상 가서 보니 플래카드뿐이고 문이 닫혀 있었다. 옆 식당에 가서 물어보니 작년까지는 그곳에 자동차를 빌려주는 곳이 있었는데 차를 빌리러 오는 사람이 없어서 올해는 아예 문을 열지 않았다고 한다. 공항에서 차를 빌릴 것을 그랬나보았다. 어차피 이 바닷가까지 오는 공항 리무진도 없어서 택시를 타고 들어왔던 참이었다. 어떡해야 하나? 정오가 지나면서 햇볕이 따가워졌다. 미란은 벌써 이마를 찌푸리고 샌들로 바닥을 콕콕 찍고 있다가 플라스틱 봉으로 가

216

로수로 심어진 유두화를 두들기고 있다. 어디에 가야 자동차를 빌릴 수 있느냐고 물으니 한림읍에 나가면 있을 거라고 했다.

"그러면 한림읍까지는?"

내 질문이 우스웠나보다.

"그야 저기서 버스를 타거나 택시를 타면 되지요. 몇 정거장만 나가면 되는데."

"그렇군요."

내가 왜 이러지? 나는 머리를 흔들었다. 협재굴과 쌍용굴 그리고 열대식물원으로 통하는 한림공원 입구에 진귀한 수종의 나무들이 높다랗게 서 있다. 나는 높다란 나무들이 만들어낸 역시 긴 나무 그림자를 쳐다보며 손가락을 꾹 쥐었다가 폈다. 자율 신경이 다 마비된 것같이 먹먹하다.

*

한림에서 서쪽 해안도로를 따라 2시간쯤 달렸다. 미란은 창밖을 내다보며 손에 쥐고 있는 플라스틱 봉으로 쉴새없이 시디 플레이어를 넣어놓은 앞박스를 두들기고 있다. 이따금 그 두들기는 소리가 신경을 예민하게 했다. 북제주엔 바람이 더 많다더니 정말 그런 모양이다. 어느 해안은 회오리바람이 일어 모래가 바다를 향해 뿌옇게 날아갔다. 나는 미란에게 박스 안에서 윤이 준 시디를 꺼내 틀어보라고 했다. 미란이 플레이어에 시디를 넣기 전에 시디 앞뒷면을 살펴보았다.

"어떤 곡 틀어줘?"

"5번."

"5번? To treno fevgi stis okto?"

"그래."

여름의 끝. 바다와 인접해 뚫린 해안도로로 진입하면 코발트빛으로 짙어진 바닷물이 얼굴을 적실 듯이 성큼 다가왔다가 물러났다. 어느 해안은 검은 바위들만 황폐하게 서 있는데 어느 해안에서는 사람들이 한가롭게 조개를 잡기도 하고 아이들이 백사장에서 모래성을 쌓고 있기도 했다. 바다로 창이 난 해안의 횟집들. 어느 해안의 방파제엔 모자를 눌러쓴 낚시꾼들이 바다에 낚싯대를 던져놓고 앉아 있거나 서 있었다. 점심 식사로 미란은 전복죽을 나는 옥돔구이를 시켜놓고 앉아 있었던 해안에서는 멀리 차귀도가 바라다보였다. 섬을 떠받치고 있는 절벽이 멀리서도 수려했다. 해안도로 건너는 그리 넓지 않은 백사장과 바다로 이어졌다. 식당의 창가 자리에 앉아 아무렇게나 던져져 있는 신문을 들여다보며 식사가 나오길 기다리고 있는데 미란이가 이모, 하고 불렀다. 고개를 들자 미란이 손으로 도로 건너 바다를 가리켰다. 어, 할 틈도 없었다. 급히 하늘이 어두워지더니, 바다에 비가 내리기 시작했다. 바다와 빗방울의 경계선이 허물어지고 내 눈앞에서 백사장과 바다 또한 순식간에 사라져버렸다. 나는 눈을 깜박이며 검은 비를 내다봤다. 한참이 지나도 사라진 백사장과 바다는 나타나지 않았다. 식탁을 사이에 두고 마주앉은 미란과 내가 우두커니 앉아 비 내리는 해안 쪽을 바라다보고 있는 사이에 전복죽과 옥돔구이는 다 식어갔다.

"어디까지 가야 해? 이모?"

"안덕."

"아직 멀었어?"

"조금만 더 가면 돼."

정말 그런가. 조금만 더 가면 되는가.

비가 몰아쳐서 사라져버린 바다를 내다보고 있자니 어떤 생각이 상기되려 한다. 세상의 어딘가에는 바다를 건너는 다리가 놓여 있다고 한다. 바람이 많이 부는 날이나 비가 많이 내리는 날은 자동차 통행이 금지되는 다리가. 누구? 그 다리에 대한 이야기를 해준 사람은 누구? 바람이 많이 불어, 혹은 비가 많이 내려 통행이 금지되는 바다 위에 놓여 있는 다리. 아무도 지나지 않는데 홀로 비바람 속에 놓여 있을 바다 위의 다리. 왜 그 다리 생각이 나는지. 당신은 바람이 많이 불어 통행이 금지된 바다 위의 다리 건너에 있다. 언젠가 나는 당신이 거기 있다면 어찌하여도 그 다리를 건너야겠다고 생각한 적이 있는 것만 같다.

*

산방산 앞 바다가 내려다보이는 주차장에 차를 세우고 여전히 플라스틱 봉을 든 채로 미란이 화장실에 다녀오는 동안 나는 그의 핸드폰에 전화를 걸었다. 뭘 잘못 눌렀는가. 숫자를 다 돌리기 전에 잘못 건 전화라는 안내말이 들려왔다. 다시 걸었을 때는 신호가 오래가도록 전화를 받지 않았다. 저기가 용머리인가. 용의 머리 같은 언덕이 바다를 향해 엎드려 있다. 머리를 들고 바다로 들어가는 듯한 용의 머리 형상의 언덕이. 처음부터 다시 한번 전화번호의 숫자를 꼭꼭 눌러보았다. 좀 전보다 벨소리가 좀더 빠르게 울리는 것

같이 여겨질 뿐 여전히 전화를 받지 않는다. 나는 수화기를 귓가에 대고 깊은 숨을 쉬며 눈앞에 펼쳐져 있는 용머리 해안 저편에 일렁이는 바다를 쳐다봤다. 수없이 반복되기만 하는 벨소리를 듣는 동안에야 퍼뜩 김용선이라는 사람을 만날 수나 있으려는지 하는 생각이 든다. 만난들 유은기라는 존재의 행방을 알 수 있을는지. 뉴질랜드의 김연상씨로부터 주소를 받아놓고 나는 정말 그곳에 김용선이라는 존재가 살고 있는지 어쩐지 확인을 하지 않았다. 서울에서 내려오기 전에 엽서를 한 장 미리 띄울 수도 있었는데. 미란이 화장실에서 나와 내게로 걸어오는 것을 보면서 다시 한번 그에게 전화를 걸었으나 마찬가지다. 벨소리뿐이다.

*

처음 오는 곳이다.

산방산을 등에 업고 일주도로를 따라 동쪽으로 2킬로쯤 달렸을 때다. 도로 오른쪽으로 땅을 쩍 갈라놓은 듯한 계곡이 나타났다. 안덕. 팻말을 따라오는 일 외에는 나에겐 달리 방법이 없었는데 그닥 틀리지 않고 안덕에 온 모양이다. 안덕. 계곡은 일주도로변에 있었다. 맑은 물이 절벽을 타고 흘러내리고 계곡 양쪽 암벽에 난대수종들이 빽빽했다. 계곡 아래로 칡덩굴 또한 울창했다. 남오미자며, 백향금들도. 조금 더 지나쳐보니 어느 새 숲속이다. 구슬잣밤나무, 조록나무, 후박나무, 가시나무.

공항에서부터 미란과 내가 건너온 도시에서는 볼 수 없었던 나무들이 가로수로 심어져 있었다. 그 때문에 다른 나라에 도착한 느

220

낌이었다. 일주도로에서 민가로 빠지는 좁은 길로 들어섰다. 외갓집처럼 나타나는 민가의 울타리엔 아직 파란 귤이 정답게들 달려 있다. 이따금 산 위로 새로 지은 집이 눈에 띄기도 한다. 일주도로에서 빠져나오니 길이 고르지 못해 자동차가 흔들렸다. 나는 차창을 열고 얼굴을 바깥으로 내밀어봤다. 사람의 냄새는 나지 않고 나무와 기암괴석의 냄새가 흘러다닌다. 해물뚝배기, 갈칫국, 옥돔구이, 전복죽.

나는 출입구에 공중전화가 놓여 있는 안덕식당 앞에서 차를 세웠다. 미란에게 조금만 기다리라 하고 공중전화 박스 안으로 들어갔다. 여전히 그는 전화를 받지 않는다. 나는 다시 한번 전화번호를 눌러보았다. 마찬가지다. 지금 그에게 전화를 걸어서 어쩌자는 것일까. 어쩌자는 것은 아닌데도 그의 목소리를 듣고 싶다. 그러고 나면 먹먹해진 자율신경이 되살아날 것 같다. 차 안에서 미란이 말끄러미 나를 건너다보고 있다. 수화기를 내려놓고 나는 안덕식당 안으로 들어갔다. 식사 때가 아니라서인지 식당 안은 텅 비어 있다. 해물뚝배기 같은 것은 한번도 끓여본 적이 없는 식당같이 고요하고 적막하기까지 하다.

"안 계세요?"

내 목소리만 공허하게 식당 안에서 떠돈다. 주방 쪽에서 슬리퍼를 끌고 나온 아주머니가 나를 쳐다본다. 내가 밥을 먹으러 온 사람같이는 안 보이는 모양이다.

"여기가 대정읍 안덕면 감산리인가요?"

아주머니가 시무룩하게 고갤 끄덕였다.

북성사 가는 길을 물으니 그때서야 아주머니는 주방 안에서 걸어나오며 북성사는 왜 가려는가 물었다. 사람을 찾아간다 하니 찾는 사람의 이름을 또 묻는다. 내가 김용선이라는 이름을 발음했을 때 아주머니는 고개를 갸웃했다. 북성사에 그런 사람이 있나? 하는 표정이다. 아주머니는 여자인가, 남자인가를 또 묻는다. 나는 대답을 못 했다. 김용선은 여자인지, 남자인지? 대답을 못 하고 머뭇거리니 아주머니가 이상한 사람도 다 있네, 싶은지 나를 이윽이 한번 바라보았다. 그러다간 북성사는 내가 자주 가는 절이라 혹 내가 아는 사람을 찾아가나? 하고 물었소, 하면서 화순 쪽으로 길을 잡고 가면 남당동도 지나고 묵은터동도 지나는데 안덕초등학교 가기 전에 북성사가 있다고 했다. 찾기 쉽다고 한다, 길가에 있다고. 처음과는 달리 아주머니는 식당 바깥까지 따라나와서 식당 앞에 서 있는 자동차를 보고는 저쪽에서 왔느냐며 방금 내가 올라온 길을 가리켰다. 그렇다 하니 차를 돌려 왔던 길로 내려가면 백 미터도 안 되는 곳에 남당동으로 접어드는 길 안내판이 있으니 그리 가라 한다. 나는 아주머니에게 목례를 하고 다시 차에 탔다. 미란이 플라스틱 봉으로 창턱을 두드리고 있다가 등을 세웠다.

차를 돌려 왔던 길로 다시 갔다. 아주머니 말대로 곧 남당동 가는 길의 이정표가 보인다. 동백나무를 지나고 후박나무를 지났다. 햇볕만이 일렁이는 길가엔 인적이 없다. 드문드문 밀감나무가 감나무처럼 인가의 낮은 담장 안에 서 있곤 했다. 북성사는 안덕초등학교보다는 안덕중학교와 더 가까운 거리에 있었다. 우리나라 어디에서나 볼 수 있는 조그만 절은 그냥 버려지듯 있었다. 일주문도 없이. 미란에게 내려서 북성사에 들어가보자고 하니 미란은 고개를 가로 젓는다. 꼼짝도 하기 싫은 모양이다. 절 안은 조용하다. 단

222

청은 빛이 바래 눈에 띄지도 않는다. 백일홍나무가 울적하게 서 있고 담벼락 쪽으로 사루비아가 붉게 피어 있을 뿐 어떤 기척도 느껴지지 않는다. 대웅전에 내려져 있는 대발만이 방문자를 이윽이 쳐다보고 있을 뿐이다. 나는 발소리를 조용히해 걸어 대웅전 안을 들여다보았다. 붉은 꽃이 바쳐진 부처님전에 향이 타고 있고 바닥에 붉은 방석이 단정히 놓여 있다. 나는 대웅전에서 내려와 절 마당을 십여 분 서성였다. 여전히 기적이 없었다. 쏟아져내리는 햇볕 속에 얼마를 더 서 있다가 나는 북성사를 나왔다. 지루했는지 미란이 차 안에서 나와 플라스틱 봉으로 허공을 두드리며 서 있다. 나는 미란을 두고 북성사 아래로 걸어나와 수건이며 밀짚모자 염주며 열쇠고리를 파는 가게로 들어갔다. 미란이 머리에 쓰면 알맞을 것 같은 밀짚모자를 하나 사며 가게 남자에게 북성사를 가리키며 저 절에 김용선이라는 사람이 있느냐고 물었다.

"용선인 여기에 없는데…… 집으로 갔는데"

집?

"용선이 북성사에 살았던 게 아니고 여기에 살았지요. 왜 용선이가 고모 집을 놔두고 지 집도 놔두고 절에 살겠음?"

가게 남자는 말하다 말고 서울에서 왔느냐고 물었다. 나는 고갤 끄덕였다. 무슨 뜻으로인지 가게 남자는 이제 걱정 말라고 한다. 용선이 집으로 돌아간 지 오래 된다고. 용선일 만나보려거든 집으로 가보라고 한다. 용선의 사촌인가? 용선의 고모부로 보기에는 너무 젊은 남자는 내가 용선의 집이 어딘가 묻자, 화순 쪽으로 가다가 보면 상동이 나오는데 거기에서 바로 사계리로 빠지는 길이 있다고 하다가 아니라고 찾기 쉽게 산방굴사 앞에서 용머리 해안으로 들어가면 되니까 큰길을 타고 계속 가라며 열심히 설명한다. 용선이 이 남자에게 이쁜 사람이었는가 보다. 용선의 집을 일러주는 데 조금의 짜증도 묻어 있지 않다. 햇볕이 이렇게 눈을 찌르는데도. 고맙다며 돌아서는 나에게 남자가 용선이 만나거든 놀러 좀 한번 오라고 전해달라 한다. 얼굴 잊어버리겠다고. 나는 그러마고 대답했다. 밀짚모자를 들고 차를 세워둔 쪽으로 걸어오는데 남자가 또 헐레벌떡 뛰어와서는 비닐 봉투 하나를 내밀었다. 캡모자라고 한다. 용선에게 정수에게 씌우라 전해달라 한다. 정수? 나는 또 그러겠다고 했다. 남자는 사람 좋은 웃음을 웃고는 돌아서 갔다. 슬리퍼 위의 반바지 아래로 드러난 종아리가 탄탄하다. 캡모자만은 아닌 것 같다. 뭐가 비닐 봉투 안에 가득이다.

안덕을 벗어나 화순 쪽으로 얼마를 달려 처음에 지나쳐왔던 산방굴사 앞으로 다시 왔다. 고스란히 갔던 길을 되돌아온 셈이었다. 뒤로는 산방산이 앞으로는 용머리 해안이 내려다보이는 곳의 주차장에서 나는 주차 요원에게 사계리 가는 길을 물었다. 내가 차를 주차시킬 줄 알고 내게 다가왔던 주차 요원의 손엔 주차 요금 용지가 들려 있었다.

"저기가 사계리요."

저기.

나는 남자가 가리킨 곳을 바라보았다. 바닷가에 주황색 파란색 슬레이트 지붕들이 띄엄띄엄 서 있는 논도 보이지 않고 밭도 보이지 않는 어촌이었다. 쌀이나 목재 같은 것은 전혀 있을 것 같지 않은 정경이었다.

마을까지 들어서는 데는 오 분도 걸리지 않았다.

*

"김용선씨 댁이 어디인지요?"

휴가를 나온 군인인가. 나는 마을에 들어서자마자 자동차에서 내려 파도 소리가 들리는 길목에서 만난 민둥머리의 청년에게 물었다.

민둥머리의 청년의 얼굴에 잘 모르겠는데 하는 표정이 어려서 나는 얼른 다시 말했다.

"서울에서 이사를 왔을 겁니다."

"정수네 집 말인가요?"

정수?

"그 집엔 지금 아무도 없을 텐데요."

"어딜 갔나요?"

"가게에 나가 있을 텐데요."

가게?

"그 가게가 어디에 있습니까?"

"저쪽입니다."

저쪽?

민둥머리 청년이 가리키는 저쪽은 내가 주차 요원에게 사계리가 어디냐고 물었던 쪽이다.

"정수아빠를 만나려거든 집보다는 가게로 가보세요. 산방굴사로 올라가는 길목에 있는 기념품 가게예요. 차도 같이 팔아요."

"가게 이름은?"

"정수네 집이에요. 찾기는 어렵지 않습니다. 산방굴사를 올라가

려면 정수네 집을 통해야 올라갈 수 있으니까 길을 따라가면 나와
요."

"집은 어디쯤?"

"집엔 아무도 없을 텐데…… 저기, 돌 울타리가 낮은 저 집입니
다. 파란색 대문 보이죠…… 그 집요."

*

집은 세상의 끝에 내놓인 것처럼 바다를 향해 다소곳이 대문을
내놓고 있다. 집 앞에 느티나무 한 그루가 서 있다. 바닷바람을 너
무 맞아 지붕 쪽으로 둥치가 휘었다. 화단인가. 돌 울타리 밑 여기
저기 채송화가 무리지어 있다. 저만큼엔 분꽃, 또 저만큼엔 봉숭
아, 그 옆에 해바라기. 밀창이 꼭꼭 닫힌 걸로 봐서 빈집인 게 확실
하다. 토방에 삐뚜름히 놓여 있는 여름용 슬리퍼짝들. 벽 못에 걸
린 밀짚모자. 어미는 어디 갔나. 이제 가을빛이 서리기 시작한 햇
볕 아래 흰 강아지 네 마리가 서로 몸을 포개고 누워 있다. 뒤집어
져 있는 놈, 밥통에 발 한쪽을 빠뜨리고 있는 놈. 그 중의 한 마리
가 인기척을 느끼고 몸을 뒤집자, 다들 이래저래 포개져 있던 모양
새가 흐트러지며 느릿느릿 몸을 일으켰다. 처진 귀 모양새들 때문
에 순한 눈동자들이 더 순해 보인다. 발목이나 등허리에 알맞게 살
이 올라 있어 귀엽기 이를 데 없다. 짖을 생각은 없나보았다. 낑낑,
거리며 꼬리들을 내리고 한 발짝씩 물러설 뿐이다. 돌 울타리라고
했으나 쌓여져 있는 돌들은 담장 역할도 못할 만큼 낮다. 마당이
다 들여다보인다. 빨랫줄에 널려 있는 남자 셔츠와 여자의 것으로

보이는 치마 그리고 수건, 사이즈가 작은 어린이용 속옷들을 울타리 바깥에서 넘겨다보고 있자니 어떤 그리움이 되살아나려 한다. 돌 울타리 위에서 햇빛을 받으며 가만히 놓여 있는 흰색 운동화 한 켤레. 나는 손에 들고 있던 캡모자가 든 비닐 봉지를 운동화 곁에 내려놓았다.

*

내려왔던 길을 다시 올라갔다. 뒤로 파도 소리가 누가 부르는 소리처럼 따라붙어 몇 번이나 뒤돌아보았다.

*

계단을 오르다 뒤돌아보니 내가 방금 올라왔던 길이 다 내려다보인다. 주차장에서부터 가파른 돌계단이 오래 이어지고 있다. 바람이 부는가. 마을에서 여기로 이어지는 소로의 완만한 언덕 위의 풀들이 낮게 엎드렸다가 일어서곤 한다. 미란은 밀짚모자를 쓰고 플라스틱 봉을 든 채로 주차장에 서 있다. 자동차 안에서 나와 마을과 바다 쪽을 바라보며. 산방굴사 쪽으로 함께 올라가자고 했으나 무슨 생각이 들었는지 미란은 용머리 쪽의 바다에 내려갔다 오겠다고 했다. 나는 미란에게 자동차 키를 건네주었다. 먼저 오면 차 안에 들어가 있으라 했는데 아직 미란은 용머리 해안 쪽으로 내려가지 않고 그저 차 안에서 나와 바다를 쳐다보고만 있다. 완행버스 한 대가 지나가며 미란의 모습을 가려버린다.

정수네 집.

좁고 가파른 계단이 잠깐 끊기고 저만큼에서 다시 이어지는 사이에 나무 팻말이 보였다. 나는 그 팻말 앞에서 걸음을 멈추었다. 안으로 통하는 문이 따로 달려 있지 않았다. 바다 쪽으로는 간이 의자들을 내놓고 있는 것으로 보아, 의자 옆 탁자 위에 설탕이나 프림통이 있는 것으로 보아, 오가는 사람들이 거기에 앉아 차를 사 마시는 모양이다. 안쪽의 벽면엔 가득 기념품들이 걸려 있다. 크고 작은 수많은 돌하루방들과, 감상적인 시구를 새긴 거무스름한 나무 판화들, 유리 상자에 들어 있는 초례청의 신랑 각시들. 외국인 남녀 한 쌍이 그 신랑 각시 앞에 서서 유리 상자 안을 들여다보며 얘기를 나누고 있을 뿐 다른 사람은 보이지 않는다.

나는 안으로 한 발짝 발을 디뎌놓았다. 바닥이 매끈한 흙이다.

바깥에서는 보이지 않더니 입구 안쪽에 소박한 다탁이 놓여 있고 그곳에서 한 남자가 얘기를 나누고 있는 외국인 남녀를 쳐다보고 있다. 남자는 안으로 들어서는 나를 쳐다보다 다시 외국인들 쪽으로 고갤 돌렸다. 흰색 반팔 셔츠에 쥐색 면바지를 입고 있는 남자의 얇은 눈꺼풀엔 피로가 쌓여 있었다. 귀를 다 드러낸 짧은 스타일의 머리 아래로 목덜미가 단단해 보였다. 이내 남자는 다시 천천히 내 쪽으로 고갤 돌렸다. 여름볕에 그을은 거무스름한 얼굴빛. 남자의 동공이 내 눈에서 딱 멎었다.

"아……"

시선이 얼어붙는 듯했다.

그뿐이었다. 남자의 눈은 곧 텅 비었다. 웃지 않았다. 훌쩍 큰 키때문에 곁에 놓여 있는 의자가 낮아 보였다. 남자가 엉거주춤 의자를 밀치고 내게로 다가왔다. 광대뼈로 인해 고집스러워도 보였지만 턱선이 갸름해 금세 수척한 인상이었다.

내게는 기억에 없는 남자였다. 남자가 다시 내게 무슨 반응을 보여주길 바라며 나는 그렇게 서 있었다.

"이쪽으로 와 앉······."

남자가 바닷가 쪽으로 놓여 있는 간이 의자 쪽을 가리켰다. 관광객에게 사진을 찍어주는가. 탁자 위에 카메라가 놓여 있다. 짧은 시간이 흐르는 동안 남자는 무언가를 체념한 것 같았다. 얼어붙었던 얼굴 표정이 풀리고 말 끝을 흐려 목소리가 나약하게까지 들렸다. 나는 자동 인형처럼 남자가 앉으라는 의자에 앉았다. 유리 상자 속의 신랑 신부를 구경하고 있던 외국인 남녀는 서로 허리를 부여잡고 산방굴사 쪽으로 올라갔으므로 가게 안은 조용해졌다. 어디선가 나뭇잎들 바스락거리는 소리만이 간간이 들려왔다. 바다로 내려갔는가. 내려다보이는 주차장에 미란은 보이지 않는다. 커다란 화물 트럭과 빨간색 티코 한 대와 함께 내가 렌트한 자동차가 저녁빛이 어리는 햇빛 아래 놓여 있을 뿐.

"뭐라도 한잔······."

나는 괜찮다고 했다. 그런데도 남자는 컵을 꺼내고 생수병의 물을 따라서 내 앞 탁자에 내려놓고 건너편에 앉았다.

검은 피부, 콧등에 내려앉은 까만 점, 과묵해 보이는 입술, 약간 좁아 보이는 이마에 머리카락이 흐트러진 채 내려와 있었다. 남자는 서둘러 셔츠의 윗주머니에서 담배를 꺼냈다. 그리고 담배 겉 비닐 속에 끼여 있는 플라스틱 라이터를 꺼내 불을 붙였다. 그와 나 사이에 불 냄새가 확 피어났다가 가라앉았다. 일을 많이 한 손이

다. 투박하고 굵은 손마디.

"몰라볼 뻔했어…… 많이 달라 보여."

딱히 피울 생각은 없었는지 남자는 고개를 숙이고 불이 붙은 담배를 재떨이에 눌러 껐다. 내 가슴속에는 아무것도 떠오르는 것이 없었다. 너무도 떠오르는 것이 없다 보니 누가 뭐래도 상관없다, 싶은 태연자약한 느낌까지 들었다.

십 분쯤 그러고 앉아 있었을까.

"굴사 구경할래?"

어깨가 들썩여질 정도로 깊은 숨을 연달아 쉬던 남자가 말했다.

"올라가면 저 아래가 다 내려다보이지."

남자가 앞장섰다. 가게를 비워두면 안 될 텐데, 하는 생각은 남자보다는 내가 하는 것 같았다.

"곧 그 사람이 올 거야. 아이를 데리러 갔어."

그 사람? 아이?

나는 남자의 뒤를 따라 가파른 콘크리트 계단을 올라갔다. 고갤 숙이면 눈 속으로 남자의 접힌 쥐색 면바지 끝이 남자가 움직이는 대로 팔랑거렸다. 남자는 뒤가 터진 밤색 여름용 슬리퍼를 신고 있었다. 남자의 발뒤꿈치에 딱딱한 각질이 내려앉아 있다. 손으로 만지면 손바닥이 긁힐 정도로 딱딱해 보였다. 남자의 발뒤꿈치가 눈에 밟힐 때면 야릇한 슬픔이 밀려와서 나는 될 수 있으면 고갤 숙이지 않고 걸었다. 남자는 아랑곳없이 묵묵히 앞을 향해 갔다. 굴사로 오르는 계단은 한편엔 산을 한편엔 바다를 거느리고 있었다. 아름다운 길이다. 계단만 아니라면 보기 드문 아름다운 오솔길이다. 여기저기에 이름 모를 꽃들이 피어 있다. 기억할 수 없는 사람이 지닌 체취를 떠올리려 할 때처럼 꽃들이 눈에 밟히며 마음이 애잔해졌다. 고개를 조금만 돌리면 방금 전에 내가 들렀던 어촌이 소나무 사이로 아스라이 펼쳐졌다. 꿈결인 양 푸른 바다도. 산 쪽에서 부는 바람이 쏴아, 소리를 내며 바다 쪽으로 몰려가도 남자는 묵묵히 앞을 향해 걷기만 한다. 계단 위까지 뻗어와서 나지막이 엎드린 키 작은 넝쿨 식물들을 각질이 쌓인 발뒤꿈치가 내보이는 밤색 슬리퍼로 밟으면서 남자는 묵묵히 걷기만 한다.

계단이 끝나고 완만한 평지에 다다랐다. 남자는 터벅터벅 걸어서 굴 안으로 십여 미터는 들어갔다. 나도 묵묵히 그 뒤를 따랐다. 돌부처 한 분이 서 있고 그 앞에는 천장에서 한 방울씩 떨어진 물이 고여 있다.

"감로수야. 다른 때는 이 한 모금을 마시려고 사람들이 줄을 서지."

남자가 조그만 바가지에 물을 떠담아 내게 내밀었다. 내가 바가지를 받아들자 남자는 몸을 돌려세웠다. 물을 마시고 나니 남자는 저만큼 바위틱에 가 앉아 있다. 내가 다가가서 그 옆에 앉았다.

"저기가 송악산이지."

"……"

"지금은 안 보이지만 맑은 날에 여기 앉아 있으면 가파도도 마라도도 아련히 보이지…… 저기는 모슬포항이고."

남자는 손을 뻗어 잡히는 대로 나무 잎사귀를 후드득 훑어서 땅에 버렸다.

우리는 잠시 그러고 앉아 있었다. 얼마나 지났을까. 남자가 다시 말문을 열었다.

"그 사람이 많이 보고 싶어했지…… 이젠 괜찮아? 그때는 나도 그 사람도 못 알아보았는데…… 그 사람이 많이 마음 아파했어…… 얼마나 마음의 충격이 컸으면 그리 되었느냐고……"

"미안합니다."

불쑥 튀어나온 말이었다.

나도 예기치 못한 말이었다.

남자가 나를 건너다보았다.

남자는 다시 셔츠에서 담배를 꺼내 불을 붙이고는 한 모금을 빨았다.

"미안해할 거 없어. 이젠 다 지난 일인데. 그때는 시절이 그랬지. 그때는 괴로웠지만 차차 너도 그럴 수밖에 없었겠다는 생각이 들었어. 네가 용선이 이름을 불지 않았어도 우리는 끌려갔을 거야. 우리 외에도 6명이나 끌려갔는걸."

"그때 무슨 일이?"

"우리들은 각각 분리되었지. 곧 등급이 먹여졌어. 다행히 용선인 D급을 받았다. 나이도 어렸고, 뭘 알았겠니. 나를 따랐던 것밖에는. D급만이 훈방이었어. 나머지는 6개월이나 4주로 순화 교육에 들어가야 했지."

"당신은?"

"나…… 나는 B급."

"미안합니다."

내 입에서 또다시 미안하다는 말이 새어나왔다. 남자는 또 한번 뭔가를 체념하는 듯 어깨를 아래로 내려뜨렸다.

"내가 돌아왔을 때 사람들은 뿔뿔이 흩어졌더군. 용선이도 해고

통지서 한 장 못 받고 그곳에서 쫓겨났다고 하더군. 이미 블랙리스트가 다른 회사에 다 건너가 있어서 다시 일자릴 얻기란 하늘에서 별 따기였다고 했어. 일자릴 얻을 수 있다고 해도 싫었다고 했어. 우리가 없는 그곳에 더 머무르고 싶은 생각은 조금도 없었다고. 소식이 없는 내 방이며 소지품들을 정리하려고 널 찾아갔는데 너는 병원에 누워 있고 용선일 못 알아보더라고 하더군. 전혀 기억을 못 하더라고. 용선이가 그 방을 정리했어. 누군가는 어디서 무슨 얘길 들었는지 니가 일부러 기억을 못 하는 척한다고도 했다. 너는 처음부터 자기네들하고는 다른 사람이었다고. 그래 너는 다른 사람하고 다르긴 했지. 때때로 눈에 보이지 않는 일들을, 며칠 후에 일어날 일들을 알아맞히곤 했으니까. 당신이 행복한 눈빛으로 눈이 와요, 해서 창문을 열어보면 정말 눈이 소복소복 내리고 있었지. 당신이 고통스러워하며 버스 사고가 날 거예요, 하면 정말 사고가 났어. 어느 날은 눈물이 글썽해져서는 우리는 헤어지게 될 거라고 슬퍼했지. 내가 다른 사람을 사랑하게 될 거라고."

남자는 갑자기 격정적이 되어 내 어깨를 잡고 내 눈을 들여다보았다. 울었는가. 남자의 눈이 충혈되어 있었다.

"미안합니다."

남자를 만나고 내가 세번째 내뱉는 말이었다. 진심으로 남자에게 미안했다. 남자는 나를 만나서 저토록 감정이 격해지는데 나는 남자의 얼굴조차 흐릿한 것이었다. 텅 비어 있는 내 눈을 보고 남자는 빠끔히 열린 문을 밀어서 닫듯이 내 어깨를 놓았다.

"그래 이런 눈이었어. 텅 빈 눈. 처음 일 년은 가끔 너를 찾아갔었지. 행여 나를 알아볼까 하여…… 너는 그냥 나를 스쳐갔어. 한

번은 네가 차를 마시는 맞은편에 앉아 있어봤어. 그 사이 시선이 열 번은 더 마주쳤을 것인데도 나를 보는 네 눈은 텅 비어 있었어. 삼 년이 지났을 무렵에 체념을 했어. 어쩌면 아무것도 기억하지 못하는 편이 나을지도 모르겠단 생각도 들었어. 나중에야 당신 언니에게 들었지. 당신은 그때…… 임신중이었다고 했어. 미안해. 나는 그런 줄도 모르고 있었지. 너도 겨우 스물하나인가, 둘인가였는데…… 그래, 어느 날 문득 당신이 그때 스물하나였구나, 생각하니 당신이 가엾어졌어. 그러니 나한테 미안해할 것 없어. 아까는 정말 설마, 했어. 정말 당신일까…… 이젠 나를 알아보겠니? 이젠 괜찮아진 거야? 어느 날 라디오에서 네 목소릴 들었어. 나를 몰라보는 네 얼굴을 보는 일은 괴로움이었지만 네 목소리를 듣는 일은 즐거움이었지. 목소리는 나를 알고 있는 것 같았으니까. 요즘은 통 어느 채널에서도 너의 목소리를 들을 수가 없어서 네게 무슨 일이 생겼나 염려했었는데 그런데 이렇게 찾아와주다니…… 고마워해야 할지…… 어째야 할지…… 까닭 없이 화가 나기도 하고 슬픈 생각도 들고…… 아무래도 좋아. 잘 왔어."

"……"

"이곳에 내려온 뒤 딱 한 번 서울에 갔었어. 우리가 함께 살던 방이며, 야학 천막이 섰던 자리에도 가봤지. 우리가 금요일마다 만났던 그 다방에도 가봤어. 다 없어졌더군. 그 방이 있던 일층짜리 집엔 다세대 주택이 섰고 주변도 상가로 변해서 어디가 어딘지 모르겠더라. 내가 남의 이름으로 다녔던 그 회사도 다른 회사 이름이 붙어 있었지. 어디 한군데 알아볼 수 없이 변해 있었어. 그런데도 그곳에서 몇 시간을 헤매었지. 돌아와야 했을 때는 발걸음이 떼어지지 않았어."

"……."

"지난 일들이 다 꿈만 같아."

한마디 한마디 말을 끊었다가 다시 하고 말을 끊었다가 다시 하는 동안 남자는 쉼없이 손을 뻗어 닿는 대로 나뭇잎을 훑어서 바닥에 버리고 버리고 또 버렸다.

*

"함께 살고 있는 사람이 용선인가요?"

남자는 고갤 끄덕였다.

"아이는?"

"하나."

"사내아이? 계집아이?"

"사내아이." 、

"그앨 한 번만 볼 수 있을까요?"

"보고 싶어?"

나는 서글프게 고갤 끄덕였다.

*

남자와 나는 올라왔던 계단을 다시 내려왔다. 가게로 다 내려가기도 전에 저만큼서 아이의 손을 잡은 여자가 고개를 내밀었다. 남색 바탕에 흰 물방울 무늬가 새겨진 치마 위에 브이자로 파인 면

티셔츠를 입고 있는 자그마한 키의 여자였다. 긴 머리를 틀어올려 핀으로 고정시키고 있었다. 틀어올려진 머리 아래로 시원스럽게 드러난 목덜미가 정직해 보였다. 그와 내가 가게에 들어서자 여자는 그의 뒤에 서 있는 나를 스치듯이 한번 살펴보았다. 여자는 나를 알아보지 못하고 이내 아이에게로 시선을 돌렸다. 눈에 띄게 이마가 반듯한 여자였다.

"가겔 비워두고 어디 갔다 와요."

"아바…빠……"

"정수가 얼마나 찾았는데……"

여자가 나를 못 알아보면 나는 그저 굴사를 올라갔다 내려오는 관광객처럼 아이의 얼굴을 한번 들여다보고 이놈, 귀엽게 생겼네, 그렇게 한번만 만져보고 지나가려 했다. 초롱초롱할 눈을 한번만 들여다보고, 장미꽃잎 같을 입술을 한번만 쳐다보고, 봄날의 새로 돋은 연한 고사리 같을 손을 한번만 잡아보고, 귀여운 엉덩이를 한번만 토닥여주고, 타인처럼 지나오려 했다. 6살이나 되었을까. 완연한 저녁빛이 서린 가게에서 그의 다리를 붙잡고 엉겨드는 아이의 입술이 비틀려 있었다. 아빠, 아바, 나, 카미라 만지도 되어요? 아이의 마음은 온통 탁자 위에 놓여 있는 그의 카메라에 가 있는 모양이었다. 어떻게 서 있는지 모르게 반바지 아래로 보이는 아이의 다리는 아슬아슬하게 가늘었다. 그의 쥐색 바지를 힘겹게 붙잡고 있는 나무 뿌리처럼 엉킨 아이의 손가락을 보는 순간 가슴이 뜯기듯이 아파왔다. 나는 인생이 시작되는 순간부터 슬퍼서 울고 있는 얼굴들을 본 기억이 난다. 누군지 알아볼 수는 없으나 그들을 보고 있으면 내 마음도 너무 슬퍼져서 가슴이 뜯기듯이 아파왔다.

그 슬픔 사이로 어머니나 언니, 아버지의 체취가 느껴지지 않았다면 나는 울고 있는 얼굴들에 짓눌려 압사당했을 것이다. 아이를 보고 있는 내 마음이 그때와 같았다. 기억을 잃어버린 때부터 함께 사라진 감정이 그 사람의 아이를 보는 순간 다시 찾아왔다. 어린애가 5시간씩 혼자 장독대에 앉아 있다고 어머니는 근심하며 나를 데리고 병원을 찾아가기도 했다. 잠자다가 깨어나 가슴에 손가락을 대며 여기가 아프다고 울고 있는 나를 어머니는 어쨌든지 정상적인 아이로 자라게 하려고 늘 나를 껴안고 있거나 가슴을 쓸어주거나 손을 잡아주었다. 그것이 습관이 되어 우리 가족은 늘 그렇게 어딘가를 대고 있거나 잡고 있었다. 나도 모르게 아이를 내 가슴에 껴안았다. 아이에게서 복숭아 냄새가 났다. 내가 아이를 너무 깊이 껴안았는가. 아이가 그 가엾은 몸을 바스락거리며 내 품속에서 빠져나가려 했다. 행복하게, 좀 행복하게 살고 있을 일이지. 그때서야 여자가 나를 뚫어져라 쳐다보았다.

남자가 처음 나를 알아보았을 때처럼 여자의 동공이 텅 비어갔다.

"선생님?"

"……"

"선생님이세요? 선생님이세요?"

"그래…… 나야……"

*

나는 두 눈을 감았다. 닳아진 조각보처럼 그와 여자가 낳아 기르고 있는 아이를 보는 순간 어떤 기억들이 부분부분 솟아나기도 하고, 산만하게 흩어져 있던 목소리들이 기워지기 시작했다. 어떤 기억들은 바로 어제 일처럼 선명하게 떠올랐다. 너는 쇄골까지 파인 면 질감의 회색 원피스를 입고 있었다. 가슴께에 조그만 붉은 꽃이 한 송이 수놓인 것. 작업복을 벗고 그 원피스로 갈아입을 때가 참 좋다……며 노트와 책을 옆구리에 끼고 야학 천막엘 오곤 했다. 살벌한 때였어. 여기저기서 사람들이 한밤중에 영장도 없이 끌려가 서너 차례씩 자술서를 쓰곤 했지. 너는 길을 걸을 때 자연 한 손으론 어깨에 멘 가방 끈을 잡고 책이나 노트를 가슴께에 대고 걷게 될 때 이러고 걸으면 여대생인 것 같아요, 하며 웃었다. 더 이상은 낡을 수도 없게 낡은 그 원피스. 소매 끝이나 무릎 밑선의 솔기에 새겨진 오래된 바느질 자국. 닳은 실밥들. 어느 날 내가 출석부에 너의 나이와 직장 등을 기록해놓은 것을 보고 마구 반발했었다. 그렇게 적어놓으면 사람들이 꼬쟁이라고 놀린다고. 요꼬 짜는 여자아이가 너였어. 너는 요꼬 짜는 일을 너무 보잘것없는 일이라면서도 열심히 짰어. 손가락이 무를 정도로. 네가 야학엘 와서 털썩 주저앉는 날이면 불량을 많이 낸 날이라는 걸 알 수 있을 정도였지. 불량이 안 나오는 날이면 기분이 좋아서 공부도 더 열심히 했지. 어느 날인가. 월급을 반밖에 받지 못했다고 했어. 납품한 요꼬 중에서 재불량이 나와 그런다고 했지. 하지만 불량은 나오지도 않았어요. 나오지도 않은 불량을 미리 월급에서 빼낸 거예요. 조금이라도 우리의 생활을 안다면 그렇게는 못 했을 거예요…… 비탄에 잠기곤 했던 네 목소리.

얼어붙은 골목에 서 있는 차가운 전신주들. 어지러운 발짝 소리가 끊이지 않던 골목. 창을 열면 가로등이 바로 내다보였던 그 좁은 방. 누추한 철제 책상 위에 언제나 놓여 있던 사진틀. 그 사진틀 속에 웃고 있는 세 사람. 조부 같은 부친을 가운데 두고 찍은 그 사진 속의 형제 중의 형은 뭔가 과묵한 인상이고 동생은 앳된 이마를 가지고 있었다. 그 동생이 당신이었지. 형제의 나이 차는 많아 보였다. 얼핏 부자지간으로 보이기도 했으니까. 당신은 하루에 한 번씩은 그 사진틀을 손바닥으로 쓸었다. 나는 아무것도 아닌 사람이었지. 오로지 당신을 사랑하는 여자였을 뿐. 광화문에서 비천상을 찍었던 아름다운 당신을 따라 그곳까지 걸어간 두려움 많은 여자였을 뿐. 오선주라는 이름은 당신이 지어주었지. 그 이름을 지니고도 내 두려움은 사라지지 않았어. 당신은 학생의 신분을 버리고 전기회사에 취직을 했지. 그들과 일치감을 느끼고 싶다고 했어. 나는 나의 두려움이 언젠가는 당신을 망치리라는 걸 알고 있었던 것도 같다. 그래서 언제나 무섭고 외로웠던 것 같아. 학교를 자퇴하고 가족들과도 소식을 두절한 건 그렇게 하지 않으면 당신을 배반하고 말 것 같아서였지. 당신이 거의 들어오지 않는 그 좁은 방에서 나는 언젠가 찾아올 당신과의 단란한 가정 생활을 꿈꾸었지. 힘에 겨워 어디로든지 사라져버릴까 하는 생각이 들 때마다 나는 나에게 묻곤 했지. 내가 떠나고 다른 여자가 당신의 아이를 낳아 기르는 것을 견딜 수 있겠는가 하고. 그런 생각을 하면 말할 수 없이 마음이 슬퍼져서 나는 당신을 두고 돌아갈 수가 없었다.

　바깥에는 싸락눈이 내리고 있었다. 기다리던 노을다방에서의 어느 금요일이었다. 당신은 나타나지 않고 나는 메모지에 기차는 7시에 떠나네를 적고 있었다. 아무 일도 없어서 다른 금요일처럼 당신과 함께 노래를 들을 수 있기를. 마음은 매우 불안했다. 문 여닫히는 소리에도 나는 깜짝 놀라며 흔들리고 있었다. 당신을 기다리긴 하지만 당신이 나타나지 않기를 간절히 바라고 있었던 것도 같다. 누군가 내 앞으로 와서 내 메모지를 낚아챘다. 순간 다방 안의 음악은 끊기고 사방이 적요해졌다. 누군가 나를 호위하듯이 다방에서 데리고 나갔다. 바람까지 세게 불어 싸락눈은 금방 얼었고 나는 겁에 질린 채 쭉 미끄러졌다. 누군가 나를 일으켜세워 검은 승용차에 태웠다. 곧 눈이 가려졌어. 그들이 나를 데리고 간 곳이 어디인 줄 나는 모른다. 내 머리에는 싸락눈이 여기저기 쌓여 있었다. 어지러운 발자국 소리들. 어딘가로 끌려들어가자마자 내 팔은 뒤로 깍지끼워졌다. 누군가가 너희 같은 것들 때문에 나라가 어지럽다고 큰 소리를 내질렀다. 순수하게 공부나 가르칠 일이지 순진한 아이들을 꼬드겨 헛꿈을 꾸게 한다고 했다. 눈이 가려져 보이지 않았지만 뒤이어 나 이외의 사람이 두엇 더 끌려왔던 것 같다. 얼어붙은 골목에 서 있는 차가운 전신주들, 좁은 골목들, 그리고 어지러운 발자국 소리들…… 여기가 어떤 곳이라고 느끼나? 굵은 목소리의 남자가 시멘트 바닥을 울렸다. 끌려온 누군가가 잘 모르겠다고, 대답했다. 여긴 아주 무서운 곳이다, 라고 굵은 목소리의 남자는 음성을 높이지도 않고 음산한 어조로 말했다. 내게 묻는 질문은 한 가지였다. 너, 유은기가 어디에 있는지 그것만 불면 여기에서 빠져나갈 수 있어, 라고 했다. 나는 당신, 유은기가 노동 계급의 조직화를 위해 침투시킨 세포라고 했다. 지하 야학을 하도록 지시했다고. 내가 뭐라고 한마디 대꾸라도 하면 사정없이 머리채가 쥐어뜯기거나 정강이에 그들의 구둣발이 와 박혔다. 이따금 눈가리개가 풀리면 붉은 타일이 눈동자를 찌를 듯이 다가섰다. 스물네 시간 내내 감시가 뒤따르던 그 붉은 방. 그들은 내 메모지에 적혀 있는 기차는 7시에 떠나네가 무슨 암호인지를 다그쳤다. 노래 제목이라고 하니 굵은 목소리의 남자는 공명음이 울리도록 웃어제쳤다. 끌려온 사람들 중에는 노을다방 DJ의 목소리도 섞여 있었어. 왜 8시를 7시라고 적었느냐고 했어. 암호가 틀림없다고 했다. 7시에 어디에서 모임을 갖기로 했는가를 물었다. 그랬다, 7시는 암호였다. 금요일날 오후 노을다방에서 기차는 7시에 떠나네가 울려퍼지면 우리 패거리들은 그 주 일요일 저녁 7시에 그 방에서 만나곤 했다. 모여서 우리들은 해고 노동자를 복직시켜라, 블랙리스트를 없애라, 는 구호문을 만들기도 하고, 가난한 이들에게 기쁜 소식 전하여라, 마음 상한 이들에게 치유를…… 야학에 걸어놓을 플래카드를 제작하기도 하고, 누군가는 순식간에 베에 먹물로 그림을 그리기도 했다. 몸을 숨길 곳이 필요한 당신에게 용선을 소개시킨 건 나였다. 당신이 용선의 방으로 숨는 대신 용선이 당신과 내가 살던 방으로 왔다. 금요일에만 겨우 당신을 만날 수 있었을 뿐. 상황은 호전되지 않았어. 야학을 할 장소를 빼앗길 만큼 사정은 점점 더 나빠졌다. 당신은 더 멀리로 숨어야 했다. 그 산골짜기 마을에도 숨어 있던 당신을 만나러 갔었다. 그 마을에 계속 있다가는 당신이 곧 누군가에게 끌려가겠기에…… 그런 예감이었기에…… 당신을 피신시키려고. 마을은 멀기만 한데 나는 산모롱이의 폭설에 갇혀 있었어. 산을 넘어가야만 그 마을에 닿을 수 있는데. 폭설에 버스조차 끊긴 길을 당신을 만나러 갔다. 오로지 가슴에 보고 싶다는 말 한마디를 품고. 멈추지 않고 계속 내리던 눈은 해가 기울기 시작할 무렵부터 더욱 많이 쏟아졌다. 눈은 순식간에 산처럼 길을 막아버렸고 나는 어느 쪽으로도 눈을 피할 도리가 없었다. 무릎을 넘어와 허리까지 쌓이는 눈을. 손도 발도 귀도 꽝꽝 얼었다. 눈 속에 한 발짝 내딛는 일이 숨이 막히는 듯했고 결코 이 곤경을 빠져나갈 수 없으리라 생각되었어. 먼 마을. 그곳에 당신이 있었다. 길을 가로막으며 마을로 다가가지 못하게 하는 눈에 절망하면서도 가야만 한다고 생각했던 그 마을에. 잠시 눈이 그친 사이로 희끄무레한 초생달의 윤곽이 하늘에 비치었던 것 같다. 달은 점점 분명하게 윤곽을 드러내며 맑아졌다. 몸에 눈이 덮인 채로 올려다보는 초생달이라니. 달을 보자 나는 용기가 났던 것 같다. 다시 찬 공기를 훅 들이마셨으니. 그리고 생각했지. 한 발짝만, 한 발짝만 더 내디디면 당신한테 갈 수 있다고.

유은기의 거처를 애인인 내가 모르면 누가 아느냐 했다. 당신이 있는 곳만 대면 나는 돌려보내준다고 슬몃 달랬다가 다시 윽박지르곤 했다. 연일 계속되는 공포 분위기. 차라리 내 혈관 속에 머리핀을 찔러넣어버리고 싶은 나날이었다. 아래층으로 통하는 계단 위였다. 굵은 목소리를 가진 남자가 나를 발로 걷어찼고 나는 계단 밑으로 데굴데굴 굴러떨어졌다. 나는 반사적으로 두 손을 배에 가져갔다. 눈이 가려진 채 울었다. 나는 아이를 가졌노라며. 한 발짝도 더 못 떼게 쌓여 있던 눈을 헤치고 초생달을 보며 용기를 내어 찾아갔던 그 밤에 생긴 아이였다. 수치감과 통증으로 인해 열이 올라 붉은 얼굴로 누군지도 모를 사람들을 향해 나는 소리를 질렀다. 나는 아이를 가졌어요. 아, 그 아이, 그래 나는 너를, 한 번도 본 적이 없는 너를, 잊어본 적이 없단다. 잊어본 적이.

*

　주차장은 텅 비어 있었다. 차를 세울 때만 해도 주위에 자동차가 몇 대 있었는데 이젠 내가 렌트한 차뿐이었다. 차 안에서 미란이 생수병을 기울여 물을 마시고 있었다. 어서 여기에서 멀어지고 싶었다. 나는 얼른 차에 올라타 시동을 걸었다. 밤이 오려는지 사방이 어둑어둑했다. 얼마나 달렸을까. 그들이 있는 마을과 바다가 멀어진 뒤 나는 해안도로 한편에 차를 세웠다. 눈물이 쏟아져서 더는 운전을 할 수가 없었다. 핸들에 얼굴을 묻었다. 참으려고 하지도 않고 나는 오랫동안 소리내어 울었다. 도로 저편이 바다인가. 파도 소리가 귓전에 머물렀다가 사라졌다. 미란이 갓 태어난 송아지처럼 내 무릎에 자꾸 제 얼굴을 비벼대었다. 그래도…… 고맙다. 살아 있어주어서.

15
에필로그
―사랑했던 사람들이 살고 있다고

중국 여행에서 돌아온 트렁크를 풀던 밤에 나는 두 통의 전화를 받고 한 통은 내 쪽에서 걸었다.

윤과 현피디, 그리고 그와 함께 선착장의 레스토랑에서 저녁 식사를 하던 일요일이었다. 미란이 드럼을 치기 시작했다는 언니의 전화. 그리고 잠시 후의 미란의 전화. 잠자리에 들기 전에 내가 걸었던 전화는 이제 짧게라도 매일 밤 통화를 하지 않으면 무슨 일일까? 궁금하게 된 그 여자에게였다.

윤과 현피디는 종일 둘이 다시 살 새 아파트를 보러 다녔다고 했다. 넷이 같이 앉아 있으니 모든 것이 옛날로 돌아간 것 같았다. 윤과 현피디가 헤어지기 전에는 곧잘 이렇게 넷이 앉아서 식사를 했었는데. 강물엔 이제 가을빛이 서려 있었다. 가을. 이제 겨우 가을일 뿐인데, 지난 여름 어느 저녁에 현피디와 함께 마포대교 가로등에 일제히 저녁불이 켜지는 순간을 지켜보았던 일이 마치 사오 년 전의 일인 것처럼 아스라하게 느껴졌다. 다시 한번 그 아름다운 순간을 볼 수 있을까 하여 내내 마포대교 가로등에 신경을 쓰고 있었는데 그가 갑자기 내 이름을 부르며 청혼을 하는 사이에 그 순간은 지나가버렸다. 결혼하자. 앞뒤에 수식어가 한마디도 따라붙지 않은 간단한 청혼이었다. 나보다도 윤과 현피디가 놀라서 스프를 떠 마시던 스푼들을 든 채로 나를 쳐다보았다. 나는 얼떨결에 그래요, 라고 대답하고 있었다. 다행이라는 듯 윤과 현피디가 스푼들을 내려놓을 때 고갤 돌려보니 이미 가로등이 켜져 있었다. 윤과 현피디와 작별한 후 그를 바래다주러 그의 아파트까지 함께 가는 동안 그는 우리 결혼에 대해서는 함구한 채 윤과 현피디의 새집에 무얼 선물하면 좋겠느냐는 얘길 했다. 글쎄, 무엇이 재결합하는 그들에게 가장 알맞을까. 마땅히 떠오르는 게 없어서 말을 못 하고 있는데 그가 비디오 카메라는 어떻겠느냐 물었다. 비디오 카메라? 괜찮겠다. 아이를 낳게 되면 자라는 아이 기록 사진도 찍어주고. 그는 아파트에 올라갔다 가라고 했지만 나는 집에 가서 할 일이 있다, 했다. 불현듯 어서 집에 가서 거실에 놓여 있는 중국 여행에서 돌아온 트렁크를 풀고 싶었다.

*

언니의 전화는 내가 현관문을 따고 들어서자마자 걸려왔다. 미란이를 데리고 낙원동 악기 상가에 다녀왔다, 했다. 제주도에서 돌아온 날 미란은 무슨 생각에서인지 그만 집으로 돌아가겠다고 했다. 테오를 자신이 데리고 가겠다고. 그 동안 테오와 정이 든 모양이었다. 공항에서 내려 바로 윤에게로 가 테오를 데리고 언니네로 갔었다. 가끔 전화를 걸어 미란에 대해 물어보면 언니는 나는 모르겠어, 라고 대답하곤 했다. 아무 짓도 안 해. 그저 제 수첩을 남의 수첩 보듯이 들여다보거나 아무거나 두들기고만 있다구. 그러더니 오늘 첫 외출을 한 모양이었다. 나는 수화기를 든 채로 현관에 놓여 있는 미란의 스케이트 보드를 쳐다봤다. 미란은 이제 저걸 잊어버린 것 같다. 놓고 가고선 찾지도 않으니. 수화기를 들지 않은 내다른 쪽 손엔 현관문 앞에 놓여 있던 꽤 큼직한 소포 상자가 들려져 있었다.

"넌 놀라지도 않니?"

나는 소포 상자를 탁자에 내려놓았다. 제주도 소인이 찍혀 있었다.

"알고 있었어."

"네게 미리 말했어?"

"아니."

나는 수화기를 든 채로 책상 앞으로 가서 문구류를 담아놓은 나무통에서 편지칼을 꺼내왔다.

"그런데 어떻게 알아?"

포장지를 벗겨내니 흰 상자가 나왔다. 뚜껑을 열었다. 상자 안엔 오래된 노트와 만년필, 엎어져 있는 조그만 사진틀, 잉크병과 영어 사전, 부치지 못한 듯한 편지 몇 통과 양장본으로 된 두꺼운 책 한 권이 들어 있었다.

"너…… 다시 옛날처럼?"

엎어져 있어 제목이 보이지 않은 책을 뒤집어보았다. 경이로운 자연의 세계, 책갈피에 편지 한 통이 끼워져 있었다. 나는 수화기를 든 채로 흰 편지 봉투를 쳐다보았다.

"……너?"

"그래…… 언니…… 나, 다시 옛날로 돌아왔어……"

"……괜찮아?"

괜찮지 않았다. 겨울이 오기 전 어느 날 새벽에 가평의 새집에서 부친은 잠이 든 채로 세상을 뜰 것이었다. 사향노루만이 부친의 임종을 지킬 것이었다. 그래서 부친은 집 짓는 일을 그렇게 서둘렀던 것이다. 아버지가 새겨둔 현관문 안쪽의 어머니 이름 밑에 언니와 나는 부친의 이름을 새길 것이었다. 세월이 지나 미란이 그 밑에 언니의 이름을 그리고 내 이름을 새길 것이었다. 장례식이 끝나고 사향노루는 불현듯 다시 우리에게서 떠날 것이다. 처음에 가평 집에 소리도 없이 나타났던 것처럼, 또 소리 없이.

수화기를 내려놓고 상자 안에서 양장본의 책을 꺼내 손에 쥐어보았다. 가엾기도. 마음이 불안할 때면 그가 오지 않을 것 같은 금요일이면 나는 엉뚱하게 이 책을 꺼내놓고 읽었었지. 북아메리카 대륙에 산재해 있는 평원이나 잡목숲 지대에 무엇이 사는지, 강가의 수달이 뭘 먹고 사는지, 신대륙에서 가장 큰 새이면서 정녕 날지는 못하는 레아에 대해서. 그렇게 불안과 공포를 잊으려 했지. 노트를 꺼내 첫 장을 펼쳐보았다. 꾹꾹 눌러 쓴 글씨로 슬퍼하는 이들을 위로하여라, 하고 씌어 있다. 한 페이지를 더 넘겨보았다. 오래된 노트의 속지가 누렇게 변색되어 있다. 무엇을 이렇게 빼곡히 적었을까? 일기인 줄 알았는데 아니다. 시와 수필 그리고 단편소설도 있다. 그가 돌아오지 않는 밤이면 나는 이 노트에 이런 걸 옮겨 적고 있었나보았다. 노트의 맨 마지막 장엔, 지금은 누구 시인지도 잊어버린 「저녁의 노래」가 적혀 있었다.

왜, 아 말해주세요, 왜
해는 이제 지는 걸까요?
자거라, 아가야, 포근히 꿈을 꾸렴.
어두운 밤 때문에 그럴 거야,
그래서 해가 지는 거겠지.

왜, 아 말해주세요, 왜
우리의 도시는 이토록 조용할까요?
자거라, 아가야, 포근히 꿈을 꾸렴,
어두운 밤 때문에 그럴 거야,
그때면 도시는 잠들고 싶어한단다.

왜, 아 말해주세요, 왜
등불은 이렇게 타오르는 걸까요?
자거라, 아가야, 포근히 꿈을 꾸렴,
어두운 밤 때문에 그럴 거야,
그래서 등불이 밝게 탄단다.

왜, 아 말해주세요, 왜
사람들이 손에 손을 잡고 가는 걸까요?
자거라, 아가야, 포근히 꿈을 꾸렴,
어두운 밤 때문에 그럴 거야,

그래서 손에 손을 잡고들 간단다.

왜, 아 말해주세요, 왜
우리의 심장은 이렇게 작을까요?
자거라, 아가야, 포근히 꿈을 꾸렴,
어두운 밤 때문에 그럴 거야,
그때면 우리는 아주 외롭단다.

노트를 닫고 소포 상자 뚜껑도 닫았다. 만년필도 영어 사전도 잉크병도 못 부친 편지도 사진들도 다 그대로 둔 채 소포 상자를 책장 선반 위에 올려놓았다. 언젠가 다시 펼쳐볼 날이 있으리라.

곧이어 미란에게서 전화가 왔다.

미란의 목소리는 벌써 빠른 비트가 몸에 전해지는 것처럼 생기 있는 목소리를 냈다.

"시험을 다시 봐서 실용음악과에 진학할 거야, 이모."

"엄마한테 말했어?"

"그래서 전화했는데, 이모."

"나보고 엄마한테 대신 말해달라구?"

"어떻게 알았어?"

"그걸 모르는 바보가 있니?"

"이모가 말한 다음에 내가 말할게…… 그래야 충격이 덜하지."

"요즘은 음반의 90프로가 전자 드럼을 사용해서 녹음을 해…… 거기까지 생각해봤어?"

"응."

"더구나 너는 여자고…… 여자가 록을 하겠다는 것도 낯선 일인데 드럼 연주자라니…… 우리나라에서 여성 드럼 연주자가 있기나 있었니? 아무도 가지 않은 길을 가겠다는 건데…… 너무나 힘이 들 거야. 그런 것도 생각해봤어?"

"내가 생각해도 막막해."

"그런데도?"

"그래도……"

"……"

"그룹 사운드를 만들 거야. 키보드, 베이스, 기타…… 그 분야의 실력 있는 애들과……"

"그런 사람들을 만나려면 우선 네가 실력자가 되어 있어야 할걸."

"그러니까 해볼 만한 거야…… 안 그래?"

아, 이애는 마음에 불이 있다. 내성적이고 소심한 얼굴을 하고 있지만 마음의 저 불이 붙어 누군가를 사랑하게 되면 그를 너무 사랑해서 그만 상하게 할 것이다. 그때까지 이애는 드럼 스틱을 가방에 넣어가지고 다니며 무엇이든 보기만 하면 두들기며 견딜 것이다. 그러다가 언젠가 미란은 지난 여름날의 나처럼 갑자기 드럼을 손에서 놓고 잃어버린 얼굴들을 찾아 헤맬 거다. 무성 영화 같은 기억의 시간들을 찾아 거슬러 오를 것이다.

미란과의 통화를 마치고 나는 중국 여행에서 돌아온 트렁크를 풀었다. 밀폐된 공간에서 내가 여행지에서 입고 다녔던 옷가지들이 쏟아져나왔다. 유리에서 샀던 중국 차들이 선글라스와 속옷 꾸러미와 감기약들과 함께 뒤엉켜 있었다. 너무 오래 밀폐시켜놓았다. 세탁물을 분류해 세탁기에 돌려놓았지만 빨아도 못 입게 될 옷이 여러 개 될 것 같았다. 밀봉이 되어 있지만 차도 어쩐지 상했을 것만 같았다. 트렁크 안에서 쏟아져나온 것 중 괜찮은 것은 화석에 찍혀 있는 새의 발자국이 담겨 있는 장식용 액자였다. 삼천 년 전의 새의 발자국이라고 했다. 나는 세탁기가 돌아가는 동안 내 책상 위의 '이름도 없고 애칭도 없고 의미 있는 행동을 찾아내지도 못하는 익명의 내 목소리'라는 메모지를 치우고 새의 발자국이 찍혀 있는 장식용 액자를 놓아두었다.

*

잠자리에 들기 전에 침대 옆 사이드 테이블 옆 메모지에 적어놓은 여자의 전화번호를 돌렸다. 지난 여름 내내 통화를 했지만 내 쪽에서 전화를 걸기는 처음이었다. 통화중이었다. 수화기를 내려놓았다가 다시 돌렸다. 다시 통화중이었다. 잠시 후에 다시 걸었을 때 벨이 한 번 울렸는데 여자가 받았다. 또 술을 마시고 있었던 것일까? 여보세요? 하는 여자의 목소리는 흐트러져 있었다. 나는 수화기를 든 채로 뭐라고 해야 할지를 몰라서 잠시 침묵을 지켰다. 처음 여자가 전화를 걸어왔을 때의 그 기분을 알 것 같기도 했다. 여자가 다시 여보세요? 했다. 긴장했나, 좀 전보다는 맑은 음색이었다. 이 목소리다. 이 목소리라면 될 것이다. 내가 전화한 것이 전혀 뜻밖이었는지 제가 김하진인데요, 라고 해도 여자는 네? 하고는 잠시 숨을 골랐다.

"선생님이세요?"

"네."

여자가 웃었다. 선생님이 제게 전화를 다 하셨어요? 하면서.

"뭐 하고 있었어요?"

"선생님께 전화를 걸고 있던 참이었어요."

그래서 통화중이었는가.

"저는요…… 전화를 걸었는데 저쪽에서 웬일이세요? 라고 묻는 게 참 싫었는데…… 꼭 남처럼 무슨 일이 있어야 전화를 할 수 있다는 말로 들리잖아요. 그래서 저는 전화를 받을 때 절대로 웬일이세요? 라는 말은 안 하려고 했는데……"

이 목소리면 충분하다.

"그랬는데…… 선생님이 웬일이세요?"

나는 그만 웃고 말았다. 수화기 속에서 여자도 웃었다.

"무슨 일을 해야 할지 모르겠다고 했잖아요. 알맞은 일이 떠올라서."

"제가 할 일이?"

"목소리가 참 좋아요. 그냥 감정이 풍부하다, 가 아니라 다른 목소리들하고 잘 섞이면서도 독특한 음색을 잃지 않을 것 같아요. 다감하게 느껴지면서도 슬프게도 들리고…… 목소리 좋다는 말 많이 들었죠?"

"아니오."

"한번도 못 들었어요?"

"네."

"이상하네…… 난 잊지 못할 것 같은 목소린데."

나는 왜 이렇게 말을 못하지? 여자가 수화기 저편에서 내 말에 전혀 동의를 하지 않고 내 다음 말을 기다리고 있었다.

"슈퍼 보이스 텔런트 대회가 있어요…… 목소리 연기와 시엠 가수 디제이 성대 묘사 모창 등으로 나누어서 목소리의 스타를 뽑는 그런 대회예요…… 왜 텔런트나 모델을 뽑는 선발 대회가 있잖아요. 그것처럼 새로운 목소리를 뽑는 그런 거라고 생각하면 돼요. 거기에 한번 나가보면 어떨까요?"

대체 무슨 말이냐는 듯이 여자는 듣고만 있었다. 나는 갑자기 이마에 진땀이 났다. 그러면서 동시에 어떡하든 여자를 설득해야겠다는 욕망이 타올랐다. 처음 전화를 걸었을 때의 어색함은 사라져버렸다. 나는 수화기를 바꿔 쥐었다. 배우에도 성격파 배우가 있는 것처럼 목소리에도 성격파 연기자가 존재한다. 몸동작 없이 목소리만으로 희로애락을 표현해야 하기 때문에 무엇보다 힘이 들지만 당신의 목소리는 감정이 풍부하기 때문에 적격인 것 같다. 당신은 목소리로 성격파 배우가 될 수 있을 것이다. 성별도 나이도 학력 제한도 없다. 예선에만 통과하면 본선에선 누구든지 당신 목소리를 알아볼 것이다.

"선생님도 말씀을 잘하시네요!"

내가 생각해도 다변이었다.

"자신이 없지만 한번 해볼게요."

"고마워요!"

"……네? 그건 아니죠, 제가 고마운 거죠!"

그런가?

여자와 통화가 끝나갈 무렵 나는 조심스럽게 여자의 이름을 물었다. 이경이에요. 서이경. 수화기를 내려놓고 손을 뻗어 시디 플레이어의 버튼을 눌렀다. 안에는 기차는 7시에 떠나네, 가 들어 있

다. 아니 8시. 제주도에 다녀온 후 늘상 저 노래만 들었다. 그래, 7
시가 아니라 8시다. 숫자 5와 리피트의 버튼을 차례로 눌렀다. 기
차는 8시에 떠나네. 나는 방안의 형광등 스위치를 내리고 실내등
을 켰다. 플레이어에 음반을 넣고 플레이를 누르고 침대 시트 속으
로 들어갔다. 그래 이제 밤이 되어도 당신은 비밀을 가지고 오지
못한다. 기차는 8시에 떠나네. 모든 사람들이 이 밤 어디선가 깊은
숨을 쉬고 있겠지. 안경을 끼고 편지를 든 채로 침대 시트 속으로
들어갔다.

　선생님!
　선생님 그렇게 왔다 가신 후에 여러 날 옛날 생각에 마음이 아
팠습니다. 그 사람도 도통 말이 없어졌어요. 요즈음 사진을 찍을
관광객들도 없는데 아침 일찍 카메라를 들고 나가서는 밤이 늦
어야 돌아옵니다. 보내드리는 것들은 그때 그 사람 방을 정리할
때 책상 서랍 안에서 나온 것들입니다. 선생님 것으로 여겨져요.
그 동안 제가 소지하고 있었습니다. 책이 많았는데 그때 다 그
사람들이 압수해갔다고 하더군요. 제가 그 방에 갔을 때는 이 책
만 바닥에 동그마니 떨어져 있었어요. 지금 생각하니 선생님이
자주 옆구리에 끼고 다니며 읽었던 책인 것 같습니다. 옷가지들
이나 큰 물건들은 그때 제가 여기로 가지고 올 수가 없어서 태울
수 있는 것은 태우고, 비키니 옷장 같은 것은 다른 사람 쓰라고
누군가에게 주었답니다. 그리고 남은 것들이에요. 이제라도 돌
려드리게 되어 다행입니다.
　하고 싶은 말이 많았는데 막상 이렇게 적으려니 서먹하기만

합니다.

    ……………

    ……………

이따금 선생님이 보고 싶었어요. 어느 때는 먼데다 두고 온 피붙이처럼 그립기조차 했어요. 생각나세요? 선생님과 함께 지낼 때 어느 날 밤중에 라면 끓여 먹다가 제가 딸꾹질을 하기 시작했던 일요. 딸꾹질은 멈추지가 않았죠. 나중엔 목이 아플 지경이었어요. 그때 선생님이 저보고 누가 더 오래 숨을 안 쉬고 버티는지 시합을 하자고 했죠. 하나, 둘, 셋…… 매번 제가 이겼어요. 참다가 참다가 …… 결국은 하아, 하고 숨을 내뱉기를 대여섯 번 했을 때 거짓말같이 딸꾹질이 멎어 있었죠. 가끔 그 생각이 났어요. 외로울 때면 그렇게 숨을 안 쉬고 있어보는 것이 이제는 제 습관이 되었답니다. 다시 선생님과 시합을 하면 선생님은 저를 따라올 수조차 없을 거예요. 전 6분 가량도 숨을 안 쉬고 견딜 수 있거든요. 지난 시간 속에서 그렇게 숨을 안 쉬고 있을 땐 늘 선생님 생각을 했었어요. 선생님! 우리가 다시 만날 수 있을는지요? 선생님이 여기 오시기 전에는 늘 언젠가는 한번 만나게 되겠지, 싶은 막연한 기대가 있었는데 이젠 다시는 못 만날 것같이 여겨져요. 오직 마음 아프고 나쁜 시절이었다고만은 생각 안 합니다.

또 생각나세요?

야학이 서던 교회에서 쫓겨나서 천막을 치고 공부할 적에 너무 추워서 각자 돌을 한 개씩 달궈서 품에 안고 공부했지요. 춥고 외로웠었다는 생각보단 그 돌의 따뜻함이 제겐 더 남아 있습니다. 그 사람이나 선생님 같은 분이 있어서 의지할 수가 있었어요. 비록 더 이상 그곳에서 버티지 못했지만 그때 제 마음속에 일어났던 참다운 기쁨은 지금의 생활 속으로도 비쳐듭니다.

선생님.

우리 아이 때문에 마음 아파하지 마세요. 그날 선생님이 느끼는 고통이 제게도 전달되어져서 얼마나 속이 상했는지. 처음에 아이를 봤을 땐 저도 너무 비관스럽고 한편으론 인생을 포기해 버리고 싶은 생각까지 들었지만은 지금은 괜찮아요. 오히려 우리 부부는 이 아이로 인해서 진짜 부부같이 되었어요. 말도 없이 집을 나가서 두세 달씩 소식을 끊곤 했던 그 사람은 이 아이가 생긴 뒤로는 안 그래요. 그 사람은 아이를 데리고 어디든지 다니지요. 병원이나 특수 학교에만 가는 것이 아니라 필름을 사러도 가고 인화하러도 같이 가고 조각 공원에도 가고 신시가지로 영화도 보러 간답니다. 그 사람이 아이에게 하는 것을 보면 아, 사랑이라는 것이 이런 것이구나, 이렇게 껴안는 것이구나, 느껴져요. 처음에는 그 사람을 따랐고 저도 모르게 사랑하게 되었고 지금은 그 사람을 존경합니다. 그 사람이 아니었으면 아직도 저는 제 아이를 부끄럽게 여기고 있었을 거예요. 이제는 아이가 저를 살게 하고 있습니다. 이 아이가 제대로 인간다운 삶을 누릴 수 있도록 키워내는 것이 제 인생의 희망이 되어서 저는 아플 틈도 외로울 틈도 없답니다.

선생님…… 제가 주제넘은 말을 하는 것 같은데 세상에서 변하지 않는 것은 없다고 믿어요. 더디게지만 천천히지만 좋은 쪽으로 변해가고 있다고 생각합니다. 힘을 내세요. 그날 선생님은 너무 지쳐 보이고 외로워 보였습니다. 눈을 감고 숨을 안 쉬고 가만히 있어보세요. 그러면 저처럼 괜찮아질지도 모르니까요. 혹시 제가 마음에 걸렸다면 안심하세요. 저는 선생님이 참 좋았습니다. 아세요? 그 시절, 선생님 앞에서는 갑자기 걸음걸이가 아장아장해질 정도로 어리광을 부리고 싶어지곤 했어요…… 선생님이 제 얼굴을 만져주거나 손을 잡아줄 때 느꼈던 그 따스함이 아직도 고스란히 기억돼요. 다시 만나지 못하더라도 이따금 생각해주세요. 바다 건너 여기에 선생님이 사랑했던 사람들이 살고 있다고…… 그리 나쁘지 않은 삶을 살고 있다고요. 그럼 안녕히……

제주에서
용선 드림

타인의 아이를 향한 꿈

정과리

I. 캐시미어 효과

'형용사의 문학'이라는 별칭을 만들어낼 수 있을 정도로 신경숙의 소설을 지배하고 있는 것은 분명한 윤곽을 가지지 않은, 게다가 이미 실체를 가진 것들의 분명한 윤곽마저 시나브로 허물어버리고 마는 남기(嵐氣)성의 이미지들이다. 이 이미지들은 신경숙 소설의 전성층에 고루 나타나면서 독특한 소설적 분위기를, 아니 차라리 분위기의 소설이라고 말하는 게 더 나을 그런 소설 공간을 열어놓는다. 그 성층들을 훑어보기로 하자.

우선, 소설 구상의 단계에서: 인물들의 이름은 특정한 방식으로 선택된다. 비중이 약할수록 이름의 실체성이 강해지고 그 반대 방향으로는 약해진다. 가령, 그의 소설의 한 대목에서 무심코 '유혜란'이나 '노태수'(『깊은 슬픔』에서) 같은 또렷한 이름을 보았다면, 그 이름의 소유자는 그 작품에서 미미한 보조역에 지나지 않는다고 판단해도 거의 틀리지 않는다. 그 분명한 이름을 가진 보조 인물에게 약간의 적극적 역할이 주어지게 되면, 그때 그는 '윤순임 언니' '최홍이 선생님'(『외딴 방』에서)에서처럼 부가 지칭을 가진다. '현피디'처럼 이름이 생략되면 역할의 비중이 좀더 높아지지만, 직업에 대한 지칭이 그 비중의 크기를 억제한다. 아주 강력한 보조 인물들은 '윤' '창' '최' '세' '완' 등 외자로 표현되기 일쑤이고, 혹은 '그' '그녀' 등 인칭대명사로 표기되거나, 혹은 '아버지' '외사촌' 등 가족적 지칭으로 나타난다. '아버지'야 별도의 지칭을 가지지 못하니까 그렇다 치고, 외사촌을 '외사촌'으로 가리킨다는 것은, 우리가 통상 실제의 동갑 외사촌을 두고 이름을 그냥 쓰는 것에 비추어보면, 가족적 지칭이 특별한 기능을 하고 있음을 잘 보여준다. 작품의 '주인공'은 대체로 화자인 '나'이고 그렇지 않을 경우에는 인칭대명사나 이름만으로 표기된다. '나'가 이름을 불가피하게 밝혀야 할 때에는, '하진'의 경우처럼, 대체로 성 없이 이름만으로 나타난다. 한 가지 특이한 사실은 강력한 보조 인물이 외자로 나타나는 경우가 많은 데 비해, 주인공은 두 자 이름을 흔히 가진다는 것이다.『깊은 슬픔』의 '은서'('완' '세'와 삼각 관계에 놓여 있는)의 경우나 지금 독자가 펼쳐든 『기차는 7시에 떠나네』(이하 『기차』)의 '하진'이 그렇다. 그렇다는 것은 두 자 이름이 또 다른 기능을 갖고 있음을 암시하는데, 그 또 다른 기능이란 음절의 추가가 야기하는 지시 기능의 강화이다. 즉, 완·세·윤보다는 은서·하진에 중요도가 더 부여된다는 것이다. 다만, 이 지시 기능은, 이름 석 자를 또렷이 가지고 있는 부차 인물의 사실성과는 다른 무엇을 강조한다. 그것은 비사실성, 즉 반현실성의 자리이고 따라서 이상(理想)적 자리인 곳에 더 가까이 주인공을 근접시킨다.

그 근접을 가능케 하는 것은 주인공 이름의 음성학적 자질이다. 은서 · 하진은 유포니euphonie가 큰 음운들이며, '은' '진' '서' '하'는 각각 한국인의 집단 무의식 속에서 '귀함' '밝음' 등의 내포를 가지는 음절들이다. 이 음성학적, 혹은 음성―의미론적 자질들이 주인공들을 반현실성의 자리에 또렷이 세우면서 동시에 주인공에게 현실적인 존재들에 대한 심리적 우월성을 부여한다.

다음, 텍스트의 행동의 층위에서: 롤랑 바르트의 의견을 빌려, 이야기의 기본 단위를 기능*fonctions*과 징조*indices*로 나눈다면, 대부분의 이야기들이 기능 단위들의 연속을 주―형식으로 하고 징조 단위를 보충적으로 사용하고 있는 데 비해, 신경숙의 소설에서는 거꾸로다. 이를테면 『기차』에서 화자의 심리는 모두 냄새를 통해 표현된다. 그 냄새는 중국 여행의 인상을 기술하는 앞 대목의 "천년. 천년 전의 나무로 지은 탑에서는 퀴퀴한 냄새가 코를 찔렀다"(13)의 불길한 냄새로부터 '나'가 마침내 기억을 되찾게 되는 마지막 대목의 "나도 모르게 아이를 내 가슴에 껴안았다. 아이에게서 복숭아 냄새가 났다"(237)의 희망의 냄새에 이르기까지 도처에 편재한다. 편재할 뿐만 아니라 이 냄새들이 사건을 뒤덮는다. 더욱이 이 냄새들은 모두 예감의 전달 물질이다. 그 냄새들은 독하거나 향기롭기보다는 불길하거나 희망적이다. 다시 말해 신경숙의 냄새는 물질적이라기보다 심리적이다. 냄새는 전조(前兆)다. 그런데 전조란 무엇인가? 사건 '밖에,' 사건 '앞에' 존재하는 사건의 '잔영'이다. 그것은 '미리' ― '지나가버린' 사건이다. 다시 말해 미래인 과거이다. 어떤 인물도 그 미래에 개입하지 못한다. 이미 과거가 되었기 때문이다. 『기차』에서 '나'가 특별히 소유하고 있는 예감의

260

능력은, 그러니까, 예지적 무능력이다. 속수무책일 사건을 미리 느끼낀다는 점에서 예감의 능력은 무능력의 예감이다.

　이렇게 신경숙의 소설들에는 사건 '바깥'으로 추방된, 동시에 불수의적 사건들을 표징하는 느낌들로 자욱하다. 그 느낌은, 대부분 불행한 느낌이지만, 그러나 대부분의 화자, 혹은 주인공에게 그것은 친숙하고 아늑한 느낌이다. 한 인물은 "당신을 사랑하는 동안 나의 하루는 이 치받침으로 시작해서 이 치받침으로 끝나곤 했으니, 나에겐 오히려 동무 같은 감정이에요"(『풍금이 있던 자리』, p. 39)라고 말한다. 존재하는 것은 사랑이 아니라, 사랑을 향한 마음의 '치받침'일 뿐이다. 그런데, 이 치받침이 사랑 그 자체보다 '나'에게 친숙하다. 또한, '완'이 사라진 걸 알고 은서가 "그때 무너진 건 몸이 아니었어, 마음이었어"(『깊은 슬픔』 상, p. 165)라고 회고할 때, 이 말은, 마음만 무너졌을 뿐 몸은 온전했다, 는 뜻이 아니라, 몸이 아니라 마음이 무너졌으니 그 고통이 더 심하다, 라는 뜻이다. 이것은 신경숙의 소설이 오직 마음의, 마음을 위한, 마음에 의한 소설임을 암시한다. 그 마음과 몸 사이, 다시 말해 감정과 현실 사이에는 미세한 진공의 띠가 가로놓여 있다. 그 진공의 거리는 박혜경이 "삶이 추억으로 건너가기 위한 거리"(「추억, 끝없이 바스라지는 무늬의 삶」)라고 멋지게 표현하고 있는 거리이다.

　마지막으로 문체의 층위에서: 그의 문체는 수행문이 부재하는, 부재한다고까지 말할 수는 없지만, 그것이 억제되는 문체이다. 잘 아시다시피, 오스틴J. Austin에 의해 명명된 수행문 *performatif*이란, "나는 약속한다" "나는 선고한다" "나는 명령한다" 등, 말이 행동을 동반하고 있는 언어체이다. 물론 소설 지문에서 수행문은 구조적으로 배제된다. 소설의 기본 형식은, 선언이나 약속이 아니라, 상상 혹은 기록이기 때문이다. 그러나 소설의 내부 언술(대화, 기록된 이야기 내용 등)은 수행문으로 가득 찰 수 있다. 소설의 내용은 꿈·비판·반성이기 때문이다. 신경숙 소설의 내부 언술에서도 우리는 심심치 않게 수행문들을 만날 수 있다. 그러나, 그 수행문들은 그대로 진술되지 않고 빈번히 제한된다. 가령, 서한체로 씌어진 「풍금이 있던 자리」(이하 「풍금」)의 마지막 대목을 보자.

이 글을 당신께, 이미 거기 계시는 당신께 부칠 필욘 이제 없겠지요. 그래도…… 까치, 까치 얘기는 쓰렵니다. (『풍금이 있던 자리』, p. 42)

앞 문장의 심층 구문은 "이 편지를 당신께 부치지 않겠습니다"이다. 이 수행문은 표층 구문에서 "필욘 없겠지요"라는 진술문으로 바뀌어 나타난다. 두번째 문장은 수행문이 그대로 드러난 경우다. 그러나, 문장 앞부분의 "그래도……"는 이 말을 하기가 얼마나 힘이 들었는가를 여실히 나타낸다. 『기차』에서의 다음 구절들도 보자.

여자는 좀 말개진 목소리로 내게 말했다. 언제 다시 전화드려도 되나요? 나는 그러세요, 라고 대답했다. 달리 무슨 대답을 할 수가 있겠는지. (26)

부친은 내가 이 세상에 없어도 너희 둘의 가족이 번갈아 새집에

262

왔다갔다할 일을 생각하면 행복하다, 하였다. 그러면 되었다, 하였다. (84)

"그러세요"는 "달리 무슨 대답을 할 수가 있겠는가" 때문에 적극성을 상실하고, "행복하다"는 ", 하였다"에 의하여 단정의 상태로부터 불확실성의 상태로 이행한다. 수행문들은 빈번히 부가문들에 의해 억제되고 축소된다. 게다가 「풍금」의 편지는 부치지 않을 편지다. 수행문의 기본 정의가 말과 행위의 일치라면, 이 '부치지 않음'은 수행문의 결락을 행동의 층위에서 되풀이한다. 『기차』에서도 수행문의 등장은 즉각적으로 실패를 동반한다. '진서'가 "이젠 결혼을 하자"라고 말을 꺼냈을 때, "나는 마치 그의 청혼을 방어하듯이 손을 내저으며 한 발짝 물러섰다. 그래놓고 나조차도 내 반응이 당황스러웠다"(20). 이 사건은 소설의 발단을 이루는 가장 중요한 사건 중의 하나이다. 그것은 하나의 '사건'이지만 사건(결혼)을 파기하는 사건이다. 신경숙의 소설은 이렇게 수행의 가능성이 파괴된 자리에서 열린다.

수행문이 극도로 억제되었다면, 신경숙의 소설에는 진술문 *confirmatif*이 지배하고 있는가? 아니다. 그의 소설에서는 진술문마저도 억제된다. 아무렇게나 한 구절을 뽑아보자.

막 셔터를 누르려는데 렌즈 속엔 다시 미란이가 들어가 있었다. 미란이가 매우 슬픈 얼굴로 나를 이윽이 바라보고 있었다. 조그만 입술을 달싹여 겨우 이모, 하고 부르고 있는 것도 같았다. 나는 기겁해서 카메라를 든 채로 붉은 벽돌에 털썩 주저앉았다. 빗장뼈가

쩍, 금이 가듯 아파왔다. 내가 안 돼, 소리를 쳤던 것 같다. (15)

신경숙은 좀처럼 단언체를 쓰지 않는다. 인용문에서도 "부르고 있었다" 대신 "부르고 있는 것도 같았다"가, "아팠다" 대신 "아파왔다"가 씌어진다. 앞의 "같았다"가 예감(현실, 미란에게 무언가 불행한 일이 일어났으리라는)을 유보시키고자 하는 마음의 부지중 발로라면, 뒤의 "아파왔다"는 아픔의 완료형을 현재진행형으로 바꾼다. 말은 하염없이 주저하면서 마침표를 미룬다. 그것이 극단적으로 나가면, 「새야 새야」의 '작은 놈' '큰 놈'이 터뜨리는 '소리 없는 외침'이 터져나온다.

그러니까, 신경숙의 문체는 말더듬의 문체이다. 말더듬의 문체는 말을 하되, 말의 행위적 자질, 즉 목표(정보 · 의미 전달 · 약속 등)를 지연시킨다. 성향적으로 그 문체는 의미의 부재, 사건의 부재로 경사된다. 그러나, 그렇다고 해서, 신경숙의 소설이 무의미의 상태를 지향한다고 생각하면 오해일 것이다. 그의 소설은 무의 상태, 선(禪)의 상태를, 혹은 즉물성의 상태를 지향하지 않는다. 오히려, 이렇게 말해야 할 것이다. 그의 말더듬은 표현을 얻지 못한 불구의 말이라고. 표현을 얻지 못하기 때문에, 더욱 강렬하게 불타오르는, "가슴을 탕탕탕, 치는"(「새야, 새야」) 모습이 책장 위로 선명하게 인화되는, 그렇게 애태우는 말이라고.

다시 오스틴의 용어를 빌리자. 신경숙의 문체는 언표 내적 *illocutoire* 행위가 억제된 만큼 언향적 *perlocutoire* 행위(말이 타인에게 발생시키는 효과)가 큰, 혹은 그 효과를 노리는 문체이다. 그러니까, 감정과 현실, 말더듬과 의미 사이에 놓인 진공의 띠는 사전적 정의대로 "아무것도 없는 공간"이 아니다. 진공의 과학적 정의는 "영점 진동의 파가 충만한 상태"이다. 그리고 이 영점 진동에 의해서, 물리학에서 캐시미어 효과 *casimir effect* 라고 부르는 자장이 형성된다. 이 자장의 에너지가 클수록 소설적 완성도는, 다시 말해, 소설의 울림의 진폭은 커진다. 소설에서, 그 영점 진동의 파를 발생시키는 것은 바로 의미에 즉각적으로 쓰이지 못하는 징조 단위들의 짜임과 포개짐이다. 가령, 내가 보기에 가장 구조적으로 완성된 소설인 「배드민턴 치는 여자」를 생각해보라. 한쪽에 '그녀' 혹은 여성성의 불투명한 욕망(의미를 얻지 못한 세계)이 있다. 다른 쪽에 그에 대한 세속적 해석이 있고, 그 해석을 통해 자행되는 폭력(의미의 세계)이 있다. 소설의 울림은 '그녀'의 욕구에서 나오지도, 그녀에 대한 사회의(혹은 그 사회의 대리인들, 즉 세속인의) 폭력에서 나오지도 않는다. 그것은 그 둘 사이의 해소될 수 없는 거리에서 야기되는 긴장·충돌·오해에서 발생한다. 그 거리가 울림의 발생기이다. 그 거리가 발생시키는 진동에 의해서 소설 공간은 "꽃집"에서 "무덤"으로 기이하게 모습을 바꾼다. 그것이 그 소설의 캐시미어 효과이다.

II. 새와 사진

신경숙의 소설들이 징조 혹은 징표들로 충만한 공간을 이루고 있다면, 이번 소설 『기차』에서 작가는 의미심장한 변모를 시도하고 있다. 물론 이미 충분히 보았듯이 『기차』에서도 징조들이 압도하는 신경숙적 분위기는 여전하다. 그러나, 무언가 달라지는 게 있다. 그리고 그 달라짐은 징표들 그 자신으로부터 나온다.

전반적인 줄거리는 기억 상실증에 걸린 주인공이 기억을 되찾게 되는 과정을 중심 뼈대로 가지고 있다. 그 과정은 다음의 시퀀스들로 나눌 수 있다.

1) 나(하진)는 중국 여행에서 돌아온다. (프롤로그~5장)
2) 나는 일(성우 활동)을 쉬고 고향에 다녀온다. (6장~7장)
3) 나는 과거를 찾아나선다. (8장~10장)
4) 나는 제주도에 가서 기억을 되찾는다. (11장~13장)
5) 헤어졌던 사람들은 다시 만나고, 나는 여자를 돕는다. (에필로그)

얼핏 이 시퀀스들은 작품이 전통적인 구성을 비교적 충실히 따르고 있음을 보여주는 듯하다. 그러나, 어딘가 불균형이 있다. 발단에 해당하는 부분이 지나치게 무겁다는 것이 그것이다(전체의 1/3에 해당하는 분량이다). 관점에 따라서는 '프롤로그'만을 발단에 넣을 수도 있을 것이다. 그러나, 그렇지 않다. 발단은 본래 문제가 발생하는 지점이다. 통상적으로 문제는 순차적으로 고리를 이루면서 발생하지만, 『기차』에서 문제들은 병렬적으로 한꺼번에 던져진다. 그 문제들은 '나'의 막연한 상실감, 미란의 자살 소동, 나와 진서의 관계의 위기, 남편을 잃은 여자의 전화, 윤과 현피디의 이혼 상태이다. 문제들이 순차적으로 배열되는 경우에는 최초 원인이 되는 하나의 문제가 있으며, 그 문제들 사이에는 인과율이 개재되어 있다는 인식이 전제되어 있다. 그것이 전통적 소설의 공식이다(이것은 개인의 연대기인 한, 장편소설의 경우에도 마찬가지다).

반면, 방금 열거된 『기차』의 문제들 사이에는 어떤 인과 관계도 놓여 있지 않다. '나'의 입장에서는 나의 막연한 상실감이 최초의 원인일 수 있겠으나, '미란'에게는 자해 소동을 낳은 그만의 원인이 있으며, 다른 인물들 역시, 각각 저마다의 심연을 가지고 있다. 이 각각의 문제들은 논리적인 끈을 갖지 못하는 대신, 계열적인 관계를 취하고 있다. '나'와 '진서'의 관계, 여자의 문제, 윤과 현피디의 관계는 모두 관계의 단절이라는 같은 속성을 취한다. 나중에 나의 상실감, 미란의 자해도 역시 관계의 단절을 근원에 두고 있다는 것이 밝혀지기 때문에 사실상 다섯 가지의 문제는 모두 동형적 관계를 이루고 있다. 논리적 관계를 맺고 있지 않은 이 다섯 문제들은, 따라서, 그들의 동형성을 통해서 서로를 비추는 거울의 기능을 한다. 다시 말해, 그것들은 각각 다른 문제들의 징조이다.

말 그대로 첫 시퀀스는 그 자체로서는 해독이 불가능한 징조들이 서로 반향하고 있는 것이다. 이것은 『기차』가 신경숙의 이전 소설들의 연장선상에 있음을 보여준다. 징후들로, 다시 말해, 증상들로 충만한 텍스트, 즉 의미의 결락으로 가득 찬 텍스트, 즉 결핍으로 충만한 텍스트. 그것이 신경숙적 텍스트이다. 이 의미 결핍의 징조들을 요약하는 상징이 있는데, 그것은 중국 여행 때부터 "목탑 주변 하늘을 어지럽히고 있는 게 새떼"(13)에서부터 나타나는 '새'이다. 이 새는 발단부에서 반복적으로 출몰한다. 중국 여행에서 돌아와보니 자동차는 "새들이 똥을 싸놔서 유리창이고 어디고 봐줄 수가 없었"(32)고, 병원에서 데려온 미란은 "시무룩한 표정으로 고갤 젓더니 트렁크 위로 가볍게 올라가 새처럼 웅크리고 앉았"(51)으며, "미란이 정말 새가 되어 어디론가 날아가버릴 것만 같"

다는 불안감을 내게 심어준다.

　아무튼, 이 새는 "시간을 깔아뭉개고 있는 나라"인 중국의 "그냥 길거리에 내버려지듯 무심코 서 있는 탑들" 위를 흉흉하게 날아다니는 모습으로 무대에 등장한다. 이 새떼를 처음 바라보는 사이, "빗장뼈가 움찔거리는 것"을 느낀 '나'는 "어지럼증이 몰려와" 탑 오르기를 포기하고, "일행 중의 한 사람이 먼저 목탑 안에서 나오"는 것을 보고는 "스냅 사진을 찍어주려 했다"가,

　　갑자기 왜 카메라의 렌즈를 파노라마에 갖다 맞췄는지. 폭이 길어진 렌즈 속에 목탑을 내려오고 있는 현피디의 얼굴 대신 미란이가 힐끗, 비쳤다. 나는 놀라서 렌즈 바깥, 현실 속의 목탑을 올려다보았다. 사진을 찍어주려던 현피디는 목탑에 걸쳐진 긴 사다리를 타고 벌써 반은 내려와 있었다. 나는 다시 카메라의 렌즈를 긴 사다리를 타고 목탑을 내려오고 있는 현피디에게 갖다 댔다. 새들이 현피디의 주변을 기괴한 소리를 내지르며 맴돌고 있었다. 막 셔터를 누르려는데 렌즈 속엔 다시 미란이가 들어가 있었다. 미란이가 매우 슬픈 얼굴로 나를 이윽이 바라보고 있었다. 조그만 입술을 달싹여 겨우 이모, 하고 부르고 있는 것도 같았다. 나는 기겁해서 카메라를 든 채로 붉은 벽돌에 털썩 주저앉았다. 빗장뼈가 쩍, 금이 가듯 아파왔다. 내가 안 돼, 소리를 쳤던 것 같다. 긴 사다리를 타고 목탑을 다 내려온 현피디가 무슨 일이야? 물으며 내게 다가섰다. 다시 렌즈를 목탑의 긴 사다리에 맞춰봤을 때 미란은 없었다. 검은 새떼가 검은 휘장처럼 펄럭이고 있었을 뿐. (14~15)

'나'는 새떼를 보면서 빗장뼈에 진동이 왔고, 그 빗장뼈의 진동은 미란에게 일어난 불길한 사태를 예감케 한 것이다. 새는 여기서 연속적인 이중 기능을 담당한다. 하나는 새는 '나'에게 현실로부터의 이탈, 그리고 실제적 무기력("털썩 주저앉았다")을 야기했다는 것이다. 다른 하나는 그 이탈은 동시에 예전에 가지고 있었으나 오랫동안 상실하고 있었던 예감의 능력을 회복시키는 것이다. 새는, 그러니까, '죽이고' 동시에 '살린다.' 현실 행동력을 죽이고 예감을 살린다. "검은 휘장처럼 펄럭이"는 새떼는 검은 휘장처럼 죽음을 암시하고, 동시에 검은 휘장처럼 무언가를 감추고 있다. 감춤으로써, 감추는 만큼 감추어진 것에 대한 관심을 집중시킨다.

 그런데, 이 묘한 상징의 새는 발단부를 떠나면, 더 이상 나오지 않는다. 단지, 단 한 번, 미란과 인옥의 가방에서 똑같이 "까만 딱따구리"(186) 마스코트로, 그 모형이 나올 뿐이다. 그리고는 「에필로그」에 가서야 다시, "화석에 찍혀 있는 새의 발자국"(251)이 나온다. 소설의 전개 과정 속에서 새는 불현듯 종적을 감추어버린 것이다. 그러나 실상 새가 완전히 사라진 것은 아니다. 미란이 검은 트렁크 위에 새처럼 앉는 순간, 그녀는 실제로 새가 되었기 때문이다. 6장부터 발단부의 새의 기능을 대리하는 것은 미란이다. 그렇다는 것은 미란의 사건이 '나'의 사건의 핵심적인 징후로서 기능하게 된다는 것을 뜻한다. 그에 비해, 발단에서 제시되었던 다른 문제들은 부대적 징후가 된다. 다섯 문제가 모두 관계의 단절이라는 공통성을 가지고 있으나, 다른 문제들이 '알려진' 문제인 데 비해, 나의 기억 상실과 미란의 자살 소동만이 '알려지지 않은' 문제인 것도 그와 관련이 있다. '나'의 문제가 문제로서 제대로 드러나

려면, 미란의 그것도 그렇게 드러나야 하며, 그 역도 마찬가지다.

그러나, 바로 이 자리에서 상징은 상징 그 자체이기를 멈춘다. 미란은 새의 순수한 대리인이 될 수가 없다. 다시 말해, 미란은 새와 달리 순수 징조일 수가 없다. 왜냐하면, '나'의 문제와 '미란'의 문제가 동격이라면, '나'의 문제가 사실성을 품고 있는 만큼 미란의 문제도 사실성을 품을 수밖에 없기 때문이다. 이것은 『기차』가 발단부를 떠나면서, 분위기의 세계로부터 사실성의 세계로 이동한다는 것을 뜻한다. 실제로 망각되어버린 과거를 찾아나서는 길이 되는 것이다. 미란과 인옥의 가방에 걸려 있는 딱따구리는, 그러니까, 징조의 퇴화를 지시한다.

그러나 말했다시피, 신경숙 특유의 '분위기'는 여전히 남는다. 냄새는 전편에서 피어오른다. 그렇다면, 징조의 세계로부터 사실성의 세계로 건너갔다고 말하는 것은 적당치 않다. 차라리, 징조와 사실성 사이를 왕복하고 있다고 말해야 할 것이다. 사실성의 세계, 즉 기능 단위들의 세계는 징조 단위들과 독립적으로 존재하기 시작한 것이 아니라, 징조 단위들의 내재적 모순으로부터 솟아나온다.

때문에, 앞의 인용문을 다시 읽을 필요가 있겠다. 새떼가 펄럭이는 목탑에서 '나'가 실제로 실패한 것은 무엇이었던가? 바로 사진 찍기였다. 묘한 아이템이다. 왜냐하면, 나중에 사진은 잃어버린 기억을 찾아가는 유일한 단서가 되기 때문이다. '나'가 "몇 달 동안 사라졌"다가 병원에서 발견되었을 때, "어디에서 뭘 했는지 통 기억을 못"하고, "동전 하나도 없"는 채로, "주머니에 사진만 한 장 들어 있었"(16)던 것이고, '나'는 그 사진 뒷면에 씌어진 전화번호와 이름에 유일하게 의지하여 과거를 찾아나서게 된다.. 그렇다면, 사진의 존재태는 이중적이다. 한편으로 그것은 잃어버린 과거의 한 토막이다. 그때 사진은 실재로 들어가는 통로가 된다. 다른 한편으로, 중국 여행에서의 사진은 새떼에 의해서 그 행위가 실패된 사건이다. 전자의 경우에 사진은 현실의 환유이고, 후자의 경우에는 결락된 현실의 은유이다. 사진은 징후의 공간과 사실성의 공간을 동시에 가로지른다. 그 때문에 그것은 '냄새'와 함께 소설 전편에 편재한다. 징후이면서 사실로서. 그리고 이것은 발단부에서는 징조로, 그 이후에는 사실로 존재한다는 뜻이 아니다. 사진이 기억을 회복할 단서가 된 이후에도 사진은 여전히 징후로서도 존재한다. '나'의 옛사랑은 사진 기자였다는 것, 사진은 바로 그 사진 기자와의 옛사랑의 은유이다. 물론 은유는 징후이다(여기에서 사진을 사진 기자의 환유로 읽는 것은 우스운 일이다. 위고의 「잠든 보즈」의 유명한 시구, "그의 볏단은 인색하지도, 가증스럽지도 않다"의 '볏단'을 라캉이 은유의 대표적 사례라고 칭하자, 수사학자들을 비롯한 많은 사람들이 그것은 환유라고 항의했을 때의 우스꽝스러움과 그것은 비슷하다. 여기에서 사진은 사진 기자인 옛사랑이 찍은 사진이 아니다. 그것은 스스로 망각해버린 옛사랑의 무의식적 대리물이다). 또한, '진서'의 집 테이블에 놓여 있는 "유년 시절에 찍었다는 가족 사진"(168)도 그렇다. '진서'는 가족 사진을 찍고 나오던 날 교통 사고로 가족을 모두 잃고 혼자 살아남았던 것이다. 그리고, "사진은 가필까지 되어 아주 잘 나왔"(170~71)다. 그 사진은 행복의 헛된 표징이고, 재앙의 숨은 징조이며, 살아남은 자가 과거와 맺고 있는 유일한 현실적인 끈이다.

아무튼, 대상 치환을 통해서든(새→미란), 기능 치환을 통해서든(사진), 징조 단위는 순수하게 존재하지 못한다. 그것은, 작가가 순수 징조로 가득 찼던 자신의 옛 소설들에 저항하고 있다는 것을 암시한다. 그 분위기에, 어떤 문제가 있었나?

III. 타인의 아이를 꿈꾸기

그 문제를 요약적으로 보여주는 두 개의 예가 있다. 하나는 '나'의 자신에 대한 느낌이다. '나'의 현실적 직업은 성우이다. 처음부터 '나'는 그 성우 일에서 결핍을 느낀다. '나'의 책상 위의 라디오 밑에는 "이름도 없고 애칭도 없고 의미 있는 행동을 찾아내지도 못하는 익명의 내 목소리"라는 글씨가 "아무렇게나 휘갈겨져 있"(11)다. 텍스트 내에서 이것은 물론 과거의 상실로부터 비롯된다. 그러나, 여기서 우리가 주목해야 할 점은 다른 것이다. '나'는 무언가를 결핍하고 있는 자신을 또한 "무성 영화 속의 배우"(78)와 같다고도 생각한다. 있을 수 있는 비유이다. 그러나, "익명의 내 목소리"와 "무성 영화 속의 배우"는 지시적으로는 정반대의 현상을 가리키며, 따라서, 이 둘이 똑같이 같은 시니피에를 가리키기 위해 쓰일 때 숨은 시니피에는 명료해지기보다 더욱 컴컴해진다. 본래 은유에는 까닭이 없다. 그러나, 그 덕분에, 비유들은, 다시 말해 징조들은 무차별화되고, 또한 망실된 실재에 가 닿지 못할수록 더더욱 무차별화됨으로써, 야콥슨이 "유사성 장애의 실어증"라고 말한 혼란 상태에 빠져든다. 그리고 누구든 혼란 상태에 마냥 빠져 있을 수는 없기 때문에 그것들은 다시 한 방향으로 모인다. 어느 한 방향? 두번째 예가 그것을 요약적으로 보여준다. '나'는 성우를 그만

두기로 하면서, 아버지에게 다녀온다. 이 두번째 시퀀스는 이야기의 전개로 보자면, 필연적인 이유가 없는 대목이다. 이 필연적이지 않은 대목은 그러나 비유의 필연적인 결핍을 보여준다. 어머니를 잃고 시름시름 늙어가고 있던 아버지는 문득 찾아온 사향노루에 의해서 기력을 되찾는다. 그러니까 사향노루는 아버지에게 어머니의 상상적 대리물이다. 아버지가 평안을 되찾은 것과 달리, 그러나, '나'는 아버지에게서 "약을 오래 복용한 사람에게서나 맡아지는 시큼한 냄새가 나는 것만 같다"(100)고 느낀다. 반면, "부친의 사향노루는 다른 사향노루와는 달리 사향선에서 야릇한 냄새를 풍기지도 않았고, 새끼를 낳지도 않았다"(96). 이 뜬금없는 진술은, 얼핏 사향노루의 깨끗함을 알리는 듯이 보이지만, 아니다. 인간의 심리적 상상틀 내에서 사향은 성의 유인제이다. 그것은 번식의 촉매제이다. 부친의 사향노루가 다른 사향노루와 달리 야릇한 냄새를 풍기지 않는다는 것은, 그리고, 그에 이어서 "새끼를 낳지도 않았다"는 것은, 은근히 관계의 불모성을 암시한다. 사향노루는 물론 비유이고, 그것은 곧바로 비유의 불모성을 지시한다. 왜 불모한가? 사향노루가 어머니를 대신할 수는 없기 때문이다. 비유는 실재를 대체하는 것이 아니라, 그것을 단지 흉내낼 뿐이다. 그렇기 때문에 비유들은 실재를 부르지 못하고, 저희들끼리 서로 부른다. 그렇게 해서 자기 동일성의 늪에서 한없이 자맥질한다. 징조는 따라서 알레고리와 정반대이다. 알레고리가 수평적 관계가 망실된 수직성이라면, 징조는 수직의 선이 끊어진 수평성의 표랑이다.

이 불모성의 저편에 아주 소박한 상호성의 꿈이 있다. '나'의 막연한 바람은 "단순하고 조용한 가족"(11)을 이루면서 사는 것이다.

그것은 어머니에 대한 '나'의 추억 속에 아주 선명히 나타나 있다.

> 늘 서로 신체의 일부가 닿아 있었지. 머리를 쓰다듬거나 목덜미
> 를 쓸어주거나 허리를 껴안거나 손을 잡고. 텔레비전을 볼 때의 우
> 리 가족의 자세는 이런 것이었다. (91)

신경숙 소설의 비밀이 날모습을 드러낸 부분이다. 앞에서 우리
는 그의 소설이 해소될 수 없는 거리에 바탕을 두고 있으며, 이 거
리 사이의 인력의 세기가 울림의 크기를 결정한다고 말했다. 그것
을 캐시미어 효과라고 했다. 물론 그 인력은 실제적인 만남을 꿈
꾸기 때문에 발생한다. 위 대목은 이 만남의 상상적 모형이다. 이
것을 감안한다면, 신경숙의 소설이 자아의 정체성을 찾기 위한 도
정이라는 해석은 무리가 있는 해석이다. 오히려 신경숙의 관심은
만남에 있다. 그 만남이 '미리' 꿈꾸어지기 때문에, 그는 인물을
그 실체성으로 지칭하기보다 상관성으로 지칭하길 좋아한다. 가
령,

> 열아홉의 나, 파르르 떨며 외사촌에게 뛰어간다. [……] 말은 안
> 나오고 눈물만 줄줄 흐른다. 처음엔 나를 달래려고 했다가 나의 외
> 사촌, 또 다른 보호자는, 자신도 곧 울고 말 것 같은 눈동자로 내 이
> 름을 부른다. (『외딴 방』 2, p. 226)

의 "나의 외삼촌"이나,

닭을 가장 사랑한 이는 희재 언니의 그 사람인데 (『외딴 방』 2, p. 205)

의 "희재 언니의 그 사람"이 그러하다. 신경숙의 인물들은 근본적으로 상관적이며, 복수적이다. 중세의 여류 시인 마리 드 프랑스는 뒤엉킨 "개암나무와 인동덩굴"을 두고, "나 없이 그대 살 수 없고, 그대 없이 나 살 수 없다오"라고 노래한다. 신경숙의 인물들이 바로 개암나무와 인동덩굴이다. 그러나 '자아 찾기'라는 해석은 나름의 일리가 있다. 왜냐하면, 인물 속에 내재된 관계성은 관계를 찾는 이를 중심에 고정시킨 관계성이기 때문이다. "나의" "희재 언니"의 '의'는 인력 방향을 하나로 제한하려는 욕망을 드러낸다. 그것은 자기 동일성의 동심원을 그리면서 한없이 바깥으로 확대되어 나간다. 그 바깥의 아득한 저편에 독자가 놓여 있으며, 독자 또한 저 자기 동일성의 파문에 출렁인다. 하지만, 이 자기 동일성의 파장은 근본적으로 불모하다. 그것은 동일자들의 끝없는 되풀이가 될 것이기 때문이다. 반면 만남은 근본적으로 이타적(異他的)인 것이다.

징조들로 충만한 세계는 자기 동일성의 되풀이를 필연적인 한계로 갖는다. 그 때문에 그것들은 순수하고, 순수한 만큼 소박하며, 순수한 만큼 불모로 귀착한다. 여기까지 오면, '사진'의 징조 기능이 분명히 드러난다. 사진은 저 순수한 만남을 항구화시키고 싶어 하는 욕망의 표현이다. 그러나 또한, '나'에게나 '진서'에게 사진만 남았다는 것은 저 순수한 만남의 희원이 헛되었다는 것을 지시한다.

주제의 차원에서 『기차』는 소박한 가족주의에 대한 반성적 탐색이다. 따뜻한 가족적 관계를 그리워하는 자가 내부로부터 자신의 꿈을 되돌아보는 작업이다. 작가가 징조들의 세계에서 사실성의 세계로 과감히 건너가려 한 것은 그 때문이다. 사실성의 세계로 들어가보면, 저 소박한 꿈 뒤편에는 무자비한 폭력이 있다. '나'는 '은기'와의 "단란한 가정 생활"(239)을 꿈꾸었으나, 붙잡혀 뱃속의 아이를 죽이고 말았으며, '진서'는 가족 사진을 찍고 돌아오던 중 교통 사고로 가족을 모두 잃는다. '지환'과 자신 사이에 타인이 끼어드는 것을 상상할 수 없었던 '미란'은 '인옥'이 '지환'의 아이를 가졌다는 것을 알고 발작을 일으키고, '나'에게 전화하는 여인은 "선량한" 남편을 교통 사고로 잃고 나서, "아직 내게 무슨 일이 생겼는지 실감이 나질 않"아서 눈물로 밤을 새운다.

인물들은 모두 폭력에 훼손당한 상태로 살아남았다. 다시 옛날의 꿈으로 되돌아간다는 것은 불가능하다. 그렇다면 어떻게 살아야 하는가? 『기차』의 탐구가 결정적으로 직면하고 있는 심연이 이것이다. 이에 대한 하나의 대답은 없다. 인물들은 저마다 자기의 대답을 보여준다. '나'―'하진'은 '은기'와 '용선' 그 둘 사이의 '아기'를 만남으로써 자신의 기억을 온전히 회복한다. '나'의 회복을 뒷받침하고 있는 것은 나―은기―아이의 망실된 꿈을 은기―용선―아이의 관계로 바꾸기를 인정하는 것이다. 그럼으로써 '나'는 나―진서의 관계를 회복시킨다. '미란'은 스케이트 보드에서 드럼으로 대상을 바꾸어가며 실연의 아픔을 견디다가, 마침내 한국에서 "아무도 가지 않은" "여성 드럼 연주자"의 길을 택한다. '윤'과 '현피디'는 훼손된 상태로 다시 재결합을 한다. '여자'는

276

나에 의해 성우 공모를 권유받을 것이다. 나―진서, 은기―용선, 윤―현의 길은 생활의 길이고, 미란, 여자의 길은 문화의 길이다. 미란은 그 문화를 스스로 선택하고, 여자의 선택은 타인의 권유를 통해서 이루어질 것이다. 은기―용선, 나―진서, 윤―현의 길은 뒤로 갈수록 주체적이면서 동시에 타자를 인정하는 길이다. 이 길들은 저마다 다양하지만, 똑같이 생산을 다시 말해, '아이'를 꿈꾼다. 이것은 자기 동일성의 수렁을 넘어가려는 이 다양한 모색들이 동시에 본래의 소박한 꿈을 여전히 바탕으로 깔고 있다는 것을 보여준다. 그것은 형태적 차원에서 징조의 세계에서 사실성의 세계로 건너가려 한 시도가 징조와 사실성의 복합적 중첩의 세계를 낳은 것과 동일하다. 다만, 인물들이 꿈꿀 '아이'는 자신의 아이가 아니라, 타인의 아이이다. '미란'의 길은 개척자의 길이며, 따라서, 사회적 통념의 완강한 자기 동일성을 벗어나는 길이다. '여자'―'이경'의 길은 타자의 목소리를 대신하는 길이다. '나'는 나의 아이를 용선의 아이로 대체함으로써 자기 아이의 죽음을 극복한다. 자신의, 그리고 상대방의 훼손을 끌어안음으로써 재결합하게 된 윤과 현이 꿈꾸는 아이는 당연히 윤에게는 현의 아이일 것이고 현에게는 윤의 아이일 것이다.

이렇듯, 삶이란 훼손된 타자들의 삶을 하나하나 모아 깁는 것이다. 그것이 『기차』의 마지막 전언이다. 그러나 이 전언을 이렇게 산문적으로, 혹은 도덕책의 말투로 이야기하면, 그 뜻이 가슴에 제대로 와 닿지 않는다. 그것은 말로서 지시될 것이 아니라, 행위 자체로 표현되어야 한다. 그것이 타자의 삶을 진정 그대로 되살리는 것이기 때문이다. 사실성에 대한 탐구를 시도한 이 소설에도 신경숙 특유의 말의 풍경은 여전히 살아 움직여, 그것을 아름답게 요약하는 수일한 이미지가 하나 있으니, 여기 인용하기로 한다

　　닳아진 조각보처럼 그와 여자가 낳아 기르고 있는 아이를 보는 순간 어떤 기억들이 부분부분 솟아나기도 하고, 산만하게 흩어져 있던 목소리들이 기워지기 시작했다. (237~38)

이것이 바로 작품 그 자체이다. 발단부에서 무겁게, 산만하게 흩어져 있던 아픈 문제들이 서서히 함께 기워진 것, 그것이 『기차는 7시에 떠나네』이다.

작가의 말

좀 먹먹하다.

곧 봄이 온다는 것도, 올해가 20세기의 마지막 해라는 것도, 반지를 잃어버린 것도, 이 소설을 붙잡고 시름에 겨워했던 시간들도…… 아닌가? 그저 지난 밤, 잠이 모자란 탓인가?

서른이 되면서 너무 허전해서 내 손가락에 내가 끼어주었던 18케이 반지를 잃어버렸다. 그 동안 자존심이 상할 때나 마음이 불안할 때면 만지작거리던 것이었는데…… 자국만 남아 있는 손가락이 너무 허전하다.

예전의 나는 소설이 뭘 움직일 수 있겠느냐 생각했다. 뭘 변화시킬 수 있겠느냐고. 그렇게 여기고 있을 때는 오히려 소설의 힘이 셌던 때였던 것 같다. 나 자신이 소설을 통해서 사람이 되는 과정을 걸어왔으니. 소설의 힘이 전혀 없어 보이는 요즘 나는 좀 변한 것 같다. 지금에야 나는 소설의 효용가치를 믿고 싶어진다. 누군가의 마음을 움직이게 하고 싶고, 더 이상 새로울 것이 없을 것 같은 우리들 생의 모랄에 끼여들어 새 인사를 하고 싶고, 인간이 지닌 친밀성에 대해서 냉소적인 사람들의 마음을 조금만 변화시켜놓고 싶다. 그래서일 것이다. 한 독자가 외로울 때는 내 소설을 안 읽는다고, 그럴 때 내 소설을 읽고 있으면 더 외로워진다는 편지를 보내왔을 때, 나는 참 반가웠다. 내가 그녀의 마음을 움직였구나, 그녀를 외롭게 했구나, 싶어서. 변한 건 또 있다. 사람들이 내가 있는 자리에서 내 소설에 대한 얘기를 하면 그전의 나는 영 괴로워서 저이와 어서 헤어져야지, 했는데 이젠 꽤나 귀기울여 듣는다. 물론 엇나간 비판을 당하면 속이 상한다. 그때처럼 진심으로 속이 상할 때는 드문 것 같다. (살아 있는 것 같다!)

날도 덜 새었는데 까치 두 마리가 창문 바로 앞 빗물받이 홈통에 앉아 있다.

새…… 새가 저기 앉아 있구나.

며칠전에, 부친을 병원에 두고 홀로 시골집에 가서 제사를 지내고 오신 어머니가 무슨 얘기를 하시던 중에 갑자기 목소리가 나직해졌다. 무서워서 혼났어야. 뭐가요? 지사 지내구 새복참에 아침밥 지을라다 보니까는 지사상 앞에 놓여 있던 멥쌀 위에 새 발자국이 찍혀 있지 뭐냐. 어머니 얼굴을 멍하니 쳐다보았다. 생전에 좋은 일을 많이 헌 사람만이 새가 된다더라. 어머니 말씀은 멥쌀 위에 찍힌 그 발자국은 그날 제상을 받으신 분이 남긴 것이라는 거다. 어머니두, 그런 게 어딨어? 누가 멥쌀에 손을 짚었겠죠. 어머

280

니는 꼭 그렇게 믿는 눈치였다. 손을 짚으면 다섯 개가 찍혀야지 왜 세 개냐? 난 그 발자국을 안다. 새 발자국이라니까 그러는구나. 전에도 그랬시여. 그때 본 그 발자국여. 대꾸할 말이 없어 어머니 얼굴을 멍하니 바라보다가 에에…… 하면서 손바닥으로 어머니 얼굴을 벅벅 문질렀다. 어머니는 굴하지 않고 끝끝내 말씀하셨다. 너거 아부지가 저러구 지시니까 염려가 되어서 다녀가신 거여…… 그렇게 곧 나을 것이다!

나는 익명의 개개인이 지닌 고독과 외로움 속에서 오묘한 힘을 느낀다. 그 힘이 사랑과 만났을 때의 파장이 내 주인공들을 탄생시켰다. 하진이보다는 미란이가 세상에 나가 잘 지냈으면 한다. 소설을 쓰는 동안 미란이 또래의 그녀들을 보면 나는 몇 살인가, 몇년생인가를 물었다. 스무 살, 80년생…… 이런 대답을 들을 때 80년생이라구? 혼자 되뇌었다. 80년에 태어난 아이들이 이제 스무 살이 되었다. 나는 어여쁘고 발랄한 그들이 내성을 길러 자기 본능에 이끌리는 다채로운 인생을 꾸려나갔으면 좋겠다. 그래서였나보다. 소설을 쓰는 동안 미란에게 폭발할 것 같은 애정이 솟아나서 나는 하진으로 하여금 목욕을 시키고 머리를 빗기고 손을 잡아주고 업어주고…… 상심한 미란의 머리맡을 지키게 했다. 대신 미란을 하진이가 상처를 찾아가는 길에 동행시켰다. 스킨십으로, 동행자로 나는 그들을 닿게 하고 싶었다.

너무 오래 붙잡고 있었던 원고를 밉다 않고 기다려준 문학과지성 식구들, 자주 만나지 못했던 친구들, 미안해요. 어느 날 오래된 노트에서 보르헤르트의 시를 찾아 건네준 당신, 고맙다! 언젠가 네가 썼을 그 오래된 글씨······ 우리, 가까이 있자.

1999년 2월
신 경 숙